講談社文庫

# 不信の鎖

## 警視庁犯罪被害者支援課6

堂場瞬一



講談社

目次

# 不信の鎖

## 警視庁犯罪被害者支援課6

# 第一部　自供

# 1

「はい、しっかり伸ばして！」

ああ、煩《うるさ》いな……耳元で大声を出されても、気合いが入るわけではない。だいたい、物理的にもう限界なのだ。それでも私は必死で膝《ひざ》を伸ばした。筋肉の動きを意識しながら、膝が完全に伸びきらないところで止める。腿《もも》がプルプル震え、関節の奥に鋭《するど》い痛みのかけらを感じた。これが怖い……筋肉が限界にくることではなく、関節の痛みが蘇《よみがえ》ることが。

動きを止めたまま、私は一息ついた。深呼吸。これで本当に限界だ……しかしトレーナーの渕上《ふちがみ》は、容赦《ようしゃ》なく声を張り上げ、檄《げき》を飛ばす。顔の幅と首の太さが同じこの男は、気合いさえあれば何でもできると思っているのだ。気合いでできることなど、世の中にいくらもないのに。

「はい、ここで休まない。戻して！　ラスト五回です」

「無理、無理」私は素直に弱音を吐いた。明らかに無理し過ぎだ――膝のリハビリのためのレッグプレスで、今日は普段よりウェイトを五キロ重くしていた。この五キロが、私の膝に悲鳴を上げさせる。

「村野《むらの》さん、お願いしますよ。最初に決めた回数は絶対にこなしましょう。途中でやめると、絶対に後悔します」

「無理だって」

膝を伸ばしっ放しの状態は、曲げているよりは楽なのだが、それでも九十キロのウエイトを支え続けるのはきつい。

私は、数年前の事故で重傷——膝関節の複雑骨折と靭帯《じんたい》の損傷——を負った膝のリハビリを、未《いま》だに続けている。弱った関節をサポートし、体重を支えるためには、関節周辺の筋肉を鍛えるしかない。理屈は分かっていたが、仕事の都合もあってジムでのリハビリはついサボりがちになり、満足のいく結果は残せていない。実際に効果があるかどうか、疑念の方が大きかった。私は特に、このレッグプレスが苦手だった。座った状態で足裏をプレートにつけ、膝を曲げ伸ばしする——動作は簡単だ。しかし、自分の体重より重いウェイトを相手にする意味が分からない。本格的にトレーニングに取り組む人は、ウェイトを自分の体重の二倍に設定することも珍しくないというのだが、歩くだけなら自分の体重より重い負荷はかからない。私はただ、普通に歩けるようになりたいだけなのだ。マッチョな体型を作りたいわけではない。

その時、床に置いたスマートフォンが鳴った。「03」から始まる、見慣れぬ固定電話の番号。悪戯《いたずら》電話でもいい、この責め苦から逃れるチャンスだ。私は慎重に膝を曲げ――かすかな痛みが走った――マシンから降りた。

「村野さん、ここで電話は――」渕上が 唇《くちびる》を尖《とが》らせる。

「分かってるよ。だけど、仕事の電話なんだ」

私はスマートフォンを取り上げ、そのままジムの出入り口まで歩いて行った。その先は階段。ここはトレーニングスペースではないから、話していても問題ないだろう。額《ひたい》の汗を前腕で拭《ぬぐ》ってから応答ボタンをスライドさせ、耳に当てる。

「村野さんですか？　村野秋生《あきお》さん？」

「失礼ですが」名乗りもしない相手にむっとして、私は低い声で応じた。

「目黒《めぐろ》中央署刑事課の坂下《さかした》と申します」

「ああ」名前も顔も知らないが「同僚」のようだ。

「すみません、今日はお休みだと聞いたんですが……」

「ああ、上が煩くてね」有給休暇の消化は、警視庁全体にとって大きな課題で、私も今日は無理に休みを取らされたのだ。これで土曜日から三連休。しかし今日は雨の月曜日……夜は会食の予定があったが、昼間は特にやることもない。仕方なく、朝からリハビリでジムへ来ていた。「それで、何か問題でも？」

　言ってから、ピンときた。目黒中央署といえば、二年前の悪夢のような記憶……今になって、何か新しい動きでもあったのだろうか。

「もしかしたら、大崎《おおさき》さんの件ですか？」

「そうなんです」坂下の声は硬く暗かった。

「それは……」

「犯人が自供しました」

「犯人？　自供？」今一つはっきりしない情報だ。「自供って……あの件、別に容疑者がいたわけじゃないだろう」

「いきなりだったんです。別件の犯人が昨夜自供したそうで、こっちにも連絡が回ってきました」

「警視庁が押さえた犯人？」

「残念ながら、山梨《やまなし》県警です。向こうの逮捕容疑は強盗殺人」

　情報が少ないな……もしかしたら、目黒中央署の特捜本部も、まだしっかりした情報を摑《つか》んでいないのかもしれない。

「被害者家族への通告は？」

「まだです。それで、先に村野さんにご相談しようと……こういうケース、あまりないですよね？」

「確かにな……分かった」私は壁の時計で時刻を確認した。十時半。シャワーで汗を流して着替え、十一時半には署につけるだろう。「できるだけ早くそちらに行きます。被害者家族への通告は、その後にしてもらえるかな」

「そのつもりです」

「了解——それより、何で俺に電話してきたんだ？　支援課には人はいくらでもいるんだぜ」実際二年前の事件発生時には、支援課総出で対応したのだ。全員が、事情を把握《はあく》していると言っていい。

「ああ、あの、乾《いぬい》さんが」

「乾？」それでピンときた。警察学校同期の乾は、この春、目黒中央署の刑事課係長に赴任したばかりである。二年前の捜査には直接関与していないが、私の名前を思い出したのだろう。「奴のご指名か？」

「そういうことです」

「だったら、よく言っておいてくれ——指揮命令系統を無視するなって。まず、支援課にきちんと相談すべきだ。これからでもいいから、連絡してくれないか」

そう言いながら、私は心が沸き立つのを感じた。休みは……本当は、ちゃんと取るべきなのだろう。溜《た》まっている大リーグの試合の録画を見直すという趣味もある。

しかし、それよりも仕事だ。

こういう態度は、今は流行《はや》らないと分かっている。しかし今の自分を支えてくれているのは仕事なのだ。休んでいる自分は自分ではない。そして犯罪被害者は待ってはくれないのだ。基本的に私たちは二十四時間、三百六十五日体制で稼働している。それは、どんな時代になっても変わることはないだろう。

この世に犯罪がある限り。

目黒中央署に駆《か》けこむと、支援課からは長住光太郎《ながすみこうたろう》がちょうど到着したところだった。こいつか……いつまでも捜査一課時代の想い出にすがり、支援課の仕事に馴染《なじ》もうとしない男。そういう意識だから仕事にも熱が入らず、今では支援課の厄介者《やっかいもの》になってしまっている。

「状況は？」それでも私は、彼に訊《たず》ねざるを得なかった。一応、支援課の同僚なのだから。

「まだよく分かってないみたいですね。目黒中央署もいい迷惑じゃないですか」白《しら》けた口調で長住が答える。

「容疑者が出てきたんだから、迷惑ってことはないだろう」

「いや、恥をかかされたようなもんでしょう」長住が肩をすくめる。「まさか、山梨県警に美味《おい》しいところを持っていかれるとはね」

「そんなことは、誰にもコントロールできない」

私はすぐにエレベーターへ向かった。二基のエレベーターは、どちらも上へ行く途中……仕方なく階段で、二階にある刑事課へ向かう。これもリハビリの続きと考えればいい。

犯人の身柄はまだ山梨県警が押さえたままだというが、刑事課はさすがにざわついていた。特捜本部はすぐ隣の会議室に設置されているのだが、誰がこの件の司令塔になっているかは分からない。私は刑事課で乾を見つけ、すぐに近づいた。乾が私に気づき、軽く手を上げる。少し困ったような表情……彼自身、まだ状況を把握できていないのかもしれない。

「状況は――」

「ちょっと外で話そうぜ」乾が言った。

「外って……いいのか？　今、大変だろう」

「今のところ、うちがやることはないんだよ。まだ山梨県警からの情報待ちでね――屋上へ行こうぜ」

「何で？　雨だぞ」

乾が人差し指と中指を口元に持っていった。煙草《たばこ》か……この署は、まだ屋上で煙草が吸えるのかと驚いた。今度はエレベーターはすぐに来て、私たちは最上階――八階まで上がった。そこから先は階段。乾が後ろを振り向き「膝、大丈夫か」と声をかけた。

「よくないね」私は答えた。「さっきまで、リハビリで痛めつけてたんだ」

「そうか。ちょっと我慢してくれ」

雨はまだ降っていた。屋上に通じる金属製の扉を開けると、冷たい空気が襲いかかってくる。五月半《なか》ばなのに、まるで冬を思わせる陽気である。乾は肩をすぼめながら、無線塔の下まで駆けて行った。そこには小さな屋根がある。ただし定められた喫煙場所というわけではないようで、灰皿の類《たぐい》は見当たらなかった。

乾は急いで煙草に火を点《つ》けたが、その手は震えている。ワイシャツ一枚では、この寒さに耐えられないだろう。

「お前、いい加減煙草をやめたらどうだ」私は忠告した。この男は駆け出しの頃からヘビースモーカーで、しかもしょっちゅう嫌な咳《せき》をしている。元々体も小さく、どこか病弱な感じのする男である。体に気を遣わないと、捜査一課の激務には耐えられないのではないかと思ったが、意外に無難に、ここまで危ないこともなくキャリアを積み重ねてきた。

「俺は、国の税収増に協力しているだけだ」乾が馬鹿にしたような笑みを浮かべ、美味そうに煙草をふかした。手の震えは収まっている。煙草には、寒ささえも抑えつける効果があるらしい。

「状況、詳《くわ》しく教えてくれ」

「大崎美江《みえ》を殺したと自供したのは、山梨県警に逮捕された畑中真生《はたなかまさお》、二十六歳だ」

「逮捕容疑は強盗殺人と聞いたけど」

「ああ」うなずき、乾が携帯灰皿に煙草の灰を落としこんだ。「畑中は一ヵ月前に、大月《おおつき》市内で民家に忍びこんで、住人の老婆を殺した。強盗狙いだったんだろうが、騒がれたので金は盗《と》らずに、慌《あわ》てて殺してしまったということらしい。その後、現場近くでスピード違反で捕《つか》まって、すぐに犯行を自供した」

「遺体の発見前か？」

「ああ」

「そういうこと、滅多にないんだけどな」私は首を捻《ひね》った。

「よほど慌ててたんだろうな。現場は中央道の大月インターチェンジにも近い場所だったのに、高速に乗らないで、甲州《こうしゅう》街道を東京方面へ向けて爆走してやがったそうだ。あの辺は片側一車線の狭い道路で、制限速度も四十キロだ。そこを八十キロで走ってたんだから、あっという間にお縄だよ」

「なるほど……それですぐに自供したんだ」

「らしいな。所轄《しょかつ》の連中が慌てて現場に急行する途中に、近所の人から『悲鳴が聞こえた』と一一〇番通報が入った次第だ。で、先日殺人で起訴されたんだが、昨日の夜になって突然、二年前の殺しも自分の犯行だと自供した」

「いきなり？」

「いきなりだ」乾がうなずく。「取り調べを担当していた所轄の刑事に話があると言い出して、唐突に話し始めたんだ。その刑事も、流石にあの事件のことは知っていたから、仰天《ぎょうてん》したそうだ」

「散々書かれたからな」

被害者の大崎美江は——というより被害者の父親である大崎康政《やすまさ》は、一代で名を成した不動産ディベロッパーであり、大手ハウスメーカー「バンリュー」、並びに持株会社である「バンリューＨＤ《ホールディングス》」の社長である。メーンの仕事は、戸建てをまとめて一つの「街」として売り出す開発・分譲。首都圏では盛んにテレビＣＭや広告を打っているので、家を買う予定がない私でさえ、「バンリュー」という名前は以前から知っていた。二年前の事件発生時で、グループ企業を含めた総従業員数は三千人超、グループ連結での売上高は千五百億円に迫っている。

大崎本人はいろいろと問題のある人物であり、会社も世間からは「ブラック企業」と言われている。実際、過労死した社員や自殺した社員がおり、遺族が会社を訴えた裁判も、何件か係争中だった。そういう人物の娘——しかも子会社の社長だ——が殺されたとなったら、世間の注目を集めないわけがない。特にテレビのワイドショーや週刊誌は大騒ぎし、ネットにも無責任な噂が流れた。

私にとっても嫌な案件だった。著名人が被害者家族になったので、当然支援課は普段よりも分厚く人を配したのだが……正直、あれほど「嫌な」被害者家族に会ったことはない。要するに傲慢《ごうまん》。犯人、警察、マスコミ、全《すべ》てに文句を言い続け、苛立《いらだ》ちを隠そうともしなかった。

「それでどうした？」嫌な記憶を頭の片隅《かたすみ》に押しやり、私は先を促《うなが》した。

「所轄の刑事が呼ばれたのは、午後八時過ぎだった。今までこういうことはなかった——取り調べにも素直に応じていたし、変な要求を出すような男でもなかったから、呼ばれた時点で既《すで》に嫌な予感がしていたそうだ。何か余罪を吐くんじゃないかと思ったそうだけど、まさかあの殺しだとは考えていなかったようだ」

「連絡はいつきたんだ？」

「朝一番で。その報告を受けて、今朝、うちの刑事が急いで山梨に向かった」乾が左手首に視線を落とした。「ちょうど今頃、現地で情報をすり合わせている最中じゃないかな」

「当たってると思うか？」

「まだ分からない」乾が首を横に振った。「自供の内容は筋《すじ》が通っている。ただし裏を取らないと、はっきりしたことは言えないな」

「お前の感触は？」

「当たり、かな」

乾が煙草を携帯灰皿に押しこんだ。すぐに新しい一本を取り出したが、しばし迷った末にパッケージに戻す。さすがに吸い過ぎだと思ったのだろう。溜息《ためいき》を漏《も》らして視線を少し上げ、恨《うら》めしそうに雨を眺める。

「嫌な雨だな」乾がぼそりと言った。

「そうか？」

「こういう雨を見てると、不安になるんだ」

「何言ってるんだよ。お前にしたら万々歳じゃないか。異動した途端に、向こうから勝手に犯人が転がりこんできたんだから。相手ピッチャーのボークで、何もしないで三塁から生還したみたいなものだ」

「そんなところだな」乾がうなずき、薄く笑みを浮かべる。「お前、相変わらず何でも野球に喩《たと》えるんだな」

「他に趣味もないんでね」私は肩をすくめた。それにしても寒い……既に夏服を着ているのだが、分厚い冬のスーツが懐かしくなった。

「それで問題は、被害者家族のことなんだ」

「まだ何も言ってないんだろう？」

「そこは、支援課の判断と指示を仰がないとな。だからお前を呼んだんだ」

「というより、面倒なことはこっちに押しつけたい、だろう？」

「プロにあるまじき発言だな」乾が私をぎろりと睨《にら》んだ。「俺たちがどうこう言うより、それがお前たちの仕事だろう？」

「分かってるよ。お前にも被害者支援の重要さを知って欲しいだけだ」

「とにかく、任せていいよな？」探りを入れるように乾が言った。「お前らプロがやってくれた方が、トラブルがないと思うんだ。大崎さん相手だと、一悶着《ひともんちゃく》ありそうだし」

「……それはそうだけど」私は早くも、嫌な予感を抱いた。二年前、大崎の対応で散々苦慮した嫌な記憶が蘇ってくる。正面からぶつかるわけにもいかず、へりくだるわけにもいかず——これまでで、最も相手をするのが大変な被害者家族だった。様々な被害者家族の実情をデータベース化している同僚の松木優里《まつきゆり》は、類型化を断念し、「特殊ケース」としてフォルダに閉じこんだ。

乾は、結局新しい煙草に火を点けた。深々と煙を吸いこみ、雨空に向かって吹き上げる。ちらりと私を見て、「お前、煙草、いらないか？」と訊ねた。

「いや、いい。煙草を吸うと膝が痛むんだ」

「マジかよ」

「……そういうことにして、煙草は吸わないようにしている」

「それでよくストレスが溜まらないな。酒で紛《まぎ》らしてるのか？」

「いや。大リーグの試合を観て、溜飲《りゅういん》を下げてる」

「それでストレスが解消できるなら、安いもんだな」

「お前も怪我《けが》したら分かるよ。自分には絶対できない動きをしている選手がいる——そういうのを観ているだけですっとするんだ。一種の代償行為だろうな」

「なるほどね……じゃ、俺の代わりも頼むぜ。被害者支援は任せたからな」

そうくるか……仕事と分かっているし、この仕事には誇りもあるのだが、露骨に押しつけられると複雑な気分になる。一般の刑事と自分たち支援課との間には、まだまだ深い溝があるようだ。

## 2

「大崎のオッサンですか……扱いにくい人でしたね」

署を出た途端、長住がぽつりと漏らした。互いに傘をさしているので、話がしにくい。それでなくても、長住はボソボソと話すタイプで、言葉が聞き取りにくいのだ。

「ああ」私としてもそれは認めざるを得ない。

「でも、気持ちは分からないでもなかったんだよなあ」

「お前が？」私は思わず目を剝《む》いた。長住は決して被害者家族に同情の目を向けることなく、ただ淡々《たんたん》と仕事をこなしている。時には暴言に近い言葉を吐くこともあり、私も課長の本橋怜治《もとはしれいじ》も、彼の指導には苦労していた。さっさと支援課から放り出したいのが本音だが、肝心の引き取り先がない。支援課で散々毒を吐きまくっていることは外部にも知られており、「厄介な奴」という評判が固まりつつあるのだ。この辺で心を入れ替えないと、警視庁に居場所がなくなってしまう……しかし長住自身が、そこまでの危機感を持っているか、分からなかった。

「気持ちが分からないでもないって、どういうことだよ」

「あれだけ興味本位でマスコミに追いかけられたら、いい加減嫌になるでしょう。暴力沙汰にならなくてよかったですよ。そうなってもおかしくはなかったし……あの社長、過去にはだいぶヤバイことがあったみたいですからね。本来は、暴力的な人なんじゃないですか？」

それは認めざるを得ない——私は素早くうなずいた。この件に関しては、「特殊な被害者家族」ということで、私たちも独自に大崎の過去を調べ、「黒に近い灰色」の行為の数々に啞然《あぜん》としたものだ。大崎は八〇年代前半から不動産業に手を染めていたのだが、当時はあまり筋のいい商売をしていなかったらしい。特にバブル期には地上げなどに手を染め、九〇年に摘発された大規模な地面師詐欺グループの一員だったという噂もある。暴力団との関係も取り沙汰され、当該部署が一時マークしていたのは事実だ。

そういう暗い部分を闇に葬《ほうむ》り、自分で会社を興《おこ》したのは、バブル崩壊後の九〇年代半ばだった。東京近郊で、戸建て住宅を街区ごと売り出すという堅実なビジネススタイルで、着実に業績を上げていた。首都圏はタワーマンションブームの時代に向かっていたのだが、一戸建てに「信仰」に近い気持ちを持つ人たちが一定の割合いるのは事実である。安価、そこそこ敷地面積が広い、都心部への通勤に一時間以内という条件は、「一戸建て信者」を惹《ひ》きつけた。特につくばエクスプレスが開通した二〇〇五年以降は業績が上向き、テレビCMなどを積極的に打つようになって、その名が一般にも知られるようになった。同時に、強引な営業、社員に対する厳しい目標設定や異常な長時間勤務などが問題になり、世間的には「ブラック企業」の認定を受けるようになる。しかし、大崎が自分のビジネス哲学などを語った著書は大いに売れ、一時かなり話題になった。

金は腐るほど持っているが、人間性に問題あり——それが直《じか》に彼に接した私の感想だった。もちろんこれまでも、非常に激した反応を見せた被害者家族はいた。全てを、それこそ事件が起きたことさえ警察のせいにして、顔を合わせれば怒鳴《どな》りつけ、非難の言葉をぶつけてくる――大崎の態度はその極北と言えた。しかも警察だけでなく、面白おかしく書き立てるマスコミに対しても激怒し、気の利《き》かない社員を怒鳴りつけ、それこそ自分と家族以外の誰も信用していない様子だった。

歩いているうちに、乾から電話がかかってきた。

「うちの刑事から、事情聴取の第一報が入ったぞ」

「どんな感じだ？」

「昨夜の供述とまったく変わらない。矛盾もない。こいつは間違いなく本物だな」

乾の口調に興奮はなかった。やはり、事件発生当時に捜査を担当していなかったからだろう。異動が多い警察では、途中から捜査に参加することもよくあるが、最初からかかわっていた刑事たちと同レベルの気合いを持つのは難しい。

「じゃあ、大崎さんにはその旨伝えていいんだな？」

「ああ。ただ、現状ではまだうちは逮捕はしていないからな」乾が釘を刺した。

「逮捕して、こっちへ移送する可能性は？」

「まだ何とも言えない。向こうで公判待ちの状態で、逃亡の恐れはないから、焦《あせ》る必要はないんだ。とはいえ、身柄をこっちへ持ってこないと、今後の取り調べが面倒になる。山梨県警と相談して、できるだけ早い段階でこっちへ身柄を移すことになると思う」

「マスコミ対策はどうなってる？」それが私にとっては一番気になるところだった。もしも、私たちが事実関係を告げるよりも先にニュースが流れでもしたら、大崎の怒りをコントロールすることは不可能だろう。

「今のところは大丈夫だ。うちからは絶対に漏れない。心配なのは本部の方だ」

よく言うよ、と私は白けた。確かに、マスコミへの情報漏れは、所轄ではなく警視庁本部からが多い。しかしつい最近まで本部にいた人間が本部批判をするのは、いかにもおかしな感じがした。

「しっかり抑えておいてくれよ。大崎さんの怒りを正面から受け止めるのは俺たちなんだから」

「分かってる。マスコミ対策は任せろ」

自信満々に言って乾が電話を切った。これがどうにも信用できない……乾は昔から、調子だけはいい男なのだ。思わず溜息をついてしまうと、長住が敏感に気づく。

「どうかしたんですか？」

「いや、マスコミ対策が大変だな、と思って」

「それは、俺らが気にすることじゃないでしょう。それより、大崎さんにアポの電話を入れなくていいんですか？」

「アポを取るだけで済むと思うか？　絶対その電話でしつこく食いつかれて、事情を説明するまでは離してくれないぞ。会う前に仕事が終わる」

「会わずに済むならそれでいいじゃないですか」長住が肩をすくめる。

「そういうわけにはいかないんだよ。こういう決着に対して、大崎さんがどういう反応を示すか分からない。とにかく直接会ってみないと」

「だったらやっぱり、アポだけは取りますか」長住がスマートフォンを取り出した。

「空振りしたら馬鹿馬鹿しいですからね」

「じゃあ、アポはお前が取ってくれるか？」

「いいですよ」長住が軽い口調で言った。「あの娘《こ》、まだ秘書課にいますかねえ」

「あの娘？」

「社長秘書だった泉田真菜《いずみだまな》さん」

「どうかな」泉田真菜……記憶にない名前だった。大崎のキャラが強烈過ぎて、秘書課のスタッフまでは覚えていないのだ。いや、会社側で警察対応の窓口になっていた臼井《うすい》だけは別か。彼は非常に物腰柔らかな常識人で、激怒する大崎と警察の間にも入って、大きなトラブルにならないよう、緩衝材《かんしょうざい》になってくれた。彼は当時、「バンリュー」の子会社、殺された美江が社長を務《つと》めていた「バンリューデザイン」の専務で、会社サイドの代表として警察やマスコミへの対応を担当していたのだ。一ヵ月近く、毎日のように顔を合わせたのだが、こういう人が「理想の参謀《さんぼう》」だろうと感心したものだ。大崎に会うのは気が進まないが、臼井には挨拶《あいさつ》ぐらいしておきたかった……今はどこにいるのだろう。

「美人でしたけどねえ。マジで覚えてないんですか？」

「顔で人を覚えないんだ」

「ああ、そうですか」白けたように言って長住が電話をかけ始めた。「ああ、どうも。警視庁の長住と言います。泉田さん、いらっしゃいます？　いない？　辞めた？　まさか結婚したんじゃないでしょうね」

長住の後頭部を思い切りひっぱたいてやりたくなった。そんなことを言ってる場合じゃない……しかし長住は、すぐに軌道修正した。

「いや、実は大崎社長にお話ししたいことがありましてね。直接お会いしたいんですけど、今日これから、時間は空《あ》いてませんか？　空いてない？　外出中？　どこへ？　お戻りはいつですか？」

長住が、私の顔を見て首を横に振った。これは駄目《だめ》ですね……駄目じゃない、何とかしろ、と私も首を横に振った。

「どこへでも行く」小声で彼に方針を告げた。

「ああ、現場は？　埼玉《さいたま》……午後遅くまで現地にいるんですね？　じゃあ、こっちから出向いたら会えますか？　いや、仕事がお忙しいのは分かりますけど、どうしても会ってお話ししないといけないことがあるんですよ。いやいや、内容はご本人に直接お話ししますので、勘弁して下さい。それで、現場はどちらですか？　ふじみ野《の》市？　ああ、上福岡《かみふくおか》とかあの辺ですね？　なるほど……現場には誰が……はい……じゃあ、こうしましょうか。今からすぐに現地に向かいます。着いたらこちらからまた電話しますので、現地にいるおつきの人と連絡が取れるようにしてもらえますか？　え？　社長の携帯に直接？　いや、それは申し訳ないので」

　何だかんだで、長住は面会の約束を取りつけてしまった。本人と直接話したわけではないが、おそらく秘書課からすぐに話がいくだろう。その結果、大崎本人から電話がかかってくる可能性もあるが……その時はその時だ。

　東武東上線《とうぶとうじょう》上福岡駅を出た瞬間、私は「冬だ」と思った。都心部よりも数度は気温が低いようで、それこそ薄手のコートが必要なぐらい……しかし早足で歩いているうちに、シャツの内側に汗を感じ始めた。

「バスで行けばいいじゃないですか」長住がすかさず文句を言った。

「経費削減だ。歩いて行けない距離じゃないだろう」

「いやあ……」長住がスマートフォンを取り出した。「二キロぐらいありますよ」

「二キロだったら三十分じゃないか。この辺、バスもあまりないみたいだから、歩くのはしょうがない」リハビリと考えればいい。

「しかし駅から二キロって……戸建ての分譲地と言っても、ちょっと遠過ぎないですか？　朝の通勤とか、地獄じゃないかな」

「毎日往復で四キロ歩いたら、健康にもいいだろう」

「俺は勘弁して欲しいですねえ」

無意味な会話だ……私は口をつぐみ、歩くスピードを速めた。少し膝が重い……やはり今日のリハビリはきつ過ぎた。負荷を大きくすれば、必ずしもいいわけではないのだ。軽いウェイトで回数をこなし、無理せず徐々に強い筋肉を作ればいい。あのトレーナー、俺を無駄なマッチョにしようとしてるんじゃないか？

いつの間にか、長住が先に行ってしまう。まあ、いいだろう。別に並んで歩く必要もないのだから。だいたいこの辺は歩道が狭く、大の男が二人並ぶと窮屈《きゅうくつ》でしょうがない。

街を南北に貫《つらぬ》く国道二五四号を渡ると、急に静かな住宅街になる。古い一戸建ての民家、小さな集合住宅が並び、ひなびた雰囲気が支配的になった。突然振り向いた長住が「あ、乗りましょう」と言った。釣られて振り向くと、ちょうどバスが来たところだった。しかも目の前はバス停。これで目的地に近づけるかどうかは分からないが、いい加減膝が疲れてきたのも事実である。

バスはガラガラだった。中程のドアの近くにあるシートに腰を下ろしたが、長住は立ったままで、スマートフォンをチェックし始める。

「三つ目で降りると、すぐに分譲予定地ですよ」

「ああ」

三つ目のバス停で降りると、急に辺りが賑《にぎ》やかになった。工場やショッピングセンターが建ち並び、車が忙《せわ》しなく行き来している。

「ここから二百メートルぐらいですね」バスから降りた途端に長住が言って、さっさと歩き出す。

工場街はすぐに途切れ、広い更地《さらち》が姿を現した。この辺にはまだ農地もあるが、「バンリュー」はそういう土地を一気に買い上げたのだろうか。どこが分譲地なのかはすぐに分かった。工事は進んでおり、既に何十軒もの家が建ち並んでいる。そして「コスモスふじみ野」という大きな立て看板……この分譲地の名前だろう。そう、「バンリュー」の分譲地は、全て「コスモス」の名前がついていたはずだ。

大崎の居場所はすぐに分かった。品川《しながわ》ナンバーの黒いアルファードが、空き地に停《と》まっている。周辺には数台の車があるが、あのアルファードが社長車のはずだ。二年前と同じ車かどうかは覚えていないが、当時も社長車はアルファードだった。最近の社長車は、昔ながらの高級セダンではなく、こういう大きなミニバンが人気らしい。実際、セダンよりも車内が広いのは間違いないから、何かと便利なのだろう。特にアルファードは、フロントマスクの強烈なデザインのせいで押し出しも強い。こういう車を好む経営者がいるのは、私にも何となく理解できた。

アルファードに近づきながら、長住がスマートフォンを取り出した。しかしそこで、私は大崎を見つけた。せかせかした足取り――二年前と変わらない――で車に近づいて行く。私は「いたぞ」と言って歩調を早め、彼が車のドアに手をかける前に追いついた。

「大崎さん」

声をかけると、大崎が不審げな表情を浮かべてこちらを向いた。私を認識している様子はない。やはり彼にとって、警察官などどうでもいい存在なのだろう。

「警視庁犯罪被害者支援課の村野です。二年前に、しばらくおつき合いさせていただきました」

「支援課……ああ」大崎がぼんやりとうなずく。次の瞬間には突然表情を引き締め、同時に顔を真っ赤に染めた。精力溢《あふ》れる田舎親父《いなかおやじ》――二年前に染みついた印象が蘇る。短軀《たんく》だががっしりした体型で、大抵、ネクタイは締めていない。少なくとも社内にいる時に、ネクタイを締めている姿を見たことはなかった。おそらく、重要な取引先の人と会う時以外はこんな感じなのだろう。

「大事なお話があります。ちょっとお時間をいただけますか？」

「娘のことか？」大崎が低い声で訊ねる。

「はい。まだ確定情報ではないんですが……」

「犯人が捕まったのか？」大崎が私に一歩詰め寄った。

「犯人だ、と名乗る人間が出てきました。現在確認中です」

「目黒中央署へ行ったら、詳しい話は分かるか？」

「現在捜査中ですので、お話しできることとできないことがあると思います」

「構《かま》わん。君らも一緒に来たまえ。道中、話を聞く」

「分かりました」

私は長住に目配せした。長住が肩をすくめ、車の反対側に回りこむ。先に車に入ると、三列目のシートに体を押しこんだ。とはいえ、それほど狭そうに見えないのは、車体の大きさ故か。私は、二列目のシートに腰を下ろした大崎の横に座った。独立シート、肘《ひじ》かけつき。普通のセダンのシートよりも圧倒的に座り心地がよく、こういう車を好む社長が多い理由が改めて分かった。

車内には運転手、それに助手席に秘書らしき社員がいる。しかし大崎は、二人の存在をほぼ無視した。運転手に向かって「目黒中央署」とだけ告げると、すぐに私に説明を迫ってくる。

「いったいどういうことなんだ」

「別件で逮捕された男が、娘さんを殺したと自供したようです」私は答えた。

「それは信用できるのか？」大崎の声が低くなる。

「信憑性《しんぴょうせい》は高いと考えられていますが、捜査には慎重を要します」

「どうして？　本人がやったと言ってるんだろう？　何も迷うことはないだろうが」

「稀《まれ》に、警察をからかう意図で、やってもいない犯罪を自供する人間もいるんです」

「そんなふざけた奴だったら、俺がぶち殺してやる！」大崎が喚いた。

諌《いさ》めようと思ったが、上手い言葉が思い浮かばない。大崎はあくまで犯罪被害者家族なのだ。直接誰かに迷惑をかけるようなことがない限り、支援課の人間は余計なことを言うべきではない。

「で？　実際のところ、そいつがやったのか？」大崎はなおも粘った。

「供述は一貫しているようです。ただし、現在山梨県警が別件で身柄を押さえていますから、取り調べも簡単にはいかない状況です」

「その別件とやらが何か知らんが、うちの娘の方がはるかに重要だろうが！」大崎が最初の爆発を見せた。肘かけに拳《こぶし》を叩きつけると、唇をきつく噛《か》みしめる。

「承知してます」本当は、事件に軽重などつけられない。大月市でも、人が一人殺されているのだ。

「とにかく、きちんと説明してもらえるんだろうな？」

「現段階でお話しできることは、きちんと説明すると思います」

「話せること、じゃなくてだな……」苛ついた口調で言って、大崎が肘かけを何度か拳で叩いた。「分かっていること全てだ。殺されたのは私の娘だぞ？　全てを知る権利があるだろうが」

「捜査の秘密上、表沙汰にできないことはありますので……」

「警察は、相変わらず被害者を軽んじているようだな。家族を殺された人間の気持ちが分かっていない」

「分かるように努力しています」

「そもそも、この件が分かったのはいつなんだ？」

「昨夜、現地の警察に自供して、今朝になってこちらにも連絡が入りました。今、こちらの特捜本部の刑事が現地入りして、事情聴取しています」

「だったら、昨夜のうちに私にきちんと伝えるべきだったんじゃないのか？　どうしてこんなに遅れた？」

「慎重を要する話ですから」昨夜のうちに連絡しなかったのは、山梨県警の判断なのだが……一応、私は代弁者になった。

「しかし、遅くとも午前中には私に連絡があるべきだった」

「そうかもしれません」

「かもしれない？　冗談じゃない！」二度目の爆発。肘かけを殴りつける音は、一回目よりもずっと大きかった。「警察は、犯人を捕まえれば、それで被害者家族は満足すると思っているのか？　冗談じゃないぞ」

「その辺の事情は、戻ってから詳しくご説明できると思います。実際私たちは、捜査の内容について詳しく知る立場にないので」

「君らは、二年前もそうだったな。担当でない、という一言で説明を拒否した。今時、そんな縦割り組織で、まともな仕事ができると思うか？」

「警察と民間は違うと思います」私は思わず、禁を破って反論した。

「民間の力を導入したらどうだ？　警察も民営化すればいい。そうなったら、金さえ出せば動いてくれるだろう。金で解決できることなら、何でもするんだ」

これはもう、何を言っても無駄だ……私は口をつぐんだ。何か聞かれた時だけ答えるようにしよう。

しかし、よりによってふじみ野市か……この辺は、車だと都心部へのアクセスがよくない。所沢《ところざわ》インターチェンジから関越《かんえつ》道には乗れるものの、その後は練馬《ねりま》で降りて下道をひたすら走るか、首都高《しゅとこう》を大回りするしかない。運転手は、首都高ルートを取った。ドライブは一時間ほど続いた。その間、大崎は電話をかけ、メールを確認して返信し、と忙しなくしていて、私と話をしようとしなかった。それはそれで楽なのだが、何を考えているか分からない怖さもある。

スーツのポケットに入れていたスマートフォンが鳴った。電話ではなくメール。取り出して確認すると、三列目シートに座っている長住からだった。

署長が対応するように、課長経由でお願いしました。

短いメッセージの意味はすぐ理解できた。大崎は「上の人間を出せ」と怒鳴ったことは一度もないが、今回は最初からトップの人間を出しておいた方が、後々のトラブルを避《さ》けられるだろう。特捜本部では、一応所轄の署長がトップの立場になるのだし。

「了解した」と返信して、私は少しだけ長住に感心していた。こんな風に気が回る人間だっただろうか……しかしすぐに、自分にトラブルが及ばないように予防線を張ったのだと気づく。誰か上の人間が面倒なことを受け止めてくれれば、自分はその横で涼しい顔をしていればいい。

一時間ほどで、アルファードは目黒中央署に到着した。山手《やまて》通《どお》り側にも駐車スペースがあって、数台の車が停められるのだが、私は先の信号を左に曲がって裏手に回るよう、運転手に指示した。乾には既にメールで連絡して、裏口から入ることを決めていた。

「どうして正面から行かない？」苛ついた口調で大崎が訊ねる。

「万が一のため、です。正面には記者がいることもありますから。あの連中とは顔を合わせたくないんです」

「この件が、もう伝わっているんじゃないだろうな？」

「現在は隠せていますが、報道陣はどこかから情報を嗅《か》ぎつけます」

「情報をきちんと隠しておけないのは問題だ」

「仰《おつしや》る通りです。できるだけ気をつけますが……とにかく今回は、あくまで用心のためです」

大崎は何も言わなかった。議論したいわけではなく、取り敢《あ》えず文句を言えば気が済むのかもしれない。

運転手は、鉄の門扉《もんぴ》の前に車を横づけした。門扉そのものはごく普通なのだが、上に鉄条網が張ってあるのが、いかにも警察という感じである。待ち構えていた署員二人が鍵を開け、一気に門扉を開いた。一時停止したアルファードはすぐ署の敷地内に入り、大崎はドアに手をかけた。

「大崎さん、駐車スペースに入るまでは待っていただいて……」

「待てるか！」

吐き捨て、大崎が車の外に出た。私も慌てて後に続く。大崎は、門扉を開けた制服警官に詰め寄り、入り口を訊ねた。あまりの勢いに、制服警官が引く。私は二人の間に割って入り、大崎を裏口に誘った。

少し錆《さび》が入った鉄製のドアを開けると、ぎしぎしと嫌な音がする。ドアを押さえたままにしておくと、大崎は礼も言わずに中に足を踏み入れた。二年前、彼はここに何度か来ているのだが、中の様子までは記憶にないようだった。

「ご案内します」

長住が如才《じょさい》なく言って、先に立って歩き出した。普段はやる気がないのに、こんな時だけ何だ……長住がエレベーターホールへ向かうのを見て、私は署長室に駆けこんだ。署長は当然待ち構えていて、私を見るなり立ち上がった。当然制服姿——署長は制服を着ていることもスーツを着ていることもあるが、当然制服姿の方が威厳がある。署長に対応してもらうのは正解だ、と思った。

「支援課の村野です」

「ああ、ご苦労さん」

「今、大崎さんをお連《つ》れしました。申し訳ないですが、応対をお願いします。やはり、署長に出ていただかないと」

「おたくの課長から要請があったよ。同席してくれるんだろうな？」

「もちろんです」

「分かった。行こう」署長がうなずく。

目黒中央署長の竹永《たけなが》は、ずっと刑事畑、しかも捜査一課を歩いてきた男である。前職は捜査一課理事官。私と同時期に一課にいたのだが、担当が違っていたので一度も一緒に仕事をしたことはない。そもそも直接の面識もない。何しろ捜査一課は、刑事が四百人もいる大所帯《おおじょたい》故、全員の顔と名前を覚えることは不可能だ。とはいえ、向こうは私のことを知っていた——事故に遭《あ》ったのが捜査一課にいた頃だったから——ので、仕事はやりやすい。今回も、挨拶もまだだったのに、既に何度も打ち合わせしたようにスムーズに話が進んでいる。

私は階段で竹永に追いついた。

「状況を説明しておかなくていいですか？」二年前の事件の時には、竹永はまだここの署長ではなかった。大崎の激しい性格も直接は知らないわけで、何も分からぬまま彼の前に放り出すわけにはいかなかった。

「そうだな。ちょっと聞いておくか」

竹永が踊り場で立ち止まった。私は一息ついて膝の痛みに何とか耐え、今日の大崎とのやりとりを簡単に説明した。話しているうちに、竹永の表情がどんどん暗くなる。堂々たる体格――百八十センチはありそうな長身だ――なのに、いつの間にか背が縮んできたようにも見えた。

「かなりお怒りだな？」

「はい。問題は、その怒りをどこへぶつけていいか、ご本人も分かっていないことです」

「自供した人間が出てきたんだから、本来は喜ぶべき状況だと思うが……」

「気持ちの整理がついていないんだと思います。自供したとはいっても、犯人だと確定したわけではありませんから」

「そうだな……」竹永が顎《あご》を撫《な》でた。「取り敢えず、ひたすら頭を下げておくのが無難か」

「はい」私は素早くうなずいた。「現段階では何も保証できませんから。とにかく、言質《げんち》を与えないのがベストです」

「支援課としてはそれでいいのか？」

「そのうち落ち着きますよ」言ったものの、自分の言葉が信じられなかった。大崎の言動はまったく予想できないのだ。「とにかく、いきなり嚙みついてくることがあります。そういう場合、余計な反論をしないのが得策です」

けではない。

「まずい状況になったら介入しますので」私はうなずいたが、もちろん自信があるわけではない。

大崎は、特捜本部の隣にある小さな会議室に通されていた。立ったまま窓に顔を向け、小刻《こきざ》みに体を揺《ゆ》らしている。つき添っていた長住が呆《あき》れ顔で、私に向かって首を横に振って見せた。処置なし、とでも言いたげだった。今回ばかりは、長住の言い分に同調してしまいかねない――とにかく対処しにくい相手なのは間違いない。

「大崎さん」

声をかけると、大崎が勢いよく振り向く。表情は険《けわ》しく、今にも怒鳴り声を上げそうだった。

「竹永署長をお連れしました。署長からご説明させていただきます」

その言葉が合図になったように、ノックの音が響いた。本部捜査一課管理官の福井《ふくい》――二年前の事件発生からずっと、捜査の指揮を執《と》っている。捜査について一番詳しく話せる人間だから、彼がいれば一安心だ。責任者である署長と、情報を一番多く握っている管理官。最強の組み合わせが揃ったと、私はひとまず安堵《あんど》した。大崎がテーブルにつくと、竹永と福井が並んで向かいに座る。これで椅子《いす》が足りなくなり、私と長住は立ったまま――私は長住に「ちょっと頼む」と耳打ちして会議室を出た。後ろ手にドアを閉めた瞬間、思わず息を吐いてしまう。自分がどれだけ緊張していたか、初めて意識した。

一階へ降りて、自動販売機でミネラルウォーターのペットボトルを三本買いこむ。とにかく、大崎には落ち着いてもらいたい。そのためには、水が一番効果的だ。この辺、私の気遣いは、支援課で最年少の安藤梓《あんどうあずさ》に及ばない。彼女はいつでも大きなトートバッグを持ち歩いていて、中に水と飴《あめ》を必ず入れている。どちらも被害者家族を落ち着かせるためのものだ。俺も大きいバッグにして、水ぐらい持ち歩いた方がいいんだが……怪我して以来、荷物はなるべく小さくまとめるようにしている。重い荷物は、膝に余計な負担を与えるのだ。

ドアを開けた瞬間、水ぐらいでは収まりそうにない怒りが吹き出してきた。思わずその場で立ち止まってしまう。とても会議室の中には入れそうにない雰囲気だ。

「冗談じゃない！」大崎は立ち上がっていた。顔は真っ赤で、今にも目の前の二人に殴りかかりそうだった。「どうしてさっさと逮捕しない？　うちの娘を殺したと言っているんだろう？　本人が言っているから間違いないじゃないか。警察はどうしてそんなに弱腰なんだ？」

「身柄は現在、山梨県警が押さえています」福井は何とか冷静さを保っていた。しかし頬《ほお》が引き攣《つ》っており、怒りが爆発するのも時間の問題に思えた。「容疑者は警察の留置場にいます。いわば一番安全——逃げ出せない場所ですから、急ぐことはありません」

これはまずい——大崎にすれば一番聞きたくない言い訳だろう。私はようやく部屋に足を踏み入れたが、途端に大崎の怒りは私にまで向いた。

「あんたらは、本気で被害者家族のことを心配しているのか？　我々のためには何をするのが一番か、理解していないだろう」

「大崎さんは、何を望むんですか？」私は遠慮しながら訊ねた。

「決まってる。その男をここへ連れて来い。俺が話して、全てを白状させてやる」

「大崎さん、それはあくまで警察の仕事です。日本では、個人による復讐は許されていないんです」

「復讐じゃない。警察がだらしないから、俺が自分でやると言ってるんだ」

「自供した男は、留置場の中です。どこへも逃げられません」

「大阪《おおさか》の方で、逃げられたことがあったじゃないか」大崎が皮肉を飛ばした。いや、皮肉ではなくこれは事実か。大阪府警の所轄に留置されていた容疑者が逃走した事件は、警察史に残る大失態である。

「今回は、特に入念に監視しています」本当にそうかどうかは分からないが、私は言い切った。そうであってもらわないと困るのだが。

「とにかく一刻《いっこく》も早く逮捕して、状況をはっきりさせろ。そうしないと、こちらとしては然《しか》るべき手段を取らざるを得なくなる」

その「然るべき手段」とは何なのか……大崎は説明しなかったし、誰も訊ねようとはしなかった。そもそも大崎には何の手もない。弁護士を動かして警察を訴えようにも、然るべき理由がないのだ。

壁に背中を預けて立っている長住をちらりと見ると、苦笑を浮かべていた。まるで珍獣同士の小競《こぜ》り合いを、安全なところから見ているような……狭い会議室には緊張した空気が満ちているのだが、彼だけはその影響を受けていない様子だった。

「取り敢えず、水をどうぞ」

私は大崎の前にペットボトルを置いた。大崎が乱暴にキャップを捻り取り、ごくごくと水を飲む。溢れた水が顎を伝い、喉《のど》からシャツの隙間《すきま》に入りこんだ。薄青いシャツの襟《えり》が黒く染まる。

水が入って少しは気持ちが落ち着いたのか、大崎は黙りこんだ。そこでようやく、福井が冷静に説明を始める。大崎は口こそ挟《はさ》まなかったものの、強烈な視線を福井に向けて、睨み続ける。

この件は厄介なことになる。もしかしたら二年前よりひどいかもしれない……私は覚悟を決めた。しばらくは大崎にかかりきりになるだろう。

# 3

夕方、支援課に戻る。ほっと一息つく間もなく、課長の本橋が支援係全員による打ち合わせを開いた。参加者は私と長住に加えて、優里、梓、そして係長の芦田浩輔《あしだこうすけ》。いつものメンバーだ。

「大崎さんはどんな感じですか」本橋が切り出した。

「簡単には収まりがつかないでしょうね」私は溜息を堪《こら》えながら答え、状況を説明した。

「二年前、一番無難に大崎さんを抑えられたのは……」

本橋が全員の顔を見回したが、期待した答えは得られなかったようで、ゆっくりと首を横に振る。そう、誰一人、大崎に寄り添えなかった——明白な怒り、拒絶、傲慢な物言いを前に、これまで培《つちか》ったいかなる手も通用しなかった。

「大崎さんは、今後どうすると？」本橋が訊ねる。

「特捜本部からの連絡を待つということで、一応納得してもらいました。今のところは、他に手の打ちようがありません」

「我々も連絡待ちということですか……」本橋が言った。「二年前、支援センターの方はどうでしたか？」

「うちと同じです。基本的に、相手にしてもらえなかったはずです」

「まあ、あれですよ。金さえあれば何とでもなると思っている人だから」長住が耳をほじりながら言った。「ただ実際には、いくら金を積んでもどうにもならないことはあるんだけど。死んだ人は戻ってこないし」

「長住」私は素早く忠告を飛ばした。「言い過ぎだ」

「それが分かっていてどうにもならないから、ショックを受けてるだけでしょう？むしろ分かりやすいじゃないですか」長住が肩をすくめながら反論する。「そのうち落ち着きますよ。今回の件は、少なくともいい知らせなんだから、溜飲が下がるでしょう」

そうだといいのだが……私は相変わらず嫌な予感を抱いたままだった。

会議では、取り敢えずこちらからは大崎に接触しないことを決めた。余計な刺激は与えたくなかったし、そもそも向こうから何か言ってくる可能性の方が高い。その時に対応すればいい——しばらくはスクランブル体制だ。支援課は課内に泊まる準備がないが、ここの番号にかかってきた電話を個人のスマートフォンに転送することはできる。一日交代で、業務終了後も大崎からの電話を待って警戒、ということになった。

今日の電話番は優里が引き受けてくれたので、私は定時に引き上げることにした。そもそも今日は有給……夜は愛《あい》と食事をする予定になっていたのだ。ただし、どうにも乗り気にはなれない。彼女からの誘いを受けた後、私は少しばかり落ち着かない気分になっていた。

西原《にしはら》愛はかつての恋人で、私と一緒に事故に巻きこまれ、その後遺症で今も車椅子の生活である。しかし事故に遭う前と同じように、IT系の製作会社を経営しているし、それに加えて支援課の民間のカウンターパートと言える支援センターのボランティアに精を出すようになった。理由は私と同じ——事故の痛みを知る者は、他の人間の痛みにも寄り添える。事故に遭ってからの方が全てにおいて精力的になり、私の方が「ついていけない」と呆れることもしばしばだった。

恋人関係は解消してしまったが、今でも一緒に食事をすることはある。ただしそれは、仕事絡《がら》みの時や、彼女の大学の同級生でもある優里が一緒の時が多い。今回は、もしかしたら何かあったのかもしれない——例えば、急に結婚することになったとか。そういう相手がいるとは聞いていないが、こういうことは、決まる時にはいきなり決まるものではないだろうか。

食事をしながらそういう話になったら困るな、と思ったが、向こうからの誘いを断るきちんとした理由はなかった。

まあ、何か真剣な話があるとしたら、電話で話した時に少しは匂わせるだろう――そうやって自分を安心させようとしたが、一抹《いちまつ》の不安は残る。昔から彼女は、悪戯好き、サプライズ好きなのだ。

彼女が別の誰かと結婚しようが、私の気持ちがざわつく理由はないのだが――人の気持ちは、理由があって動くものでもない。

愛が指定してきたのは、東京メトロ外苑前《がいえんまえ》駅の近くにあるピザの専門店だった。外苑前といえば、神宮《じんぐう》球場と秩父宮《ちちぶのみや》ラグビー場のゲートウェイであり、「食」という点ではそれほど豊かな街ではない。試合観戦前の腹ごしらえで、手っ取り早く、安く済ませるための店が主流なのだ。今回指定された店は、私の地図には記載されていなかった。

私が店に着いた直後、愛が車椅子に乗って店に入って来た。店の人に椅子を一つどかしてもらっていたので、彼女は空いたスペースにそのまま収まった。午後六時、席は半分ほどが埋まっているが、静かな雰囲気である。イタリア料理の店、それもピザの専門店というと、非常に気さくで騒々しいイメージがあったのだが、それは覆された。

メニューを眺《なが》めて驚く。専門店とあって、ピザの他には前菜とデザートしかない。

さらに驚いたことに、ピザはマルゲリータとマリナーラの二種類だけだった。どちらも主張の強いトッピングを省いた、シンプルなピザ。純粋に、クラストの味で勝負しているのだろうか。

「この店は、行きつけ？」

「何度か来たことがあるわ」愛が答える。

「どう注文したらいいのかね」

「ピザはどっちも美味しいから、二枚とも頼んだ方がいいわね。お腹の具合で、前菜は適当に」

「君のお腹の具合は？」

「空《す》いてるわ」愛がにっこりと笑った。「村野は？」

「ああ、そうだな……今日は午前中、リハビリに行ってたから」

「ピザ一枚分ぐらいのエネルギーは消費したわけね」

「たぶん」実際は一切れ分ぐらいだろう——途中で抜け出してしまったのだから。

「じゃあ、適当に頼むわね」

愛は店員を呼び、てきぱきと注文を終えた。前菜の盛り合わせにピザ二種類。デザートは様子見で……飲み物はグラスの白ワインにした。ピザにはビールが合いそうだが、彼女は「ピザを食べ始めたら、ビールなんか呑《の》んでる暇《ひま》はないわよ。ワインは前菜用」と忠告した。

前菜はごくありきたり……味は上等だが、そんなに珍しいものはなかった。鯛《たい》のマリネにスパニッシュ・オムレツ、生ハム、アーティチョークの酢漬け——一方、ピザは素晴らしかった。最初に出てきたのはマルゲリータ。耳の部分が大きく、こんがりと焼けていて、いかにも美味そうだった。食べてまた驚く。トマトソースとチーズの味がしっかりしていて、バジルの爽《さわ》やかさが強いアクセントになっている。しかし本当に美味いのは耳だった。ふっくらしていて、しかももちもちと中身が詰まった食感である。今まで、ピザでは味わったことのない感じで、パンとも違う……これが本当のピザなら、今まで私が食べていたピザは何だったのだろう。二枚目のマリナーラは、にんにくが上手く効《き》いていた。シンプルなピザ二種類だが、それぞれに個性があって楽しめる。

「どうだった？」二人で大きなピザ二枚をあっさり平らげた後、愛が嬉《うれ》しそうに訊ねた。

「びっくりしたね。ピザの概念が変わったよ。本場のピザはやっぱりこんな感じなのかな？」

「さあ」愛が首を傾《かし》げる。「イタリアで食べたことはないから分からないけど、日本の方が美味しいかもね。日本人は器用だから、どんな国の料理でもブラッシュアップするし」

「じゃあ、わざわざイタリアへ食べに行く必要はないか」

「そもそも、イタリアへ行く用事なんかあるの？」

「いや……」

今夜は何となく、会話が上手く転がらない。彼女の方で、何か話したいことがあるのだと分かった。しかし普段とは違って、ずばりと言い出せない様子である。

デザートには二人ともアフォガードを頼み、飲み物は私はエスプレッソ、愛はカフェラテにした。苦味の加わったアイスクリームを食べている時、愛はようやく今夜の本題を切り出した。

「会社を手放そうかと思ってるの」

「本気か？」予想もしていなかった話題だった。今の会社は、愛が学生時代に起業してから、手塩にかけて育ててきたのだ。もっとも事故に遭ってからは、支援センターの活動に熱を入れ過ぎて、バランスが取れなくなってきたのかもしれない。

「うん……まだ決めかねてるんだけど、六対四で手放すことになると思う。七対三かな？」

「ということは、今後は支援センターの仕事に専念する？」それは危険ではないだろうか。支援センターでの彼女の立場はボランティアであり、報酬は一切受け取っていない。会社を手放してしまえば、収入源を断たれることになる。

「そう。ボランティアじゃなくて、正式な職員にならないかって、しばらく前から誘われてるのよ」

「ああ……なるほど」彼女も支援センターでの仕事は長くなった。実際、あそこのスタッフの中では、今一番頼りになる人間と言っていい。ただし現在はあくまでボランティアなので、週に二回、それも時間を制限して仕事に加わっているに過ぎない。それでも普段の仕事ぶりを見れば、センターの連中は専従の職員としてフルタイムで働いて欲しいと思うだろう。「だけど、それで大丈夫なのか？　その――お金の方は」

「実家暮らしだから家賃はかからないし、支援センターでフルタイムで働くと、それなりの給料になるのよ。貯金もあるし……それに会社を手放すと言っても、経営者としてという意味で、最大株主であるのは今までと同じだから。配当もある程度は期待できるはずよ」

「君の会社、そんなに業績がよかったか？」

「あなたが想像するより、私もうちのスタッフも優秀だから……ねえ、何で笑ってるの？」

「いや」私は慌てて頰を引っ叩《ぱた》いた。確かに、にやけてしまっていたようだ……結婚、などという話が出てこなかったので、正直ほっとしている。しかしこの感覚は、自分でも上手く説明できない。

「俺には金の計算はできないから……君が大丈夫だと思えば止める理由はないけど、精神的にはきついと思うよ」

「そう？」

「今までは、仕事をしながらだから、バランスが取れていたと思うんだ。でも、支援センター専従になったら、逃げ場がないぜ」

「覚悟はあるわ」愛が真顔で言った。「私がこれからやらなくちゃいけないこと……一生かけて取り組む仕事は、支援センターにあるんだから」

「分かった」ここまで言われると、私としてはうなずくしかない。止める権利などないのだ。

「あなたはどう思ってるの？　私が悲鳴を上げて、途中で投げ出すと思う？」

「それはないだろうな」彼女の性格からして、諦《あきら》めることは絶対にない。投げ出さず、一人で問題を抱えこんで、精神的にダメージを受けてしまう。「ただ、精神的にきつかったらフォローするよ」

「じゃあ、この話は賛成？」

「別に、俺に相談する必要はないんじゃないか？　もう決めてるんだろう？」

「一応……独《ひと》りよがりになってないか、心配だったから」

「相談相手なら、松木がいるじゃないか」

「もう話したわ」愛がうなずく。「松木は反対。だからあなたに……」

「賛成してくれそうな人間にターゲットを定めた、か……いずれにせよ、俺には賛成も反対もできない。君が何か決めたら、黙って見守るだけだ」

「それって、支援課の仕事と同じじゃない」

「もしかしたら、全ての基本かもしれない」

「分かった。この話はこれでおしまい」愛が軽い笑みを浮かべた。「本当に会社を手放すことになったら、その時はその時でまた話すわ。それより今日の件、大丈夫なの？」

急に会話が変わって、私は胃に軽い痛みを感じた。せっかくのピザが台無しだ。

「その話は、別の機会にして欲しかったな」

「そんなに厳しい状況なの？　松木から簡単に話は聞いたけど」

「二年前にどんな感じだったか、覚えてるだろう？　あの時よりひどい」

「しょうがないわね。状況が状況だから」愛は自分のカフェラテをスプーンでかき混ぜた。渦の中に答えを見つけようとでもいうのか、カップを覗《のぞ》きこむ。「取り敢えず静観、でいいんじゃない？　こちらで何かやろうとしても、相手を無駄に刺激するだけでしょう」

「うちの課でも、同じ結論になったよ。いずれ、支援センターにも入ってもらうことになると思うけど、今のうちに対策を練《ね》っておいた方がいい」

「対策の立てようがないんじゃない？　大崎さんはそういう人でしょう。何考えてるか、本音が読めないし」

それは認めざるを得ない。こちらが何を予想しても、大崎の反応はその上をいくのだ。

「何か言ってきたら、その時に何とかするしかないな」

「もしかしたら、今までで一番扱いにくい相手かもしれないわね」

「……否定できないな」

「さすがに、そのうち落ち着くとは思うわよ。事件は間違いなく解決するんだろうから」

「ああ」

「ねえ」愛がテーブルに身を乗り出す。悪戯っぽい笑みが浮かんでいる。「今日、何の話だと思った？」

「何が？」

「別のこと、考えてたんじゃない？」

「いや」否定したものの、心の中を見透《みす》かされているような気分になった。

「ふうん」愛が右目だけを細くして、私の顔を凝視《ぎようし》した。「ま、あなたが何を想像していたかはだいたい分かるけど、そういうことはないから。今も、将来も」

返す言葉もなく、私は苦いエスプレッソを一口で飲み干した。

## 4

二日後の水曜日、私のスマートフォンが鳴った。大崎……何事かと、慌てて取り上げたものの、すぐに耳を離さざるを得なかった。嚙みつくような彼の言葉が、容赦なく飛びこんできたのだ。

「――どういうことだ！」

「大崎さん、ちょっと落ち着きましょう」

「落ち着いてる！」

何を言っても宥《なだ》められそうにない。結局私は「どうしました」と静かに訊ねるしかなかった。

「ニュースだ、ニュース！　見てないのか」

「何のニュースですか？」

「犯人が自供と出てるぞ。それぐらいチェックしておけ！」

電話はいきなり切れた。私は急いでネットをチェックした。確かに──ポータルサイトのトップに「女性社長殺害　別件の容疑者が自供」との見出しがある。記事の出所は東日《とうにち》新聞だった。

「まずいな……」特捜の方では、しばらく発表を抑える予定だったはずだ。きちんと裏取りをして、畑中という男が間違いなく犯人だと確信できてから堂々と広報する──当然の流れだ。その情報が、どこからか漏れてしまったのだろう。殺人事件ではよくあることだが、これは大崎が怒るのも理解できる。被害者家族である自分だけが、取り残されたように感じているはずだ。

「どうかしたんですか？」向かいの席に座る梓が訊ねた。

「やられた。大崎さんの娘さんの件、東日に嗅ぎつけられた」

「マジですか」梓が目を見開く。慌てて自分のパソコンに視線を落とし「ホントだ」とつぶやく。

「この時間だと、夕刊の記事でしょうか」午前十時になったところだった。

「分からないな。取り敢えず、他のメディアもチェックしてくれないか？」

梓と手分けして、新聞、テレビ各社のサイトを確認した。どうやら東日の特ダネらしい。かつては、「特ダネ記事をネットに出すのは紙面の締め切りが過ぎてから」というルールが新聞各社にあったらしい。先にネットに出してしまうと、肝心の紙面で他社が追いついてしまうから、というのがその理由だ。しかし最近は、もはや紙面よりネットでの速報優先なのかもしれない。

いつの間にか、本橋が後ろに立っていた。気配に気づいて慌てて振り向くと、眉間《みけん》に深い皺《しわ》が刻《きざ》まれている。

「課長、この件は……」

「青天《せいてん》の霹靂《へきれき》ですね。どうせ捜査一課の人間が漏らしたんでしょう」

「大崎さんから電話がありました」

「何と？」本橋の顔がさらに曇る。

「記事が出た事に関するクレームです……どうしますか？　会っておきますか？」

「怒りのレベルは？」

「十段階で七」

「だったら、もう一度連絡があった時点で会いに行きましょう。レベル七では、まだ動かない方がいい」

「そうですか……」私は腕組みをした。向こうが何も要求をしてこない以上、こちらから手は出さない——一番無難な対策である。しかし次の展開も予想できた。二度目の電話で大崎は、「どうして報告に来ないんだ！」と怒鳴りつけてくるだろう。

今のうちに、別の手を打っておくか。

私はスマートフォンの連絡先リストをスクロールした。二年前に登録した番号はまだそのまま。立ち上がり、本橋と向き合う。こちらから提案するのは気が引けるが、何でも自由に言い合えるのは支援課の特徴であり、その雰囲気を完成させたのはこの課長なのだ。

「特捜の方と話していただけますか？　向こうも慌てていると思います」

「特捜からネタが出たのでなければ、ですね」本橋が珍しく、皮肉っぽく言った。

「どこから出たかは分かりませんが、とにかく特捜の反応は把握しておいた方がいいと思います」

「それは分かりましたが……何か用事でもあるんですか？」課長に仕事を押しつけるぐらいの重要な用事なのだろうな、とでも問いたげだった。

「大崎さんの側近がいるんです。唯一、大崎さんに意見が言える人と言っていいと思いますので……ちょっと連絡を取ってみます」

「分かりました」本橋がうなずく。

私は部屋の片隅に設置された、打ち合わせ用のスペースに向かった。三方をファイルキャビネットで塞がれて半個室のようになっており、他のスタッフを気にせず電話ができる。

二年前の臼井は確か、まだガラケーを使っていたはずだ。さすがにスマートフォンに変えただろうか……臼井は、呼び出し音が二回鳴っただけで応答した。

「村野さん」

「ご無沙汰しています」覚えていてくれたか、とほっとしながら村野は丁寧《ていねい》に挨拶した。いや、覚えていない方がおかしいか……二年前には、大崎よりも臼井と話した時間の方がずっと長かった。臼井はあの時、会社と社長を守ろうと必死になっていたが、それでも常に冷静さを失わなかった。社会人たるもの、あんな風でありたいものだ、と感心したのを覚えている。

「いやはや……」臼井が苦笑する様が目に浮かぶ。そう言えば彼は、いつも大崎に振り回されて苦笑していた。二年前の時点で、「もう二十年一緒に仕事をしている」と言っていたが、何十年一緒にいても、大崎の性格とやり方に慣れるものではあるまい。一方大崎は、「あいつだけは信用できる」と評価していたのだが。

「臼井さん、今はどちらにいらっしゃるんですか？」

「『バンリュー』本体に戻りました。今は専務で総務担当の役員です」

ご出世ですね、と言いかけて私は言葉を呑みこんだ。普通に話している場合ではない。

「総務担当ということは、何かトラブルがあれば……」

「対外的に説明責任を負う立場と言っていいでしょうね。広報部も宣伝部も、総務の傘下にありますから」

つまり私は、交渉相手として一番いい人間を引き当てたわけだ。大崎の様子を確認し、会社として対策を練ってもらうのに、これほど適した人物はいない。

「今回は大変なことになって、申し訳ありません」

「あなたが謝ることではないでしょう」臼井が慰《なぐさ》めてくれた。「むしろ、犯人が捕まったんだから、祝うべきですよ」

「社長はそうは思っていない——この状況を消化しきれていない感じなんですが」

「それはそうでしょう。事件発生から二年も経《た》ってから犯人が逮捕されるなんて、誰もが経験することではありませんよ。社長がいくら海千山千の人間だと言っても、こういうことは別でしょう」

「仰る通りです……先ほども電話で怒鳴られました。マスコミに書かれることを警戒しているようですね」

「二年前には、散々叩かれましたからね。事件の被害者なのに、あの扱いはないでしょう」

「社長の名前を出せば雑誌が売れる、と考えた人間もいたんでしょう。それだけのネームバリューがある人です……それで、今回はどうなんですか？　制御できますか？」

「難しいですね」臼井があっさりギブアップした。「取り敢えず、好きなだけ怒鳴らせておいて、怒りが鎮《しず》まるのを待つしかありません」

「臼井さんでも無理ですか？」

「ああなってしまってはどうしようもないですね。それより、マスコミ対策を本格的に考えなければいけません」

「はい」私はスマートフォンをきつく握り締めた。犯人逮捕となれば、報道陣が会社や大崎の自宅へ殺到するのは間違いない。その対策も、結局は支援課の役目だ。

「うちとしては何もできません——社長のコメントも避けたいと思います」臼井が言った。

「それが無難だと思います。コメントぐらいは出してもいいかもしれませんが——」

「いやいや、何をしても叩かれますから」臼井がまた苦笑したように言った。「何もしない方がいいでしょう。基本、無視でいきたいと思います」

「それで、大崎さんを納得させられますか？」

「何とか頑張《がんば》りますよ。村野さんのお力を借りる必要も出てくるかもしれませんが」

「それは承知しています。いつでも連絡して下さい」

「そうですね……そうせざるを得なくなると思います」

電話を切り、私は両手で顔を拭った。この先のことを考えると、思いやられる。唯《ゆい》一《いっ》の救いは、臼井が二年前と変わらず冷静なことだった。彼とのパイプはつないだままにしておこう。

状況を本橋に報告する。彼の方は渋い表情……特捜本部との話し合いが上手くいかなかったようだ。

「正式に発表するそうです」

「このタイミングで？」私は思わず目を見開いた。まるで、東日の特ダネを追認するようなものではないか。特捜本部としても、やりにくいことこの上ないだろう。

「各社の問い合わせに個別に対応できないようですから、しょうがないでしょう。それと今回の件、山梨県警から漏れた可能性がありますね」

「ああ、確かに……」私はうなずいた。「連中には、こっちの事件に関する責任がないですからね」

棚からぼたもちのような形で手に入った犯人が、かつて全国的に話題になった事件を自供した――誰かに話したくてうずうずする感覚も理解できる。知り合いの記者と一杯呑んだベテランの刑事が、酔っ払ってつい漏らしてしまうというのは、いかにもありそうだ。

「目黒中央署に行く必要はありませんね？」

「それはいいでしょう。向こうからも特に要請はありませんから」

「大崎さんに説明する必要はないんですか？」

「難しいところですが……現在報道されている事実は、大崎さんは既に知っていることばかりでしょう。考えてみれば、彼が怒鳴る理由はまったくない」

「そうですが、何か怒りのポイントに触れたとしか考えられません」

「取り敢えず、いつでも動けるようにしておいて下さい。特捜の担当者が大崎さんに報告する場面があったら、同席を依頼されるかもしれません」

「了解しました」

了解と言ったものの、どうにも落ち着かない。大崎がまた怒鳴りこんでくる可能性もあるし……私は取り敢えず、二年前の事件の概要をもう一度頭に叩きこんでおくことにした。一番下の引き出しに保管してある個人用の事件フォルダの中から、「大崎美江氏案件」と背表紙に書いたものを取り出す。それなりに分厚い……私たちが集められるのは警察の資料ではなく新聞や雑誌の記事だけなのだが、それでもこれだけ分厚くなるのは、当時事件が盛んに報じられた証拠だ。

そのフォルダを持って、先ほどの打ち合わせスペースに戻る。ここが課内で一番静か……コーヒーを自分のカップに注《つ》いで、一人きりの時間を過ごす準備を整えた。

まず、新聞記事から読み返していく。週刊誌はあることないこと含めて書きまくっていたのだが、事件の筋をシンプルに把握するには新聞が一番である。

事件発生は、二年前の四月七日。被害者の大崎美江はこの日午後七時、打ち合わせを終え、自分で車を運転して会社を出た。「バンリュー」の関連会社の社長といっても、若いせいか、社長車の後部座席に踏《ふ》ん反《ぞ》り返っているのは好みではなく、しばしば自分でハンドルを握っていた。基本的に、通勤にもマイカーを使っていたらしい。愛車はメルセデス・AMG《アーマーゲー》 GT。ツーシーターFRのハイパワーなスポーツカーで、ベンツのフラッグシップモデルと言っていい。当時価格を調べて、二千万円を少し切るぐらいだと知ってびっくりしたのを思い出した。警察官というのは、とにかく様々な人と会い、話をする。中にはとんでもない金持ちもいるのだが、そういう人と話したり、生活の実情を知ることに、私は未だに慣れなかった。美江がまさにそういう人種だった。都内でも中古マンションなら買えそうな額の車を平然と購入する……しかも実用性はほぼ皆無のツーシーターだ。

彼女は実家を出て一人暮らしをしていた。住所は南青山《みなみあおやま》の高層マンション。会社がある新宿《しんじゅく》からは、車で十五分ほどだろうか。目を閉じて、頭の中に地図を思い浮かべる。新宿通りから四谷《よつや》三丁目の交差点で右折し、外苑東通《がいえんひがし》りへ。信濃町《しなのまち》駅前まで出て、神宮外苑経由で青山一丁目駅付近まで至る、という感じだろうか。

しかし彼女は自宅に戻っていない。戻れば必ず分かる——高級マンション故、防犯カメラもあちこちにあり、特に駐車場の出入り口は常に監視されている。しかし美江の車は映っていなかった。二十四時間詰めている警備員も彼女を見ていない。

そして車は、自宅とも会社ともまったく関係ない町田市内で発見されたのだ。しかも翌日、四月八日の朝。

「不審な車が路上に違法駐車している」と連絡してきたのは、近所の住人だった。極端に背が低いスポーツカー、しかも色はカナリアイエローとくれば、停まっているだけでも目立つ。普通の車だったら無視していたかもしれないが、「どんな金持ちがいるのか」と気になるのも当然だろう。

所轄の交通課員が現場に向かったが、彼らが現場を見た瞬間に、単なる交通違反から事件に昇華してしまった。運転席側のウィンドウは壊され、シートには血痕《けっこん》がはっきりと残っていたのだ。出血多量で死ぬほどの量ではなかったものの、鼻血というレベルでもなかった。

ナンバーで照会して、すぐに所有者は判明した。所轄の刑事課、機動捜査隊も動き出し、美江が行方不明になっていることが分かった。足取りが怪《あや》しい……前夜、会社を出たことは確認できたのだが、その後がまったく分からなかったのだ。夜、自宅に戻らずに一人で首都高をドライブすることもよくある、と会社の人間は証言していたが、ETCの記録で、この日は首都高を走っていないことは分かった。また、車が発見された町田には知り合いがいるわけでもなく、何故《なぜ》そこに車があったかは不明だった。

しかも現場は、町田市の北部、多摩《たま》市に近い場所で、かなり緑深い——いかにも多摩地区という感じの静かな住宅地である。何か用事がなければ行かないような場所だが、会社関係者、家族とも、まったく事情が分からなかったようだった。

しかしその日の午前中に、事態は急展開した。車は路上駐車してあったのだが、そのすぐ側《そば》にある緑地公園で、女性の遺体が見つかったのだ。悪いことに、発見したのは遊びに来た近所の小学生たち……遺体は腹部、胸など数ヵ所を刺されていた上に、猿轡《さるぐつわ》をかまされていた。血まみれの遺体は、特に隠されることもなく、無造作に丘の斜面に放り出されていた。発見した小学生たちが今もトラウマを抱えこんでいるのでは、と考えると胸が痛む。

どうやら美江は、何らかの方法で拉致《らち》され、この現場まで連れて来られたようだ。カージャックされた可能性も否定できないが、この車はツーシーターだから、拉致に使うのは難しい……しかし続報で、美江は車のトランク、というか後部のラゲッジスペースに押しこめられていたらしいと判明した。そこから、美江が着ていた服の繊維片、血痕も採取されたのだ。純スポーツカーの荷室に人を入れられるものだろうかと私は疑問に思ったが、実はクーペではなくハッチバックで、リアゲートが大きく開き、そこそこの大きさのラゲッジスペースが確保されていることが分かった。女性なら、何とか押しこめることができたはずだ。ラゲッジスペースの床から採取された血液のDNA型も、美江のものと一致した。

これで、事件の構図は分かってきた。犯人——おそらく複数だ——は車を襲って美江を拉致し、ラゲッジスペースに押しこんで町田まで向かった。緑地公園に連れこんで殺し、遺体は放棄。車は路上に放置したまま逃げた。あるいは、拉致直後に殺害し、車に積んでいたのは「遺体」だったかもしれない。

当時の主流の見方は「強盗」だった。当日美江が持っていたはずのハンドバッグがなくなっていたのだ。普段から数十万円単位で現金を持ち歩いていたというから、強盗に狙われやすいとも言える——いや、実は日本では、こういうケースは珍しい。強盗というと、家に押し入るか、歩行者を襲うか……カージャックして何かを奪うというケースは極めて稀である。ただし犯人が銃を持っていれば、いかに車に乗っていても簡単に逃げるのは難しい。離れていても、撃たれたら大きな被害を受ける恐れがあるからだ。

日本で過去にこういうケースがあったかどうか、確認しようと思えばできる。一番早いのは、現在南大田《みなみおおた》署に勤務している捜査一課時代の先輩・岩倉剛《いわくらごう》、通称「ガンさん」に聞くことだ。彼は事件マニアな上に、異様な記憶力の持ち主で、国内外を問わずあらゆる重大事件を覚えていると言っていい。しかも、聞けばすぐに情報が出てくおそらく、頭の中に完全なデータベースが構築されているのだろう。ただし、彼に一つ質問を発すると、答えが止まらなくなる。類似事件まで次々と俎上《そじょう》に載《の》せて、いつまでも話し続けるのだ。時間がない今、彼に話を聞くのはリスクが大き過ぎる。

この事件に関する当時の結論――よく分からない。

よく分からなくても、あれこれ推測して書くのは勝手だ。新聞のニュースはすぐに紙面から消えたが――捜査に動きがないのだからしょうがない――週刊誌はひどかった。捜査に動きがない「隙」を利用するようにして、「バンリュー」の悪口を書き始めたのだ。元々「バンリュー」はブラック企業として悪名高く、この事件が起きる前から散々週刊誌に叩かれていたので、その蒸し返しのようなものである。会社を離れた元従業員をわざわざ登場させて「会社に恨みを持っている人は外部にも少なくない」「いつかはこういう暴力的な事件が起きると思っていた」という証言を引き出した記事もあった。これは明らかに誘導尋問だったが、誘われて言ってしまう人がいるということは、それだけあの会社で働く人の中には不満が渦巻いているということだろう。

手元のスマートフォンが鳴った。大崎――資料の読みこみはこれで打ち切らざるを得ないが、概要はきちんと頭に入ったからよしとしよう。

私は一つ息を吐いて、大崎と対峙する決意を固めた。いや、一方的に罵声《ばせい》を浴びせられるだけかもしれないが。

## 5

大崎との会談——会談というか彼に事情を説明する会合は、昼過ぎに開かれることになった。場所は目黒中央署。ネットにニュースが流れてから少し時間が空いたのは、その間に特捜本部が記者会見を開かなければならなかったからである。

会見には、目黒中央署長の竹永に加えて、捜査一課長も出席した。喋《しゃべ》るのはほぼ一課長が担当したのだが、同席しているだけでも精神的には疲れただろう。会見を終えた竹永は、見るからにげっそりしていた。

「中途半端な会見だったそうですね」

私は切り出した。竹永が嫌そうな視線を向けてくる。

「現段階で話せることには、限界があるだろう。うちが逮捕したわけじゃないし」

「そもそも、逮捕でもないのに会見というのは無理があったんじゃないですか」

「本部の意向だから仕方がない。東日以外の社に散々突き上げられたそうだ」竹永が右手で顔を擦《こす》った。既に一日分——もしかしたら数日分の疲れを背負ってしまったのかもしれない。

竹永がさらに愚痴《ぐち》をこぼそうとしたのか、口を開きかけた瞬間、会議室のドアが開いた。長任が、大崎を案内して連れて来る。大崎はいつものように横柄な態度——いや、普段よりも背中を大きく反らし、胸を突き出していた。

大崎は勝手にテーブルにつき、両手を置いてぴしりと背中を伸ばした。私はすかさずミネラルウォーターのペットボトルを彼の前に置いたが、大崎はいきなり右手を振ってペットボトルを弾《はじ》き飛ばした。窓に当たったペットボトルが床に落ちて、大きな音を立てる。

「どういうことか、説明してもらおうか」大崎が、正面に座った竹永を睨んでいきなり切り出す。「突然あんなニュースが出て、会社にも自宅にもマスコミの連中が押しかけてきて困っている」

「情報漏れの原因については、調査中です」竹永が慎重に切り出した。「今のところ、警視庁から漏れた可能性は極めて低いです。容疑者は山梨県警に留置されていますから……向こうで関係者が喋った可能性があります」

「冗談じゃない。もしもそうなら……」大崎が右手を握り締めた。「山梨県警にいつまでも任せておくわけにはいかないだろう。さっさと東京に連れて来ればいいじゃないか。何をのろのろしているんだ！」

「向こうの調べもありまして……」

「そんなことは俺には関係ない！」大崎が怒鳴り上げる。

私は二本目のペットボトルをバッグから取り出し、また大崎の前に置いた。ただし、身を乗り出さないと手が届かない距離に。

「君は、どういうつもりだ」大崎が私を睨みつける。「水など、いらん」

「水を飲めば少しは落ち着きます」私は低い声で告げた。

「私は落ち着いている！」嚙みつくような口調は、明らかに落ち着いた人間のそれではなかった。

竹永が粘り強く、冷静に話を続けた。容疑が固まり次第逮捕して東京へ移送するつもりだが、現段階ではいつとは言えない。しかし確実に逮捕して、こちらの事件の容疑はきっちり調べ上げる——。

「とにかく、マスコミの連中は何とかならんのか」苛ついた口調で大崎が訊ねる。

「それについては」私は竹永を目で制して答えた。「こちらで対応します」

「どうやって」

「報道陣に、常識を外れた取材はしないようにと依頼します」

「そんなことを言って素直に聞くような連中じゃないだろうが！」大崎が嚙みつく。

「排除する方法はないのか」

「基本的に、報道の自由があります」

「報道の自由？　今のマスコミに、そんな気概《きがい》はないだろう。少し脅《おど》しつければ、簡単に言うことを聞くはずだ。そういうことは、警察できちんとやるべきじゃないのか」

　マスコミに「気概」がないのは事実だ。いや、正確には「無理しないようになった」と言うべきか。ひと昔前は、今なら人権侵害だと非難されるような取材も平気で行われていたが、今はそういうことをすると、すぐにネットで晒《さら》されてしまう。マスコミの連中は、ネットを馬鹿にしきっている割には、批判を書かれないかとびくびくしている。

　そういう状況だから、広報課から「穏便《おんびん》に」と申し入れれば、大抵は言うことを聞いてくれる。特に被害者やその家族に対する取材は、人権問題に直結するだけに、さらに及び腰になるのだ。

　もっとも、事情はそう簡単ではない。

　広報課には複数の係がある。このうち二係は警視庁の記者クラブに常駐して取材している新聞・テレビへの対応で、週刊誌やワイドショーなどのテレビメディアについては三係と四係が対応する。毎日のように顔を合わせている記者の相手をする二係の仕事は、難しくはない。いわば「顔見知り」が相手だから、多少無理な要請をしても何とかなる。しかし基本的に週刊誌やワイドショーはやりたい放題だ。しかも抑える有効な手段がない。ネットメディアは……特に気にしていないようだ。ネットメディアは自《みずか》ら取材することはほとんどなく、既存のニュースをつなぎ合わせて、ちょっとしたコメントをつけ加えるだけでニュースにしてしまう。そもそもネットメディアは、事件・事故にはそれほど熱心ではないという調査結果もあった。

この件については、広報課ともきちんと話さねばならないだろう。まずは、どんな連中が大崎の家や会社に押しかけているか、きちんと把握しなければならない。状況によっては個別撃破で説得だ。

「大崎さん、今もマスコミの連中は張りついているんですか？」

「ああ」大崎の顔が歪《ゆが》む。心底嫌そうだった。

「ご自宅にも？

「そう言っただろう！」早くも小爆発。

「今からご自宅にお伺《うかが》いしてもよろしいでしょうか」

「ああ？」大崎が目を見開く。

「どんな連中がいるか、確認しておきたいと思います。それで対策を練りますから」

「君らはいつも、後手後手だな」大崎が呆れたように言った。「機動隊でも投入して、さっさと追い返してしまえばいいじゃないか」

「それは無理です」

「まったく……」大崎が鼻を鳴らした。「まあ、いい。現状把握は大事だからな。今すぐ行こう」

「分かりました」私と長住がいれば、状況を把握するぐらいはできるだろう——長住をあまり頼りにしてはいけないが。

竹永は露骨にほっとした表情を浮かべていた。彼を苦境から救い出しただけでも、ここへ来た意味はあった、と自分に言い聞かせる。竹永にうなずきかけてから、私は立ち上がった。思い出して、先ほど大崎が弾き飛ばして床に落ちたペットボトルを拾い上げる。大崎が珍しいものでも見るような目でその様子を凝視しているのが分かった。まるで、床に落ちたペットボトルは汚染されていて、素手《すで》で触ると危険だとでもいうように。

本当は、大崎を自宅へ近づかせたくなかった。本社にいればまず安全……新宿の超高層ビルに入っているので、報道陣も簡単には近づけないのだ。その辺のことは二年前に調査済みである。駐車場の出入り口も二ヵ所あり、しかもビル自体の警備が厳しいから、その中や周辺で張り込みするのも不可能だ。しかし自宅は中目黒——私の家にも近い——の一軒家で、報道陣を遠ざけておく有効な手段はない。結局二年前は、町内会が「近所迷惑だ」と声明を出したことがきっかけになって多少は収まったのだが、それでも報道陣が完全に自宅から離れることはなかった。しばらくは、ポツポツと現れては近所の顰蹙《ひんしゅく》をかったものである。

自宅へ向かうアルファードの車中で、大崎は私たちとは一言も喋ろうとしなかった。電話をかけ、メールをチェックし……このアルファードは「動くオフィス」なのだと分かってきた。実際、運転席のシートバックには小さなテーブルがしこまれており、それを使ってパソコンでの作業もできる。もっとも大崎はパソコンを使わず、スマートフォンでメールを処理していたが。

「クソ、奴ら、まだいるな」自宅に近づくと、大崎が吐き捨てた。大崎の自宅は山手通りから一本入った閑静な住宅街にある。道路がごちゃごちゃと入り組んでいて狭いせいで、報道陣は自宅前で溢れかえるようだった。このままでは、玄関まで車で近づくこともできない。

「大崎さん、様子を見て来ますから、少し離れたところで待機していてくれませんか」私は丁寧に頼んだ。

「轢《ひ》き殺して突破したら駄目かね」

冗談だろうと分かっていたが、冗談だとは思えない部分もある……私は「危険ですから家に近づかないで下さい」と改めて警告した。

大崎は私の言葉には反応しなかったが、運転手に「山手通りに戻れ」と命じた。この辺りの道路は、巨大なアルファードが走るにはきつい狭さなのだが、運転手は慣れているのか、危なげなく運転し、細い道路を右左折して山手通りに戻った。

長住は車中に置いていこう、と決めた。というより、助手席に座っている秘書課の人間と二人になって、密《ひそ》かに話を聞きたかった。臼井はいいネタ元になってくれるはずだが、できればあと何人か、いつでも話ができる人間を確保したい。

長住に「待つように」と指示すると、露骨にほっとしたような表情を浮かべた。この男は面倒臭がりで、動かずに済むなら動かない、というのが基本方針なのだ。

「そちらの……秘書課の方ですね？」私は助手席の女性に声をかけた。

「はい」

「ちょっと一緒に来てもらえませんか？　状況を確認しておきたいんです」

大崎に許可を求めようとしたのか、女性が振り向く。短くまとめた髪がふわりと揺れた。その目には不安の色が宿っている。

「ああ。行ってくれ」スマートフォンに視線を落としたまま、大崎が答えた。

車の外に出ると、少しだけ蒸し暑い陽気に苛立つ。月曜日は冬を思わせる寒さだったのだが、今日は夏を先取りしたような暑さ……スーツの上衣を脱ぎたくなったが、荷物を増やしたくない。汗は我慢することにして、私は女性が助手席から降りるのを待った。

「ご挨拶がまだでしたが……支援課の村野です」

「安岡《やすおか》です」少し高い声で名乗って、丁寧に名刺を差し出してくる。秘書課、安岡玲《れい》とあった。年の頃三十歳ぐらいだろうか……私は初対面だが、これまでの事件の経緯は知っているのだろうか。

「二年前の事件の時は、どこにいらっしゃいましたか？」

「埼玉西支店です」

「ああ……なるほど」「バンリュー」は関東地方各地で住宅地の開発を行っているので、支店が何ヵ所かある。支店・本社間の異動も多いようだ。「そこから秘書課に？」

「はい」

「このところの社長の様子はどうですか？」

「どう、と言われましても……」

玲が顔を伏せる。知っているが言いたくないということか。もしも余計なことを第三者に喋ったとバレたら、後で何を言われるか分からない。社内は一種の恐怖政治に支配されているのでは、と私は想像した。その中で、臼井はよく自由に物が言えるものだと感心してしまう。

「仕事も大変なんでしょう？」

「社長が決裁することも多いですから」

「ワンマンなんですね」

「ワンマンと言われると、社長は怒りますよ」

それがワンマンの特徴だ。多くの独裁的リーダーは、自分がワンマンだとは絶対に思っていない。むしろ部下の声によく耳を傾ける、気さくな経営者だと自己評価している節がある。しかし彼らが部下との「コミュニケーション」だと信じているものは、ほとんどが自身による叱責《しっせき》に過ぎない。

私も何度か入ったことがあるが、大崎の自宅は「巨大な」という形容詞をつけていいぐらいの大きさである。地下一階、地上二階の家は白亜の壁に囲まれている。そのために外から見えるのは二階部分だけなのだが、それでも大きさは十分に分かる。私は当時の記憶をひっくり返した。玄関を入るとすぐに、二階まで吹き抜けのホール。周囲を高い壁に覆《おお》われているものの、広い中庭が灯《あか》り取りになっていて、家の中は明るい。私が大崎と面会したのは一階にある応接間だったが、そこだけで私のマンションの部屋ぐらいの広さがあった。調度品がまたいかにも、「金が余ったので揃えました」という感じ……高価そうな壺や凝《こ》った彫刻が施《ほどこ》されたテーブル、豪華だが座り心地の悪い椅子と、どうにもセンスが悪い。分かりやすい成金的な家——いくら金を儲《もう》けても、家や車には金をかけずに質素《しっそ》な暮らしをしている人も多いはずだが、大崎のように分かりやすい金持ちもいるわけだ。

どうにも落ち着かない。

玄関の前には報道陣が集まっていた。山手通りに黒塗りのハイヤーやマイクロバスが停まっていたので、ある程度の人数はいるだろうと覚悟していたが、想像よりもはるかに多い。カメラマン、テレビのクルー、それに記者……ざっと数えただけで五十人ほどはいる。この連中を現場から引き剝がすのは一苦労だ。私が——警察が声をかけて「ここを離れるように」と言っても、反発を食うだけだろう。やはり広報課を通じて裏から手を回すか、前回のように町内会に抗議してもらうのが効果的かもしれない。

「近づけないですね」震えるような声で玲が言った。

「そうですね。あなたは、顔を覚えられない方がいい」私は忠告した。

「どうしてですか？」

「特定されると、あなたも追いかけ回されるかもしれません」

「冗談じゃないです……」

その時、一人の男が家の方へ近づいて行った。年の頃、七十歳ぐらい。見覚えのない人物だったが、大崎の関係者ではないだろう。もしかしたら町内会の人間かもしれない。

男は何故か、大きな箒《ほうき》とチリトリを持っていた。何かを警戒するように報道陣の周《まわ》りをぐるりと回り、一人の記者を摑まえて何か話し始める。記者の方はいかにも迷惑そうだったが、それでも相手の話には耳を傾け、一々うなずいていた。男の話はなかなか終わらない。記者は露骨にうんざりした表情を浮かべたが、男の方では気にする様子もなかった。

結局、やりとり——一方的な通告だったかもしれないが——は五分ほども続き、男は踵《きびす》を返して、大股でその場を去って行った。

「ちょっと話を聞いてみましょう」私は切り出した。「あの人に見覚えはないですか？」

「いいえ」玲が首を横に振る。

私は膝を庇《かば》いながら走り出し、路地を曲がったところで男に追いついた。ちょうど報道陣からは見えなくなる。

「すみません」

声をかけると、男が振り向く。初見で七十歳と見たが、実際に近くで見ると、もう少し年齢を重ねているようだった。背筋はピンと伸びているが、髪も眉毛《まゆげ》も真っ白である。

「警察です」

私はバッジを示した。男が、白くなった眉をくっと上げる。

「犯罪被害者支援課の村野と言います。この辺の方ですか？」

「そうだよ……ちょうどよかった。警察の人だったら、話を聞いてもらえないかね」

「構いませんが……」向こうから持ち出されて、私は当惑した。警察に何かクレームでもあるのだろうか。

「じゃあ、ちょっとこちらへ」

男が先に立って歩き出す。私は、男の年齢をやはり七十歳前後と見積もった。しかし歩き方はしっかりしており、歩幅も広い。

一分ほど歩いて、四階建ての細長いマンションにたどり着く。ワンルームマンションだろうか……男は鍵を使ってオートロックを解除し、中に入った。狭いロビーになっていて、ソファがいくつか置いてある。住人以外の人に聞かれず話をするには最適の場所だった。

「警察の人だね」男が念押しするように訊ねる。

「はい。すみませんが、どちら様ですか？　このマンションに住んでいる……」

「いや、オーナーだよ」男があっさり訂正した。「ここには住んでないけど、同じ町内会だから」

「失礼ですが、お名前は？」

「久本《ひさもと》」

「久本さんですね……先ほど、大崎さんの家の前に行きましたよね？　マスコミの連中と何か話してたようですが」

「いや、ちょっと様子を見に行って、警告しただけだよ。二年前はひどかったからね」

「大崎さんの娘さんが殺された時ですね？」

「ああ」久本が渋い表情でうなずく。「あの時も報道陣が押しかけて、家の周りがひどいことになったんだ。連中、煙草は道路に捨てるわ、ペットボトルは置きっ放しにするわで、最悪だったからね。マスコミの連中ってのは、基本的なマナーも身につけていないのかね？」

「それは大変でしたね。それで今日は、箒とチリトリで威嚇《いかく》ですか」私は、久本がソファに立てかけて置いた竹箒に視線をやった。

「ああ」ようやく久本の顔に笑みが浮かぶ。「皮肉のつもりもあったんだが、今日は綺麗《きれい》だったね。連中も多少はマナーを学んだのか、そもそも喫煙率が低くなっているせいなのかは分からんが」

「二年前、町内会としてマスコミに抗議した、と聞きました」

「必要があれば、今回もそうするよ。それで、肝心の大崎さんは？」

「会社です」私はとっさに嘘をついた。「この状態だと家にも帰れないと思いますが」

「しばらく、戻らないでくれるとありがたいんだけどね」久本が真剣な表情で訴えた。「大崎さんが家にいないことが分かれば、マスコミの連中も引き上げるでしょう」

「そうですね……」久本の言い分に、私は彼と大崎の微妙な距離を感じ取った。大崎があそこに家を建てたのはいつか……そんなに昔のことではあるまい。彼は元々岐阜《ぎふ》県の出身で、東京に地縁はなかったのだ。おそらく「バンリュー」を起業して、ある程度「綺麗な金」を儲けてからではないだろうか。昔からの静かな住宅街に後から入って来て、要塞のように巨大な家を建てる人間。いったい何者かと、近所の人たちは胡散臭《うさんくさ》い目で見ていたのではないだろうか。そして正体が分かって顔をしかめる……大崎の場合、地上げに関わったりした疑惑があるから、完全にクリーンな隣人とは言えないのだ。

「何かあったら連絡をもらえますか」私は久本に名刺を渡した。

「警察ね……警察で何とかしてくれるんですか？」

「限界はありますが、やれることはやります」

「まあ……あまり期待はしないでおきますよ」久本が苦笑した。「とにかく、大きな騒ぎにならないといいんだが」

「普段、同じ町内会の人間として、大崎さんとつき合いはあるんですか？」

「いやあ、ほぼゼロだね」久本が頭を掻《か》いた。「町内会の活動には奥さんがたまに顔を出してくれるけど、基本的にご本人はまったく出てこない。顔を見たこともないよ。仕事が忙しいんだろうね」

「そんなものでしょうか」

「まあ……そういうことでしょう」

久本の説明は歯切れが悪かった。しかしこれ以上突っこんでも、本音は出てこないだろう。私は礼を言って、マンションを出た。

「社長は、ご近所ではあまり人望が高くないようですね」

「そうでしょうか」玲が強張《こわば》った口調で反論する。

「近所ときちんとつき合いがあるかどうか……社会的地位の高い人なんだから、近所とのつき合いもそつなくこなしておくべきだと思いますが」

「分かりますけど、それを警察の人に言われる筋合いはないと思います」

「失礼しました」少し言い過ぎたと、私はすぐに謝罪した。被害者支援に関しては、とにかく余計なことは言わないように意識している。その分、普段喋る時には余計な一言を発してしまいがちなのだ。広義では、玲もこの事件の関係者の一人なのに。

車に戻ると、大崎はまだスマートフォンをいじっていた。顔も上げずに「どうだった」と訊ねる。その態度には少しむっとしたが、私は「五十人ほどいましたね」と報告した。

「五十人か……前と同じぐらいだな」

「しばらく、家には戻らない方がいいと思います」

「しばらく？」大崎がようやく顔を上げ、私の顔を凝視した。続いて左手首の腕時計──定番のロレックスではなく、何か別の高そうな金時計だった──を確認する。「まだ二時にもなっていない。仕事が終わらないんだから、帰るわけがないだろう」

「そういう意味のしばらくではなく、何日かは家に戻らないようにした方がいい、という意味です」

「私に逃げろというのか？」大崎が目を細める。

「君子危うきに近寄らず──わざわざ危険な場所に行く必要はないと思います」

「君たちは、責任を持ってあの連中を追い払ってくれるんじゃないのか？」

「これから手は打ちますが、限界はあります。百パーセント大丈夫という保証はできません」

「私は逃げない！」

大崎が声を張り上げて宣言した。そういう問題ではないのだが……これ以上余計なことを言えば、大崎は一層頑《かたく》なになってしまうだろう。今日の夕方──帰宅するぐらいの時刻になったら、また連絡を取ってみよう。その時点で対策を考えればいい。

この時点で、私はまだ事態を甘く見ていた──数時間後にそれを思い知ることになる。

本部に戻り、係長の芦田と一緒に広報課に顔を出した。マスコミ対策は、やはり広報課に任せるのが一番いい。

このフロアは私たち支援課にもお馴染みだった。三つある警視庁の記者クラブは全てこのフロアにあり、私もできるだけ顔を出すようにしている。様々なイベントや講演を行うので、その告知を記者クラブに投げこんでいくのだ。支援課は現場での被害者支援だけではなく、様々なPR活動を行っている。犯罪被害に遭った時には迷わず支援課に相談して欲しい——支援課や支援センターの存在は、世間にはまだまだ知られていないから、マスコミを上手く使ってアピールしたい。

九十九パーセントまでは、黙殺されるのだが。

警視庁は広報を重視しており、課長はキャリアの人間が務めるのが通例だ。ここを経験するのは出世の条件、とまで言われている。そして記者クラブの人間の間では「日本最強の広報」とも呼ばれているそうだ。情報伝達に遅延はないが、逆に隠すべきことは徹底して隠してしまう。捜査一課の平《ひら》刑事から情報が漏れることはあるが、広報からは絶対に特ダネは出ないと言われているようだ。マスコミにすれば、頼りになると同時に手強い相手でもあるだろう。

本当は、本橋が直接広報課長と話すべきなのだが……外せない会議があるというので仕方がない。こういう時には芦田が役に立つ。元々盗犯専門の捜査三課の刑事で、今でも現役の刑事らしい雰囲気を発しているのに加え、どういう心境の変化か、しばらく前に丸坊主にしてしまったのだ。以前より迫力が増しており、交渉の場では相手をビビらせることができる。

記者クラブ担当の係長と話をしたのだが、広報でも大崎の自宅が報道陣に囲まれていることは既に把握していた。そして広報としては、新聞・テレビ各社のキャップに非公式に要請を出す方針をもう決めていた。

「こういうのは、いつまで経っても同じだね」係長が呆れたように言った。「何かあるとすぐに現場に集まって、近所の人たちに迷惑をかける。マスコミの連中っていうのは学習しないもんだね」

「まったくです。厳しくお願いしますよ」

これでOK、話が早い。芦田の強面《こわもて》を利用する必要もなかった。取り敢えずほっとして支援課に戻ると、玲から電話がかかってきた。

「すみません、村野さんに直接お電話していいかどうか、分からなかったんですが」

「構いませんよ」そう言いながら嫌な予感が胸の中で膨《ふく》らんできた。

「実は、社長がこれから家に帰ると言っているんですが」

「そうですか」結局、忠告を聞くような人ではなかったわけだ。「今、広報課がマスコミ各社に現場から引くように依頼しています。ただし、社長の帰宅に間に合うかどうか」

「そうですか……どうしましょう？」

「どうしても家に戻らないといけないんですか？」

「はい」

「何か用事があって――」

「自分ではっきり言ってやるつもりだと言うんです」

「どういうことですか」悪い予感はさらに膨らみ、私は軽い頭痛を覚えた。

「マスコミに直接文句を言ってやる、と。あの、そんなことになったら――」

「分かりました。何とかします。これから先回りして家へ伺います」

人手が必要だ。しかも、できたら男手――とはいっても、支援係には私と長住、芦田しかいない。しかも長住はどこかへ行ってしまって姿が見えない。仕方なく芦田に話すと、いきなり渋い表情を見せられた。

「二人でカバーするのか？」外見の迫力は増しているのに、芦田は及び腰だった。

「所轄から応援を貰えば、何とかなると思います。何だったら、威嚇射撃ぐらいはしてもいいと思いますが」

「馬鹿言うな。広報か所轄に援助をもらおう。人が多ければ多いだけ、安全だろう」

「コントロールできなくなって、トラブルになる可能性もありますが」

「お前は、どうしてそう悲観的なんだ？」

「当たり前じゃないですか。この件では、楽観的になれる材料なんか、まったくないんですよ」私は肩をすくめた。

## 6

広報の調整は間に合わなかったようで、大崎の家の前には、まだ報道陣が集まっていた。むしろ先ほどよりも増えている。警察からは私と芦田、それに所轄から応援の制服警官が二人——この二人が頼りになるだろう。「制服」はやはり警察の象徴であり、一定の抑止力として働くはずだ。

「どうする」芦田が心配そうに訊ねる。

「取り敢えず、大崎さんが戻って来るのを待ちましょう」何で俺が指示しなくてはいけないんだ、と思いながら私は言った。上司は芦田なのに……二人の制服警官に目を向けて指示する。「この状態だと、車は家の近くまで来られない。少し離れた場所に誘導せざるを得ないけど、そこから大崎さんを上手く家まで連れていこう。二人は両脇でガード。俺が先導していく……芦田さんは、後ろの守りを固めて下さい」

「警護課じゃないんだから……」芦田がぶつぶつ文句を言った。警護課のSPは、要人警護のスペシャリストである。こういう混乱した現場でも、警備対象者にかすり傷一つ負わせない。もっとも、警護課の仕事は主に政治家を守ることで、民間人の安全を守るような仕事は規定されていない。

その後、玲から何度か電話が入り、大崎が五時過ぎに会社を出る、と最終的に報告があった。現在、四時五十分……玲は、大崎が社長室を出たらすぐに連絡をくれることになっていた。

予定より少し早い四時五十五分、スマートフォンが鳴った。急いで取り上げ、玲の「今出ました」という報告を聞く。礼を言って通話を終え、他の三人に「あと二十分ぐらいで着く」と告げた。

その二十分の間に、大崎の家の前に固まっていた報道陣から一人抜け、二人抜け……広報の根回しが上手くいったのかもしれない。しかし、先に引き上げた連中は、後からこの状況を知って地団駄《じだんだ》を踏むかもしれない。大崎は、喋る気満々で自宅に戻って来るのではないだろうか。

喋らせてはいけない。彼が話せば、新たな波紋——火種を生む可能性がある。

「来たぞ」芦田が低い声で言った。

振り向くと、アルファードが角を曲がって姿を現したところだった。

「頼む」制服警官に声をかけると、二人が急いで走り出し、両手を広げてアルファードを急停止させた。運転手が驚いたように目を見開くのが私にも見えた。

「行きましょう」

芦田に声をかけ、私も駆け出した。膝に嫌な痛みが走る。本当にこの膝は何とかしないと……そのうち、支援課の仕事にも支障を来たすかもしれない。

私が手を伸ばした瞬間に、ドアがスライドして開いた。一歩下がって中を覗きこむと、大崎がむっとした表情を浮かべて私を睨んでいる。

「君か」呆れたように言って、首を横に振る。「どきたまえ。家の前まで行くんだ」

「報道陣に囲まれますよ。裏口はないんですか？」

「自分の家に入るのに、どうして裏口を使わないといけない？　連中が話を聞きたいなら、ここでちゃんと話してやる」

「それはやめた方が……」私は警告した。「揚げ足を取られるかもしれません。連中は、そういうことが得意です」

「だったらどうしろと？」苛ついた口調で大崎が訊ねる。

「裏口から入る気はないんですね？」

「どうして裏口から入る？」大崎が繰り返し文句を言った。「ここは俺の家だぞ！」

「だったらとにかくここで降りて、黙って玄関まで歩いて下さい。私たちがお守りします」

「守ってもらう必要などない！」

「蠅を手で追い払うのは面倒《めんど》臭《くさ》くないですか？」

大崎がまじまじと私の顔を見る。その表情が一瞬だけ緩《ゆる》んだようだった。

「ま、いいだろう」蠅、という表現が気に入ったのかもしれない。

「くれぐれも、何も言わないで下さい」

「君もしつこいな」

「こういう性格なんです」

「いい加減にしたまえ。引き際を知るのは、社会人として一番大事なことだぞ」

「警察は民間の会社とは違いますから。引く必要はないんです」

「何とも無駄なことだな」

馬鹿にしたように言って、大崎が車を降りた。その瞬間、家の前にいた報道陣が彼に気づいて、一斉に殺到してくる。まったく目ざといことだ……車から家までは二十メートルほど。駆け出している記者もいるから、五メートルほど歩いたところで衝突するだろう。ふいに弱気になった。膝が万全な状態ではないので、揉《も》み合いにでもなったら踏みとどまれるかどうか、自信がない。ちらりと後ろを振り向く。制服警官二人はしっかり大崎の両脇を固めていた。後ろには芦田――そして大崎は、満更でもない表情だった。警察官四人がかりで守られ、VIP気分を味わっているのかもしれない。

幸い、正面衝突にはならなかった。数十人の報道陣は、両側から殺到して私たちを取り囲んだのだ。私は構わず歩き続ける。質問が次々に飛び、大崎がうずうずしているのが背中に感じられた。

「今のお気持ちを!」「犯人に対して言いたいことはありますか?」「娘さんには何とご報告を?」

あまりにも質問のレベルが低くて呆れてしまう。感情的な質問ばかりではないか……もしかしたら質問を発しているのは、ワイドショーのレポーターたちかもしれない。ああいう番組では、とにかく情緒に訴えかける内容が重視されるはずだ。

玄関まで十メートル……五メートル……その時突然、重そうな鉄製の門扉が内側に向かって開いた。大崎がリモコンでも持っていたのか、中からリモートで開けたのかは分からない。とにかく、門の中に入ってしまえば全て終わる……家の敷地内に入りこめば家宅侵入になることは、記者たちもよく分かっているだろう。

敷地内に入った。大崎が立ち止まって振り向き、すぐそこまで迫っていた報道陣と正面から対峙した。

「ここで喋ることはありません。後日会見を開きます」吼《ほ》えるような大声でいきなり宣言した。

当然、報道陣はざわめいた。「会見はいつですか」「何を話されるんですか」「今のお気持ちを……」質問が重なり、大崎の背中が痙攣《けいれん》するように動く。今にも爆発するかと思ったが、大崎は両手を硬く拳に握り、何とか怒りを抑えこんだようだった。

「詳細は後日お知らせします」

くるりと身を翻《ひるがえ》すと、私を肩で押しのけるようにしてドアに向かって行く。このまま別れるわけにはいかない……私は慌てて彼の後を追い、閉まりかけたドアに手をかけた。

「大崎さん――」

「何だ！」大崎が振り向きもせずに怒鳴る。

「ちょっと話をさせて下さい」

「分かった。上がれ」

許可ではなく命令だった。これから何か仕事を押しつけようとでもいうような勢いである。私は制服警官に「お疲れ」と声をかけた。二人の顔に当惑の表情が広がる。

「ここまでで大丈夫だ。芦田さんは、もう少しお願いします」

「……ああ」芦田も困り切った様子だった。

大崎はさっさと靴を脱いで——揃えるつもりさえないようだった——大股で廊下《ろうか》の奥へ向かう。

「会見の話なんか、あったのか」芦田が小声で訊ねる。

「初耳ですよ。思いつきかもしれませんけど、言ったからにはやらないと、またマスコミが騒ぐでしょうね」

「参ったたな。余計なことはして欲しくないんだが……」芦田が坊主頭をがしがしと掻いた。「とにかく話を聴くしかないか」

「そうですね」

「おい！　早くしろ！」大崎の声が奥から響く。

「こっちは使用人じゃないんだがな」芦田がぶつぶつと言った。

「向こうは使用人だと思ってるみたいですよ」私は屈《かが》みこんで、靴の紐《ひも》を緩めた。対処しにくい——大崎は二年前以上に、扱いにくい人間になってしまったようだった。


二年前にも何度か来たことのある応接間に通される。物が増えている——木製のサイドテーブルには、以前は巨大な白い壺が一つ載っていただけだったが、三つに増えていた。高価なものだろうが、こんな風に雑に置かれているとその価値が読み取れない。

　応接間には、大崎の他にもう一人の男がいた。年齢、五十歳ぐらい。細身の体を仕立てのいいスーツに包み、ソファに浅く腰かけている。銀縁の眼鏡の奥の目は冷たそうだった。

「斉木《さいき》弁護士だ」大崎が紹介した。「うちの会社の顧問弁護士なんだが、今回は個人的な件を相談しようと思って来てもらっている。君たちにも、同席してもらいたい」

「それは、警察の職分をはみ出すことですが」私は抵抗した。おそらく会見の相談なのだろうが、そうだとしたら警察が首を突っこむことではない。

「いいから」大崎が眉間に皺を寄せる。「そっちの情報が必要になるかもしれない」

「しかし――」

「まあまあ」芦田がとりなした。「こういう時に役にたつのも、支援課の仕事じゃないか？」

　私は唇を捻《ね》じ曲《ま》げて見せたが、芦田は「黙ってろ」と言わんばかりに素早く目配せした。大崎を怒らせるのは得策ではない、という判断だろう。私は大崎に見られないように、深く呼吸した。絶対に彼のペースに乗ってはいけない……。

　大崎と斉木が向かい合わせに座り、私と芦田は二人の横に腰かけた。大崎がワイシャツの胸ポケットから煙草を取り出し、高そうなライターで火を点ける。応接間はそこそこ広いのだが、いかにもニコチン・タール成分の高そうな煙草で、煙も色濃く臭いはきつい。部屋の中はたちまち、灰色に染まり始めた。

「会見を開きたい、ということでしたね」斉木が切り出す。

「マスコミの連中に言いたいことがある」

「質問に答える会見ではないのですか？」斉木が驚いたように目を見開く。

「質問にも答える。しかし、一方的にこちらが責められるような会見で終わらせるつもりはない」

「報道陣も、別に社長を責めているわけではないと思いますよ」斉木がやんわりと大崎の言い分を否定した。

「奴らは売り上げのためにやっているだけだろうが。俺のことを面白《おもしろ》おかしく書きたてれば、新聞は売れる。視聴率も上がる。ページビューも稼げるだろう。しかし、それでいいのか？　被害者家族は、マスコミの食い物にされていいのか？」大崎が急に、斉木の横に座った私に視線を向ける。「あんたら警察はどう考えてるんだ？」

「その件については、申し上げるべき意見はありません」私としてはそう答えるしかなかった。

「何だと！」大崎が声を張り上げる。「それでよく、被害者支援などと言えるな。あんたらは、一体誰を見て仕事をしているんだ？」

「被害者と被害者家族です」

「だったら、こちらの希望に沿うように同意するのが筋だろうが。どうして反論する！」

「本当は、こういうことについて申し上げるのはよくないんです」私は座り直した。芦田が必死に首を横に振り、「やめろ」とジェスチャーを送ってくるが、ここはどうしても言っておかないと。大崎を凹《へこ》ますためではない。彼が自分の思うようにことを運んだら、必ず反動がくるのだ。自分の投げたブーメランが返って来て、直撃を受けるかもしれない。会見を開いてマスコミを攻撃しようものなら、揶揄《やゆ》するような見出しをつけられて報じられることになるだろう。

——そう説明したが、大崎はまったく納得しなかった。

「私が連中を黙らせる。報道は分からんではないが、それにも限度があるだろう。夕刊紙を読んだか？　私を完全に悪者扱いだ。うちの会社が悪いから、娘が殺されたように書いている」

「その件については正式に抗議しました。法的手段を講じる、とも通告しています」

斉木が口を挟んだ。

「音沙汰なしじゃないか！　奴らは、このままほとぼりが冷めるのを待つつもりだろう。そんな、逃げ得のようなことは許さん！」

大崎が、ほとんど吸っていない煙草をガラスの大きな灰皿に押しつけた。音を立てて、一人がけのソファに背中を預けると、鼻を鳴らして口を引き結び、顎を突き出すようにする。今回の件に限らず、この男が満足することなどあるのだろうか、と私は訝《いぶか》った。

「先生、とにかく会見を設定してくれ。場所はうちの会社でいい――本来は、会社を巻きこむのは本意ではないんだが、わざわざホテルを借りるのも馬鹿馬鹿しい」

「いつにしますか？」斉木がうつむき、バッグから手帳を取り出す。その際、密かに溜息をついたのを私は見逃さなかった。

「明日――明日では早いか。明後日でどうだ？　何時頃がいいだろう」

「新聞の夕刊作業が終わって、朝刊作業で忙しくなるまでの間――午後三時ぐらいが適当かと。それだと、テレビの夕方のニュースにも十分間に合います」斉木が如才なく答える。

「分かった。それなら明後日、金曜日の午後三時だ。先生の名前で会見の連絡を回してもらえますか？」

「ネットメディアも食いつくかもしれませんが、どうします？」

「来たい人間は、誰でも来ればいい。出席した人間をきちんと把握できていれば、それで問題なしだ。よろしくお願いしますよ――さあ、以上です」

大崎が両手で腿を叩き、立ち上がった。私たち三人が座ったままなので、怪訝《けげん》そうな表情を浮かべる。

「何か？　皆さん、お忙しいでしょう。打ち合わせが終わったら解散、次の仕事に移って下さい」

# 7

金曜日の記者会見には、私たちも顔を出すことになった。前日、大崎ではなく斉木が連絡をくれた時には、本橋は出席に難色を示した。会見は大崎が開くもので、警察は直接関係ない。警察官が紛れこんでいることが分かったら、マスコミは騒ぎ始めるかもしれないし、発言を求められても困る――しかし私は、出るべきだと主張した。万が一大崎が暴走した場合、誰かが止めに入らねばならない。それも被害者支援の仕事だ。

結局本橋も同意し、自らその会見に出席する、と言ってくれた。この会見を、かなりの危機感を持って受け止めているのは間違いないようだった。さらに、長住も出席させることにする。三人いれば、何かトラブルがあっても対応できるだろう。私は臼井にアポを取り、会見の前に会社で話を聞くことにした。

「どうも、お久しぶりですね」役員専用の部屋で、臼井は笑みを浮かべて私たちを出迎えてくれた。この人は、どんなに際どい状況になっても笑顔を失わないようだ。

「社内はどんな様子ですか？　まさか、会社でこの件について会見を開くことになるとは思っていませんでした」

「社長の言うことですから、誰も止められませんよ」臼井が苦笑する。

「何もなく無事に終わることを祈りますが……」

「ガス抜きだと思っていただければ」

「ガス抜き？」

「二年前の一件以来、社長のマスコミ不信はずっと続いています。この機会にきちんと抗議して、溜飲を下げたいんでしょう。ただし、言葉は選んで暴言は吐かないように、徹底して言っておきました。変なことを言うと、自分に跳ね返ってきますからね」

「臼井さんの言うことだったら、大崎さんも聞くでしょう」

「そうであってくれるといいんですがねえ」臼井が寂しげな笑みを浮かべた。自信がない――大崎をコントロールできる人間は、この世に一人もいないだろう。「取り敢えず、ちょっと座りませんか？　お茶をお出ししますから」

私はにわかに緊張した。この部屋と社長室は遠くない。今にも大崎がドアを蹴破り、怒鳴りながら役員室に入って来るのではないか、と私は想像した。とはいえ、会見が予定されている大会議室で、開始までの三十分を潰《つぶ》すのも気が進まない。結局、臼井に促されるまま、四人がけのテーブルについた。玲がすぐにお茶を運んで来てくれたので、私は素早く頭を下げた。玲も緊張した面持ちだったが、辛《かろ》うじて笑みを浮かべる。

臼井と本橋が名刺を交換する。臼井が本橋の名刺をじっくり眺めながら、二度、三度とうなずいた。

「課長さん自らがいらっしゃるということは、それだけこの会見を重視しているわけですね？」

「こういうケースはあまり――ほとんど例がありませんから」本橋がうなずき返す。

「万が一のためです」

「うちも、なるべく多く社員を配しておきます」

「仕切りは？」

「広報部が担当しますが、これは基本、会社のことではありませんからね。やり方が難しい……」臼井が渋い表情を浮かべた。彼の言うことは正しいし、それは大崎自身も理解しているだろう。本当ならこういう会見は、個人でホテルなどを借りて行うべきなのだ。大崎はどう考えているのか……会社でこういう会見を開き、マスコミ批判をぶち上げたら、会社自体の評判が悪くなる恐れもある。

「社長の怒りはまだ収まりませんか？」私は訊ねた。

「残念ながら」臼井がゆっくりと首を横に振った。「その最大の原因は、捜査の進展状況がきちんと入ってこないことのようです。社長は、自分は被害者家族なのだから、捜査の動きを全て知る権利があると思っている」

「分かりますが、なかなかそうもいかないので……お知らせできることは全てお知らせしています」

「しかしそれに満足できない……私はニュースで見て知っているだけですが、犯人の供述がまだ曖昧《あいまい》なようですね」

「そのようです」

畑中は、「美江を拉致して殺した」と自供したが、その目的などについてはまだ口を閉ざしている。ただし、美江が乗っていた車のナンバー、遺体の傷の具合など、報道されていない情報――いわゆる「犯人しか知り得ない事実」については供述していたので、特捜本部では、実行犯であることは間違いないと判断している。

「犯人は一人なんでしょうか」臼井が訊ねた。

「状況的に、共犯がいてもおかしくはないと思います。特捜本部でもその件については厳しく突っこんで聴いていますが、まだ供述が得られないようです」

「共犯を庇っているんですかね」

　私は思わず苦笑してしまった。二年前に知り合った時に分かったのだが、彼は古典的なミステリが大好きなのだ。それこそコナン・ドイルから始まり、クリスティ、チェスタートンと、「黄金時代」と呼ばれる時期の本格ミステリを読み漁《あさ》っている。この時代のミステリは、名探偵が奇跡的な推理でさっさと事件を解決してしまうようなものがほとんどで、警察は間抜けな脇役としてしか描かれていない。私から見れば、リアリティゼロの話ばかりだが、純粋に謎解きを楽しむ世界のファンが多いのも理解できる。臼井もその一人――事件の内容についても、度々推理を披露してきたのだった。私はもちろん、苦笑しながら受け流していたが。

「とにかく、警察は慎重にやっています。せっかく――せっかくと言ったらおかしいですが、何もしないでこちらの手に飛びこんできた犯人なんです。だからこそ、間違いのないように捜査を進めていかなくてはならない」

「分かりますよ」

　臼井がうなずいた時、玲がまた部屋に入って来て、一枚の紙片を差し出した。受け取った臼井が、眼鏡を額にはね上げて内容を確認する。途端に表情が硬くなった。

「何か？」私は反射的に訊ねた。

「会見の参加者、もう七十人を超えているそうです。テレビ局のクルーも来ていますから、人数が増えていると思うんですが……」

「これからもっと増えるでしょう」私はうなずいた。「テレビの連中はセッティングの手間があるから早く来ますけど、ペンの連中はぎりぎりでも間に合いますからね」

「会議室のキャパは心配ありませんが、無事に終わりますかね」臼井が心配そうに言った。

「それは社長次第かと思います。ちなみに、斉木弁護士も出席されますよね？」

「ええ」

「斉木さんは、会社の顧問弁護士ですよね？　臼井さんも顔見知りですか？」

「もちろん」

「彼にも、もう一度きちんと頼んでおいた方がいいと思います。まずい方向に流れ始めたら、すぐに会見を打ち切ること。今のところ、臼井さん以外に大崎さんをコントロールできそうなのは、斉木さんだけだと思います」

「いやいや、私などとてもとても……」臼井が苦笑しながら首を横に振った。

実際には、斉木よりも臼井の方がよほど役にたつだろう。結局斉木は、大崎に押し切られる形で会見をOKしてしまったのだから。本当は、会見には臼井にも同席して欲しかったが、それは無理だろう。役員が会見に同席したら、それは「会社として」の会見になってしまう。臼井にすれば、この件はできるだけ会社の業務と切り離しておきたいはずだ。

「とにかく、よろしくお願いします」臼井が深々と頭を下げる。

「我々が何もしないのがベストです」

私の台詞《せりふ》に、臼井の顔が引き攣った。


会見場は既に人で一杯だったが、実際にはまだまだ余裕がある——臼井の説明によると、二百人が一堂に会して会議ができるだけの広さがあるという。今日はそのスペースをパーティションで半分に区切っている。部屋の最後列にはカメラの放列ができていた。その前の、小さなテーブルつきの椅子もほぼ満員。テーブル席と演壇の間のスペースには、スチルのカメラマンが座りこんで既に待機していた。演壇には、「大崎康政」と書いた紙が垂《た》らしてある。弁護士の斉木も同席する予定だが、名前が出るのは大崎一人で十分、という考えかもしれない。

それを誰が判断したかは分からないが。

先に会議室に入っていた長住は、部屋の片隅、テレビカメラマンのさらに後方のスペースにいて、壁に背中を預けて立っている。出入り口付近なので、入って来る人を監視している——振りをして、サボっているのだろう。必死に欠伸《あくび》を嚙み殺しているのがその証拠だ。私は彼をひと睨みしてから、会議室のずっと奥、出入り口から一番遠く離れた壁のところまで進んだ。大崎は隣にある控え室から入って来る予定で、私はそちら側——部屋の右側にあるドアを見守ろうと思っていた。最初に大崎がどんな顔で入って来るかは大事なポイントになる。

　出入り口の方を見ると、長住はいつの間にか壁から離れていた。今しがた入って来た人間——どこかの記者だろう——と何か話している。顔見知り？　見た限りでは、知人のような感じではある。支援課はマスコミと接触することもあるから、知り合いがいてもおかしくはないのだが、どこか不自然だ。知人に偶然出会って軽く挨拶した感じではなく、もう少し深い関係……二人の距離が近い。

「課長、長住って、誰か親しい報道関係者はいましたかね」私は本橋に訊ねた。

「いや……どうでしょう。私は知りませんが、何かありましたか？」

　私はもう一度出入り口の方に視線を向けた。長住は既に、最初のポジション——壁のところに戻って、腕組みをしながらぼんやりと会議室を見渡している。

「いや、何でもありません」説明しにくいことなので、私はこの話題を引っこめた。

　開始予定の少し前に、若い広報部員三人が右側のドアから入って来た。三人ともひどく緊張しているのが分かる。「バンリュー」の広報部は、普段は報道陣と接する機会などほとんどないはずだ。会見を仕切った経験も皆無だろう。もう少しベテラン——せめて部長が出てきてやるべきではないか、と私は心配になった。何かトラブルが起きたら、若い部員では抑えきれまい。この辺は、臼井ももう少し危機管理意識をしっかり持つべきではないか。

一人が部屋の前方、左側に置かれたマイクの前へ行って、深々と一礼した。それからマイクに一歩近づき、「間もなく大崎康政の会見を始めさせていただきます。私は広報部の江波《えなみ》と申します。本日は進行役を務めさせていただきます」と第一声を発した。

なるほど……私は腕組みしたまま、一人うなずいた。一度も「バンリュー」の名前を出していない。あくまで大崎個人による会見で、会社は場所を貸しただけ、と無言のうちに強調したのだろう。その狙いが、報道陣にどれぐらい正確に伝わるかは分からないが。伝わったとして、彼らがそれを意識して質問を発するかどうかも不明だ。

江波が話し終えると同時に、右側から大崎が弁護士の斉木を伴《ともな》って入って来る。すぐにカメラのストロボが瞬《また》き、シャッター音が響いた。大崎は立ち止まり、一瞬だが記者たちを睥睨《へいげい》した。顎を上げ、いかにも馬鹿にしたような感じで……始めから喧嘩《けんか》腰か、と私は心配になったが、大崎は取り敢えず報道陣に向かって一礼した。あくまで軽く、一瞬歩みを止めただけだった。演壇の前に立つと、もう一度、今度はゆっくりと深く頭を下げた。まるで謝罪会見のようだ……ストロボがさらに激しく光り、整髪料で濡れた大崎の頭頂部の髪が白く輝いて見えるほどだった。

大崎は十秒ほどしっかりと頭を下げていた。まさに謝罪会見の始まりのようだったが、頭を上げた時にその顔に浮かんでいたのは、紛れもない怒りの表情だった。着席すると、斉木も横に座る。いや、横ではない。微妙に引いて、斜め後ろの位置を取った。何かあった時だけ、背後からアドバイスできるようなポジション……大崎は、この会見をあくまで独壇場とするつもりのようだった。

「大崎です」さらりと始めた。「二年前、私の長女で、『バンリューデザイン』代表取締役社長、美江が殺された事件で、犯人と思われる男が犯行を自供した、と一部メディアでの報道がありました。皆さまには、会社、自宅の方へ来ていただきましたが、そういう場所では取材に応じられるものではなく、ご近所迷惑にもなりますから、今回まとめて、私の方から現在の心境を述べさせていただき、質問も受けつけようと思います。これを最後に、個人的な取材についてはご容赦いただきたいと思います」

最初から「決別宣言」のようなものか。一度だけは喋ってやるから、二度と近づくな――大崎の気持ちは理解できるが、こういうやり方はやはり危険だ、と私は心配になった。喧嘩を売るようなものであり、報道陣が反発したらどうなるか、読めない。

「私は、捜査の状況を完全に知らされているわけではありませんので、詳細は分かりません。ただ、山梨県で逮捕された人間が、突然美江を殺したと自供した、という情報を知らされただけです。別件逮捕というわけではなく、まったく突然に自供したようですが。現在、この男はまだ警視庁に逮捕されていないので、詳細が分かるのはこれからかと思います。しかし、取り敢えず犯人が分かってほっとしたのが現在の偽《いつわ》らざる心境です。今後、さらに捜査が進んで、美江がどうして殺されたのか、真相が明らかになることを期待しています」

そこで一度言葉を切り、無言で報道陣を見回す。視線は強く、涙は見えない。相変わらず喧嘩を売っているようだった。

「まだ捜査の途中ですので、私の方としてはこれ以上申し上げることはありません。マスコミの皆さんにおかれましても、私個人に対する取材、自宅での張り込み等はご遠慮いただきたいと思います。既に近所の方からは苦情が出ています。皆さんの張り込み等で、近所の人たちも不安になっているようですので、常識的な対応をお願いします。またこの件は、会社とは直接関係ありません。今回は、急遽《きゅうきょ》会見を開くことにしたので、会社の会議室を使いましたが、これはあくまで特別です。この事件は、会社とは一切関係ありませんので、事件と会社を結びつけて報道することはご遠慮いただきたい。私の方から申し上げるのは以上です。本日はお忙しいところ、ありがとうございました」

座ったまま一礼。私は取り敢えず、ほっと息を吐いた。オブラートに包んでいるものの、言いたいことは言っただろう。これで大崎もある程度は満足したはずだ。彼も、マスコミが引けば、敢えてこれ以上刺激するつもりはあるまい。

大崎が、江波に視線を送った。一山越えたと思ったのか、江波の顔からは少しだけ緊張が抜けている。江波がマイクに近づき、「それでは、ご質問を受けつけていきます。挙手の上、所属とお名前を言っていただいてから、質問に入っていただきたいと思います」

一斉に手が上がった。江波がざっと報道陣を見渡し、指名する。一番手は女性記者だった。女性記者ならひどい質問はしないだろうと思っているのかもしれないが、だとしたら大きな勘違いだ。彼ら——彼女たちは、性別に関係なくマスコミの人間である。必要だと思えば、どんなに厳しい質問でもぶつけてくる。

「日本新報《しんぽう》の辻《つじ》です」

そこまで言ったところで、別の広報部員がマイクを渡した。そこで声が大きく、クリアになる。辻と名乗った女性記者は、座ったまま早口で質問を続けた。

「事件発生から二年が経過して、突然犯行を自供した人間が現れたということで、現在の率直なお気持ちを、もう少し詳しくお話しいただけますか」

「正直、ほっとすると同時に困惑しています」大崎はすぐにマイクに向かった。「犯人が捕まることは、美江に対する一番の供養になるとは思います。この二年間、毎日のように美江の死を悔《く》やみ、犯人に対する怒りを募《つの》らせていました。いつかは犯人は逮捕されると信じていましたが、このような形は想定もしていなかったので……申し訳ないですが、まだ気持ちの整理がつきません」

上手く対応したな、と私は感心した。この場で怒りを吐き散らすこともできただろうが、冷静さもしっかり残っていると証明するような答えだった。

広報部の江波は、次々と質問をさばいていった。手際は悪くない。大崎に対する厳しい質問もなかった。大崎は次第にリラックスしてきたようだった。姿勢こそ崩れず、きちんと背筋を伸ばしたままだったが、表情が緩んでいる。

しかし、一人の記者の質問が場を乱した。

「『週刊ジャパン』の三浦《みうら》です。今回犯行を自供した犯人は、『バンリューデザイン』と何らかの関係があるのではないですか」

「そういう話は一切聞いていません」大崎の表情が強張る。

「『バンリューデザイン』も、会社として様々なトラブルを抱えていたと聞いています。それが、今回の事件の原因になったとは考えられませんか」

「それは警察が調べることで、私は一切関知していない――」

言葉を切って、大崎が質問を発した三浦という記者を凝視した。その顔に、小さな驚きの表情が浮かぶのを、私は見て取った。顔見知りか？　別におかしくはない。二年前にも、大崎は報道陣に散々つきまとわれた。その際に見知った記者が、今回の会見に出席していても不思議ではないだろう。

「そもそも御社自体が、内外に様々な問題を抱えていたと思います。娘さんは、そういうトラブルに巻きこまれて犠牲になったんじゃないですか」

「そういうことがあれば、警察にも言っています」

「警察にも言えないことがあったんじゃないですか」

大崎の顔が真っ赤になった。しかしすんでのところで爆発を我慢したようで、江波に視線を向ける。

「すみません、次の方、お願いします」

江波がさらりと進行を促したが、三浦はマイクを離そうとしなかった。

「大崎社長は、真相を語っていないと思いますが、どうですか？　何か隠している——それが今回の事件につながっているんじゃないですか」

「失礼な質問はご遠慮いただきたい」まだ口調は丁寧だったが、大崎はとうとう切れた。「私を挑発して、おかしなことを言わせるつもりかもしれないが、そういう手口は分かっている。程度の低い質問に対しては、お答えする義務はない」

「程度が低いかどうかは分かりませんが、質問には答えていただけませんか」三浦が食い下がる。

「そういう質問が必要だとは思えない」

「質問するのは、こちらの仕事です。大崎さんには、質問を選ぶ権利はないと思いますが」

「無礼な！」

会見場は騒然としてきた。記者たちと演壇の間にいたカメラマンが、後ろにレンズを向けて三浦に焦点を合わせる。私の感覚でも異様なしつこさで、いったい何者かとカメラマンたちが疑問を感じるのも当然だろう。

「これ以上、答える必要はない。あなたたちマスコミは、意味のない取材に夢中になっているだけだ。被害者の人権意識をもう少し考えていただきたい。そういう、人間としての基本的なことを身につけてから、取材に臨《のぞ》むべきではないか？」

「こちらはきちんと取材しています。あなたの対応が常に喧嘩腰だから、こういうことになると思わないんですか？　ご自分の人生を振り返ってみて、胸を張れますか」

「私の仕事については、今回の事件とは何の関係もない！」

空気が一気にざわつく。江波が慌てて、「これで会見を終わります」とマイクに向けて怒鳴った。

「ちょっと待ってくれよ！」「まだ質問があります」「社長、逃げるんですか」

報道陣の怒りの声が一斉に上がったが、大崎は一切無視して立ち上がった。軽く一礼すると、大股で右側のドアに向かう。記者たちが殺到しようとしたが、広報部員二人がすぐ側についてブロックした。結局大崎は、それ以上質問には一切答えず、ドアの向こうに姿を消した。

ひどい会見だ。いや、単なる喧嘩だ。

報道陣はまだ騒然としていたが、それでも全員が怒りの声を上げているわけではなかった。仕事は終わったとばかりに、さっさと引き上げて行く記者もいる。その中で私は、会見を荒らすきっかけとなった質問を発した三浦という記者に注目した。人が動く中で彼一人を見極めるのは大変だったが、それでも何とか姿を確認する。

身長百八十センチぐらいのひょろりとした男で、顔の下半分は汚い髭《ひげ》に覆われている。疲れた表情は、この商売をする人には共通のものか。隣の記者と何か言い合いをしている。何で喧嘩を売るような真似をしたんだ、と詰め寄られているのかもしれない。相手は結構真剣な表情で怒っていたが、三浦は平然と聞き流しているようだった。ノートパソコンとICレコーダーをバッグにしまうと、さっさと出入り口の方へ向かった。その時私は、先ほど長住と会話を交《か》わしていた男こそが三浦だと気づいた。

長住は、こんな厄介な男と知り合いなのか？ いったいどこで知り合ったのだろう。

これは後で、確認する必要がある。聞いても、まともに答えるとは思えなかったが。

長住自身、いつの間にか会議室から姿を消していた。

# 第二部　停滞

# 1

支援課に戻り、私はすぐに課長室に入った。三浦のことが気になってはいたが、帰りは長住も一緒だったので、その話題は出せなかったのだ。もしも二人に何か関係があったら……。

「ひどい会見でしたね。あれでは逆効果だ」本橋が切り出した。

「さっきの三浦という記者、課長はご存じないですか？」

「いや、知りませんね……しかしあの人は、本当に記者なんですか？　単に喧嘩を売りに来ただけみたいですけど」

「確かにそうですね」

「まるで、大崎さんを貶《おとし》めるためだけのような質問だった」

「ちょっと、三浦という人物について調べてみていいですか？」私は切り出した。

「気になるんです。今後の被害者支援で、火種にもなりかねない」

「それは構いませんが、報道陣を刺激するようなことは避けて下さいよ」

「もちろん、直当《じかあ》たりするつもりはありません」

一礼して課長室を出て、ネットで「三浦　週刊ジャパン」をキーワードに検索してみた。彼が書いた記事が続々と引っかかってくる。全て事件、あるいは事故の記事だった。三浦がいつから「週刊ジャパン」で書いているか、はっきりとは分からなかったが、検索できた限りで一番古い記事は、一年ほど前のものだった。しかしこれだけでは、彼がどういう立場の人間かは分からない。社員なのか、契約ライターなのか……ただ、フルネームは三浦翔也《しょうや》だと分かった。

私は、隣に座る優里に聞いてみた。

「三浦翔也？」優里もピンとこないようだった。

「例えば二年前……美江さんが殺された事件で、取材に入っていたかどうか」

「記憶にないわね」優里が首を捻った。「でも、うちでは記者の名前を全部把握しているわけじゃないから、何とも言えないわ。広報課にでも聞いてみたら？」

「それが一番早そうだな」うなずき、私は席を立った。

新聞以外のメディアを担当する三係の係長、木場《きば》を訪ねる。私より十歳ほど年長で、元々は捜査二課の刑事だ。四十代半ばまで、一線の刑事として金融犯罪などの捜査を担当した後、警部に昇任して広報課の係長に異動してきた。二課の刑事らしく、と言ったら語弊があるかもしれないが、どこかシニカルで醒《さ》めた雰囲気を身にまとっている。眼鏡をかけていないのに、冷たい銀縁の眼鏡をかけているような印象があった。

「最近、ここでよく見かけるな」椅子を勧めながら木場が言った。

「そう言えばそうですね。まあ、こういうのもご縁ということで。というより、同じ総務部じゃないですか」

「支援課と広報課は常に協力し合って動く——そういうことだな」

「はい、まあ……そうですね」木場が本気で言っているかどうかは分からない。私はすぐに本題に入った。『週刊ジャパン』に三浦という記者がいると思いますが、ご存じないですか」

「知ってるよ」木場があっさり言った。引き出しを開けて名刺フォルダーを取り出し、二、三回開いただけですぐに目当ての名刺を見つけ出す。分厚い名刺ホルダーをあいうえお順にきちんと整理しているらしい。神経質そうな見た目の通りに、まめな男のようだ。

「取材を受けたことがあるんですか？」三浦の名刺を確認しながら、私は訊ねた。

「ああ、今年の頭かな……豊島《としま》中央署の警官が拳銃自殺した件があっただろう？」

「ええ」勤務中に、交番のトイレで自分の拳銃で頭を撃ち抜いた——とんでもない不祥事だった。

「あの時、警務に話を聞きたいって言ってきてね。許可して、取材には俺も立ち会った。名刺はその時貰ったものだ」

「どんな感じの記者ですか？」

「取材は普通だったよ。ちょっと乱暴な感じはしたけど、雑誌の記者なんてそんなものだろう」

「人間としてはどうですか？」

「ああ、ちょっと複雑なタイプなんだけど……何でそんなことを知りたがる？　何かやらかしたのか？」

私は今日の会見の様子を説明した。木場が大きくうなずき、「彼ならいかにもやりそうだな」とニヤニヤしながら言った。

「何か、納得できるような理由でも……」

「彼、元々は日本新報の記者だったんだよ。二年前の大崎事件の時も、社会部で取材を担当していたらしい。結構派手に動き回っていたようだよ」

「警視庁クラブですか？」

「いや、三方面の警察《サツ》回りだった」東京は人口が多いために、警視庁は都内を十の方面に分け、それぞれに方面本部を置いている。三方面は、渋谷《しぶや》、目黒、世田谷《せたがや》の三区を管轄しており、東急田園都市線《とうきゅうでんえんとし》の池尻大橋《いけじりおおはし》駅近くに本部があるのだが、ここを担当する記者の取材拠点は渋谷中央署だ。

「その男が、どうして今は『週刊ジャパン』の記者をやってるんですか？　新報には『週刊新報』があるでしょう」新聞系雑誌の老舗《しにせ》だ。

「さあ……その辺の事情は俺も知らないんだけどな」

そう言えば、木場が広報課に異動してきたのは去年だ。二年前の殺人事件の取材合戦については、詳しいことは知らないはずである。

「二年前の様子を知っている人、広報課にいますよね」

「ええと……竹《たけ》さんかな」

「竹さん？」

「竹井《たけい》主任だよ」木場が立ち上がり、「竹さん」と声をかけた。末席にいた初老の男が立ち上がり、こちらへやって来た。

「支援課の村野です」村野は腰を浮かして挨拶した。そういう中途半端な姿勢を取ると、膝に痛みがくる。

「ああ、どうも」小柄な竹井は、やたらと愛想がよかった。短く刈りそろえた髪はほぼ真っ白になっているが、よく日焼けして元気そうだ。ある意味、私よりもよほど体力がありそう……ゴルフか水泳ではないか、と想像した。「初めましてですけど、何だかそんな気がしませんね」竹井が切り出した。

「そうですか？」

「あなた、有名人だから」竹井が、空いていた隣の椅子を引っ張ってきて座った。「竹さん、新報にいた三浦記者のことなんだけど……」木場が切り出した。

「ああ、三浦氏ね」機嫌のいい表情を浮かべていた竹井の顔に影が射した。「彼はねえ……困り者だった」

「と言いますと？」

「当時、被害者なのに『バンリュー』が悪者扱いされてたのは知ってるだろう」

「基本的にはブラック企業ですからね。前から評判は悪かった」私は認めた。

「内外でトラブルがあって、それが事件につながったんじゃないかっていう説が根強くあった」

「ええ」私は相槌《あいづち》を打った。

「そういうのを盛んに書いてたのは、夕刊紙やスポーツ紙、週刊誌の連中だったけどね。三浦氏は、会見などでそういう点をえらく厳しく突っこんでいた」

「書くわけでもないのに？」竹井が指摘する通り、一般紙はそのような主眼の記事を書いていなかった。当たり前だ……夕刊紙や週刊誌などの記事は、読む側も「嘘もあるだろう」「これは大袈裟《おおげさ》だ」と納得しながら受け取る。一方で一般紙は、よほどの確証がない限り、「疑惑」をそのまま記事にすることはない。昔――昭和の頃は、それこそ今の週刊誌並みに「疑惑」だけで書きまくっていたこともあったそうだが、批判を受けたり、「自重」したりした結果、一般紙の事件記事は極めて大人しくなっている。

「新報は書いてこなかったね……結果的に、だけど」竹井が認めた。

「会見で極端な質問をする記者はいるでしょう。そういうのは、警察では軽くいなしていると思いますが」

「それだけじゃなかった——うちが問題にすることではなかったけど、三浦氏は、大崎社長本人に対しても、かなりしつこく迫っていたらしい。自宅にも何度も取材に行って、近所から苦情が出たこともある」

大崎のクレームには、私たちも散々つき合わされた。彼は元々マスコミ嫌いだったのだが、二年前の件で、マスコミ不信は極端なところまで行ってしまったのだろう。その後は、経済紙や専門誌の取材さえ拒絶しているようだ。

「当時、三浦氏が大崎さんに鬱陶《うっとう》しがられていたのは分かりますけど、その彼が何で『週刊ジャパン』にいるんでしょう？　新報は辞めたんですか？」

「そうだろうね。新報に籍を置いたまま、出版社系の週刊誌に署名入りで書くことはないでしょう」

「どういう経緯で辞めたかは、ご存じないですか？」

「いや、そこまでは……知りたいですか？」

知りたいのだろうか？　私は自問した。これが被害者支援に直接結びつくかどうかは分からない。しかし、三浦が危険な要素になりそうな予感がしてならなかった。排除するわけにはいかないだろうが、「敵」を知らないことには対策の立てようがない。

「知りたいですね」私は認めた。

「だったら、新報のキャップにでも聞いてみたらどうですか」

「記者さんにですか？　いや、それはどうでしょうねえ……」さすがに腰が引ける。警察官が記者に逆取材というのは、いかがなものだろう。

「大したことじゃないでしょう。もう辞めた人の話なんだから、向こうも隠さないと思いますよ。何か、法的な問題でもあったら別かもしれませんが」

「いいんじゃないかな、村野君」木場も同意した。「君のところも、記者クラブとはつき合いがあるんだし」

「九十九パーセントは黙殺されてますけどね」私は思わず皮肉を吐いた。支援課の投げこみが記事になる確率は極めて低い。

「今回は広報事案ではないから……とにかく、うちに聞かれても答えられることには限度がある。会うセッティングはできるから、そこから先は君の腕次第ということで、どうかな？」

「分かりました」私は覚悟を決めた。確かに、当事者に聞くのが一番手っ取り早いだろう。「じゃあ、よろしくお願いします。つないでいただければ、後はこっちで何とかしますから」

「電話するよ」木場が、耳のところで掌《てのひら》を振ってみせた。

その電話は、私が支援課の席に戻るなりかかってきた。

「話は通じた」木場が淡々と告げた。

「もう、ですか?」私はまだ座ってもいなかった。

「各社のキャップは、だいたいボックスにいるからね。それに、別に難しい話じゃない。これから新報のキャップがそっちに行くから、よろしく頼むよ」

「……お手数おかけしました」あまりにも早い展開に、私はかすかに動揺していた。広報課が新報のキャップを説得して、事情聴取を受けさせる――それが叶うには、少しは時間がかかると思っていたのだ。それこそ明日以降とか。だいたい今は、午後五時。記者クラブの連中は、記事の作成などで忙しくなる時間帯ではないだろうか。

私はすぐに本橋に報告した。新報のキャップがわざわざ支援課に来るとなると、彼としても緊張するようだ。急に表情が険しくなる。

「一人で大丈夫ですか?」

「大丈夫だと思います」私は自分を鼓舞するように言った。「何も、悪いことを暴《あば》こうというわけではありませんから」

「私は、この背景には何か悪いことがあったような気がしますがね」

「確かに……」

「一応、誰かと一緒に対応して下さい。リスク回避です」

「分かりました」

といっても、今課内にいる支援係のスタッフは梓だけだ。しかも彼女は、私が何をやっているか知らない。説明するにはそれなりの時間がかかるので、私は「新報のキャップが来るから、面談につき合ってくれ」とだけ言った。

「新報のキャップ？　何事ですか？」梓が緊張した表情を浮かべる。

「大崎さんの関係で。話は、聞いているうちに分かると思う」

「はあ」梓はあまり納得していない様子だった。「取り敢えず、お茶でも出しますか？」

「コーヒーサーバーを落としてなければ」

「まだ勤務時間内ですよ」

「じゃあ、頼む」

新報のキャップ、峰《みね》は五分後にやって来た。伝統的に事件に強い新報のキャップというからどんな強面かと思ったら、小柄で小太り、極端に度の強い眼鏡をかけた冴《さ》えないオッサンだった。年の頃、四十代半ばぐらいだろうか。明らかに警戒した様子で、眼鏡の奥で目を細めている。私は立ち上がって彼を出迎え、丁寧に挨拶した。

「お忙しいところ、すみません」

「いや、私は特に忙しくはないんだけどね」どこか皮肉っぽい口調だった。

「こちらへどうぞ」

打ち合わせスペースに連れて行くと、梓がすかさずコーヒーを出してくれた。峰がひょこりと頭を下げ、すぐにカップを手にする。音を立てて一口啜《すす》ると、ほっと息を吐いた。

「三浦のことですって？」上目遣いに私を見ながら切り出す。

「ええ」既に広報課の方で事情を話したようだった。

「あいつはねえ……まあ、困った話です。外部の人に話すようなことではないけど」

「今は、新報の記者さんではないんですよね？」

「ええ、辞めました」峰があっさり認めた。

「いつですか？」

「去年の初め——一月末だったかな」

「当時も社会部に？」

「いや、資料室にいました」

「資料室?」

意外な話だった。資料室が何をする部署かは知らないが、新聞社の本筋の仕事とは直接関係なさそうだ。社会部から資料室への異動というと、いかにも左遷《させん》という感じがする……。

「何があったんですか?　二年前、大崎さんの取材でだいぶ強引だったと聞いていますが」

「何かが引っかかったんでしょう」峰が腕組みをした。「あの会社には、昔からいろいろと悪評があった。それはご存じでしょう?」

「警察ではなく、労基署《ろうきしょ》マターかと思いますが」

「労働の実態は、完全にブラック企業だからね。でもそれ以外にも、警察も目をつけていたはずだ」

「初耳です」私はとぼけた。組織暴力の担当者がチェックしていたのは事実である。

「まあ……あなたが知らなくてもおかしくはないけど。立件できなかったけど、捜査二課が詐欺容疑で内偵していたことがあったんですよ。もう十年近く前……私が二課担の頃だったけど」

「私は元々捜査一課ですので……」捜査二課の話は知らなかった。やはり、記者を侮《あなど》ってはいけない。

「頭を使う犯罪には関係ない、と」峰は皮肉っぽい態度を崩そうとしなかった。

「ま、そういうことです」私は特に反論しなかった。何かと皮肉をかましてくる人間に対しては、向こうの言い分を全面的に受け入れてしまえば、無駄な会話は止まる。

「それで、三浦記者は……二年前の事件の時は、警察回りだったんですよね」警察回りは、若い記者の仕事である。二十代後半、せいぜい三十歳ぐらいだったはずだ。その年齢で社会部から資料室へ異動となると、かなり異例の人事だろう。やはり左遷なのか？

「そう。それであの事件の取材を担当していた」

「その後、どうしたんですか？　どうして資料室に異動になったんですか」

「二年前に、一部で激しい取材合戦があったのはご存じでしょう？　支援課だったら、大崎さんサイドの立場でその状況を見ていたはずだ」

「ええ」

「三浦はどういうわけか、あの事件にはまってしまったんですよ。そういうことは時々ある……他人には理解できないけど、何故《なぜ》かツボにはまるような事件が。それで、週刊誌やワイドショーの連中と同じような視点で、大崎さんの会社やプライベートなことまでほじくり返し始めた。こっちの指示を無視してね」

「どんな指示を出してたんですか？」

「それは言えませんな」峰が鼻を鳴らした。「取材の手の内は明かせない――そんなことは分かるでしょう？」

「それはそうでしょうが……」

「まあ、一般的なことですよ」峰が口調を和らげる。「警視庁クラブの記者は特捜本部で捜査の本筋を追う。警察回りは我々をサポートして様々な雑用をこなす――そういうことです」

「聞き込みとか、張り込みとか？」

「そういうこともあります。下っ端《したっぱ》の刑事さんと同じ感じですよ」峰がうなずく。

「だけどあいつは、そういう指示を無視して、勝手に大崎さんに直接取材したり、自宅で張り込んで無理やり話を聞き出そうとしたり、かなりひどいやり方だった。そちらのブラックリストにも載っているのでは？」

「そういうリストは作っていません」

「本当かね」峰が、疑わしげに目を細めた。「支援課は、犯罪被害者家族に迷惑をかけた記者のリストを作っている、と聞いているけど」

「それは都市伝説だと思います」冗談を言っているのだろうか？　さっぱり分からない。一つだけはっきりしたのは、峰が非常につき合いにくい男だ、ということである。彼から取材を受けるようなことだけは避けたい。

「あまりにも命令違反がひどくて、査問を受けた」

「査問？　あなたが事情聴取したんですか？」

「いや、都内版主任とデスクが」

「都内版というと、あの都内版ですよね？」東京のローカル面だ。

「あの都内版以外に、都内版はないですよ」峰がまた皮肉を吐いた。

「そこの主任が、どうして警察回りを査問するんですか？」

「新報では伝統的に、警察回りを統括するのは都内版主任なので……深い意味はないです。とにかく、二人が事情聴取をした席で、三浦は暴れた」

「暴れた？」

峰が無言で、右の拳を私の顔に突きつけた。私はすっと身を引きながら「暴力沙汰ですか？」と訊ねる。

「なかなかの暴れっぷりでね……そうなるとさすがに、お咎《とが》めなしというわけにはいかないでしょう」

「普通は始末書とか譴責《けんせき》とか、もっと厳しければ減俸とか、そういうことじゃないんですか？」

「一般的にはそうでしょうね。でも、記者として一番辛《つら》い事が何か、分かりますか？」

そこで私の頭の中では、三浦と資料室が結びついた。

「取材現場から外されることですね？」

「資料室は、取材の屋台骨を支える大事な職場だけど、取材の現場ではないからね。若い記者がそんなところへ異動させられれば、暇で死にます」

「馘《くび》にはしなかったんですね」

「新聞社は甘い組織でね。何か問題を起こした人間がいても、すぐに首を切るようなことはしない」峰がしれっとした口調で言った。

「警察も同じですよ」

「よく知ってますよ」峰の唇が皮肉っぽく歪む。「とにかく、三浦は命令に従わなかったこと、事情聴取の際に暴力をふるったことが問題になって、社会部から出された、そういうことです」

「その異動が不服で、会社を辞めてしまった。それで今は、週刊ジャパンで記事を書いている――そういうことですね？」

「辞めた経緯は、私は詳しくは知らないんだけど……当時はもう、社会部員ではなかったからね。ところで彼は、週刊誌で仕事をするようになっても、相変わらずのようだね」

「相変わらず？」

「今日の会見で、またやらかしたそうじゃないですか」

「ご存じでしたか」

「うちの記者も出席してましたから、すぐ報告が入りましたよ。その後、広報課から頼まれたから、どういうことか、一発で事情が分かった。三浦は今でも、大崎さんが全て悪いという前提で振る舞っているようだね」

「私も会見に出ましたが、まるで喧嘩を売っているような感じでした。いったい、どういうことなんでしょう。どうして三浦記者は、大崎さんを目の敵《かたき》にするんですかね」

「二年前には私も話を聞いたけど、『気にくわないから』としか言わないんだな。生理的に合わない、という感じじゃないでしょうか」

「それだけで、きつい態度で取材するというのは、どうなんですか？」それこそ記者教育がなっていない。三浦の件は、新報の組織の問題ではないのか？ 数年前から深刻な経営危機に陥《おちい》っている新報は、今や組織としてもすっかりガタガタだ、と言われている。会社を見切って離職する記者も少なくないようだし、そんな状態では、まともな記者教育などできないだろう。

あるいは三浦には、大崎を追及する個人的な理由があったのかもしれない。例えば、密かに「バンリュー」の取材をしていて、世間で囁《ささや》かれている以上の不正などに気づき、大崎の娘が殺された件をきっかけにして、その問題に切りこもうとしていたとか。

いや、それなら同僚には話すだろう。「バンリュー」のように大きな会社の不正を暴こうとしたら、記者一人ではどうにもならないはずだ。その辺まで突っこんで聞くべきかどうか、迷った。聞けば答えてくれるかもしれないが、逆に峰も疑わしく思うかもしれない。「バンリュー」には、何か重大な問題があるのではないか……。

「ま、記者もいつも冷静でいるわけじゃないからね。生理的に合わない取材相手もいるし……そういうことだと思いますよ」

「しかし、それでしつこくつきまとわれたとしたら、大崎さんもいい迷惑ですね」

「それで三浦は、十分な制裁を受けた——会社を辞めたわけだから」

「せっかく安定した職場なのに、もったいないですね。週刊誌のライターなんて、収入も不安定でしょう」

「いやあ、どうかな」峰がまた皮肉っぽく唇を歪めた。「今の新報にいるよりは、『週刊ジャパン』で記事を買ってもらう方が、稼ぎはいいかもしれませんよ」

「買ってもらうということは、社員ではなくフリーの記者ということですか？」

「契約記者ですよ。社員ではないけど、編集部専属で、編集部の名刺を持って取材をする感じです。それにしても、相変わらずみたいだねえ……『バンリュー』との間、というより大崎さんとの間にトラブルが起きないといいんだが」

「我々もそれを警戒しています」

「まあ……何もない方がいいですね」峰が肩をすくめる。「辞めた人間とはいえ、トラブルを起こしたら『元新報』の記者として叩かれるんだから。これ以上新報の評判が悪くなったらたまらないですよ」

## 2

峰への事情聴取の様子を、本橋に報告する。彼の眉間に刻まれた皺は、深いままだった。

「どうも……嫌な予感がしますね」

「ええ」

「マスコミの人間は、直接的な暴力に出るようなことはしないでしょうが、もっとタチが悪いとも言える。ニュースの形で個人攻撃もできますからね」

「実際に記事になるまでには、何段階もチェックが入ると思いますが、それをすり抜けることも可能でしょうね」私は同意した。「むしろ、売るために露骨に煽《あお》り立てるメディアもあると思います」

本橋がうなずく。眉間の皺が自分でも気になるのか、右手の人差し指で押し上げるようにマッサージした。

「それと……」私は躊躇《ちゅうちょ》した。「これは課長に申し上げるべきかどうか分からないんですが」

「言いたくないなら、言う必要はありませんよ」

「いや……長住のことなんですが」

「また何かやらかしたんですか？」本橋が人差し指を眉間から外し、目を見開く。

「会見の前に、この三浦という記者と話していたんです。顔見知りの感じでした」

「うちの人間が記者と顔見知りでもおかしくはありませんが……一課時代に知り合ったんじゃないですか？」

「平の刑事が記者と知り合う機会なんか、まずありませんよ」せいぜい現場で顔を合わせるぐらいだ。それも、事件発生直後の現場に限られる。刑事は「捜査」の腕章をしなければならないので、すぐに正体が分かってしまうのだ。それもあって、記者に話しかけられても余計なことは言わないように徹底されているのだが……必ずしも全員が命令に従うわけではない。相手が誰でも、人と話すのが好きな刑事はいるものだし。

「それもそうですね……間違いなく顔見知りなんですか？」

「そんな風に見えました。確証はありませんが」

「チェックを入れてもらった方がいいですね」本橋が表情を引き締める。「何かトラブルがあってからでは遅い。お願いできますか？」

「俺がですか？」私は自分の鼻を指差した。「俺は、あいつとは馬が合わないんですけどね」

「彼と馬が合う人間は、支援課にはいませんよ」

「せめて芦田さんに……係長なんですし」

「彼は今、自分の仕事で手一杯ですよ」

それは俺も同じなんだけど……私は文句を呑みこんだ。長住と話しても、膝が痛むわけではない。ここで本橋に文句ばかり言っていても、話は一歩も先に進まない。

「汚れ仕事は、積極的に引き受けるべきなんですね」

「これは、汚れ仕事というわけではないでしょう」本橋が否定した。

「まあ、あれですね。味方の選手がやられた時に、相手の四番打者にぶつけざるを得なくなったピッチャーみたいなものですか」

「野球の喩えはいい加減にしませんか」本橋の顔が歪む。「そもそも今のは、喩えになっていませんよ。誰もぶつけられていないんですから」

私はうなずき、課長室を出た。既に支援課はほぼ無人……仕方ない。明日にでも何とかするか。そう思った瞬間、長住がどこかから戻って来た。

「まだいたのか」いいタイミングなのか、悪いタイミングなのか。

「何ですか」長住が不審げな視線を向けてくる。

「ちょっと話があるんだけど、つき合ってくれないか？」

「ややこしい話ですか？」

「それはお前次第だな」

「ま、いいですよ」長住が気楽な調子で肩をすくめる。「じゃあ、一杯いきますか？村野さんの奢《おご》りで」

私は少しだけ怯《ひる》んだ。支援課で一緒に仕事をするようになってどれぐらい経つだろう……しかし今まで、二人だけで酒を呑んだことは一度もない。

「じゃあ、近場で……」

警視庁の職員が呑みに行く時は、だいたい新橋《しんばし》か日比谷《ひびや》と決まっている。霞《かすみ》が関《せき》という街には呑み屋どころか食事を取れる店もあまりなく、新橋か日比谷に出るしかないのだ。銀座《ぎんざ》や赤坂《あかさか》も十分に行ける範囲内なのだが、懐《ふところ》具合を考えると足が向かない。

二人揃って警視庁の正門から出る。何だか居心地が悪い。思えば仕事以外では、並んで歩くことさえないのだった。

桜田門《さくらだもん》の交差点を渡り、法務省、日比谷公園を通り過ぎて日比谷の交差点に出る。かつてはここに千代田《ちよだ》署があったのだが、今は建て替え中で、仮庁舎は旧都庁第三庁舎に入っている。周辺には外資系の高級ホテルや劇場などが集まっているいかにも高級な街なのだが、劇場街の裏手、JRのガード下辺りでは、気さくな店が幅を利かせている。この付近から新橋にかけてが、サラリーマンの憩《いこ》いの場だ。

「腹は減ってるか？」

「そうでもないですね」

「家に帰れば飯はある、か」

「まあ、妹の作る飯なんて、別に美味くもないですけどね」

長住は歳の離れた妹と同居している。二人とも外房の出身で、妹は大学入学と同時に兄の家に転がりこんできたのだった。その妹も、そろそろ就職する頃ではないか……。

「外で食べるともったいないから、軽く呑むだけにしておきますよ」

「じゃあ、『ロッソ』かな」

「いいですよ」

「ロッソ」は、まさにJRの高架下にある店だ。騒音はかなりのものだが、安いし美味いつまみを出すので、支援課の呑み会でも時々利用している。

基本はイタリア料理店なのだが、二人ともビールを注文した。あまり腹に溜まらないものにしようと、つまみはグリーンとブラックのオリーブ、ピクルス、トマトのブルスケッタにとどめておく。

ビールはすぐに来たが、乾杯はなし。長住は背の高いグラスの半分ほどを一息で空《から》にした。息を吐いて口元を拭い、緑のオリーブを一つ口に入れる。

「で……何かあるんですか」上目遣いに私を見やる。

「今回の件、どう思う」

「どうもクソも、どうしようもない事件でしょう」

「どうしようもないっていうのは、どういう意味で？」

「まあ、それは……」長住が口を濁《にご》した。「被害者が被害者ですからねえ」

「お前までそれを言うなよ」

「だけど、あれだけ突っこまれる被害者家族も珍しいでしょう。いや、初めてじゃないかな」

「相手が誰でも、こっちは変わらずやるしかないんだぜ」

「ただねえ……大崎さんみたいな人って、ある程度の割合でいると思うんですよ」

「どういうタイプだ？」

「自分の周りの人間を、三種類にしか分類できない。家族か使用人か敵か……田中角《たなかかく》栄《えい》がそんなタイプだったらしいですけどね」

「友だちもいないわけか」

「ああいう立場の人だと、友だちなんか必要ないんでしょう」馬鹿にしたように長住が言った。「味方は家族だけ、かな」

「その大事な家族を殺されたんだぜ？　精神状態が不安定になるのも当然だろう」

「この件だけじゃないでしょう。他の件でも、だいたいあんな調子なんじゃないですか？　そうじゃないと、社内で自殺者なんか出ませんよ」

それは認めざるを得ない。二年前に事件が発生した時、「バンリュー」についても少し調べてみたのだが、現職社員の自殺が、その前の五年間で三件もあった。一件については遺族が「パワハラだ」として損害賠償請求の訴訟を起こし、現在も係争中。これらの件について、週刊誌などは「社長から直接パワハラがあった」と報じていた。「バンリュー」も小さな会社ではないのだが、大崎は社員を全員、自分でコントロールしないと気が済まないのだという。仕事で失敗した社員に対しては、相手が破滅的なダメージを受けるまで叱責を続ける——彼と直接接した感じでは、いかにもありそうな話だった。

「『バンリュー』って、どういう意味か知ってます？」

「フランス語で『郊外』だろう？」

「直訳するとそうなんですけど、フランスではあまりいい意味じゃないみたいですね。移民が多い、貧しい公営住宅地帯を指す……ウィキペディアの受け売りですけど」

「そんなこと、わざわざ調べたのか？」

「検索をかけたら、真っ先に出てきますよ。ウィキペディアの方が先に出てくるということは、会社のSEO対策が成ってない証拠ですね」

「なるほど……」

「まあ、大崎さんは単純に『郊外に家をたくさん建てる』っていう意味で使ったんでしょうけど、フランスでの使い方を知らなかったんでしょうね。いや、よく合ってるとも言えるかな……『バンリュー』自体が、無法地帯みたいな会社だし」

「その件については、俺には論評する権利はない」

「とにかく、俺はちょっとうんざりしてますよ……とにかくあの人はひどい。被害者として支援する意味なんてあるんですかね」

「どんな人が相手でも、うちの仕事は変わらないよ」

「それは公式見解でしょう？」長住が鼻を鳴らす。「本当は村野さんも、守る意味なんかないと思ってるんじゃないですか？」

「そんなことはない」

いきなり、支援課の仕事の全否定か……私は思わず口をつぐみ、この話題にこれ以上乗らないことにした。別に、自分の仕事を守りたいからではない。単に、被害者支援は本当に必要で大事なことだと思っているだけだ。

「しかし今回の件も、ちょっと変じゃないですか」

「何が」

「犯人ですよ。自供はしてますけど、どうなのかな」グラスを持ち上げ、縁越しに私の顔を見やる。

「どういう意味だ？」

「いい大人をどうやって拉致したか、ですよ。娘さん、当時何歳でしたっけ？」

「三十二」

「三十二歳の人間を拉致するのに、村野さんだったらどうします？　どんな方法を使いますか？」

「そもそもそんなことは考えないよ」

「最初から無理だと思ってるから、でしょう」長住が挑みかかるように言った。「美江さんの会社から自宅までは、都内でも一番交通量の多い通りを走っていくのが普通です。しかも、時間も遅かったわけじゃない。信号待ちしているところで、強引に拳銃を突きつけてカージャックなんて、できるわけないじゃないですか。周りの人間が全員気づくし、防犯カメラにも映るでしょう」

「だったら、どういうことだと思う？」

「顔見知りの犯行でしょう」

「どういう顔見知りだよ」

私はやんわりと否定した。美江はまさに、セレブの娘である。セレブの顔見知りに、あんな乱暴な犯行に走りそうな危ない人間がいるか？　もちろん、阿呆《あほう》な二世セレブもいる。親の金で遊びまくり、スリルを求めて危険な連中とつき合い、ドラッグなどの罠に落ちる……しかし美江は、「バンリュー」一筋で一直線に走ってきた。都内の大学を卒業後、アメリカの大学に留学して経営学を学び、二十四歳の時に住宅のデザインなどを請け負う「バンリューデザイン」に入社。本人は特にデザイン方面に才能があったわけではなく、あくまで将来の社長含みの人事である。実際美江は、三十歳で「バンリューデザイン」の社長に、「バンリュー」グループの持株会社である「バンリューHD」の役員にも就任していた。

美江には一歳年上の兄・亨《とおる》がいて、現在は「バンリュー」の副社長を務めている。彼がバンリューグループを継《つ》ぐのは間違いないだろうが、大崎は美江にも重要なポジションを任せる腹だったのだろう。実際私は二年前に、大崎本人の口からそれを示唆《しさ》する言葉を聞いている。「娘の方が優秀だし、やる気があったんだ」二年前といえば、大崎は五十八歳。そろそろ会社を次の世代に引き渡すことを考え始めてもいい年齢だった。大崎自身は、新しいビジネスを考えていた節がある。国内の不動産市場は、今後間違いなく縮小していくわけで、海外、特にアジアの住宅市場に目を向け始めていた。そのビジネスが実際にどうなっているか、私は把握していないが。

「お嬢様育ちで、会社の社長だぜ？　そんなやばい連中とはつき合いはないだろう」

実際、犯行を自供した畑中は、美江との関係を特に供述していなかった。はっきり言えば、その辺の供述は極めて曖昧で、現在、特捜本部が一番重視しているところである。動機は？　拉致の方法は？　犯行を構成する極めて重要な要素がまだまったくはっきりしていない。

「お嬢様って……」長住が鼻を鳴らした。「大崎なんて、所詮《しょせん》ヤクザ者でしょう。それがたまたま、まともな商売を始めて当たった——それだけの話ですよ。あの激烈な性格は、ろくな人間じゃない証拠だ」

「確かに激しい人ではあるけど、言い過ぎだぜ」

「要するに、まっとうな人間じゃないんですよ。園遊会には絶対に呼ばれないタイプですね」

「おいおい」

私は思わず苦笑してしまったが、長住は一貫して真面目《まじめ》な表情だった。グラスを手の中で回すと、残ったビールを一気に呑み干す。酔いが回ってきた気配はまったくない。私はまだ一口啜っただけだった。空になったグラスに目をやり、「どうする？」と訊ねると、長住は無言で首を横に振った。長居は無用、か……だとすると、こちらも話を急ぐ必要がある。しかし長住は、予想に反して、まだ美江の話題にこだわっていた。

「彼女の会社――『バンリューデザイン』も、中ではいろいろあったじゃないですか。二年前、特捜もかなり入念に調べたはずですよね？　事件の原因は、会社のトラブルが原因じゃないかって」

「そういう見方もあったけど、俺たちはあくまで噂しか聞いてないだろう――何も知らないも同然だ」

「噂って言っても、俺は直接一課の連中から聞きましたから、確度は高いですよ。金の問題、暴力団との関係……『バンリューデザイン』は決して綺麗な会社じゃない。『バンリュー』本体だって、内部にも外部にも敵がいる。どこでやばい連中の尻尾《しっぽ》を踏んだか、分からないじゃないですか」

「犯人の畑中という男は、そういう類の人間じゃないと聞いてるぜ」

古株の刑事が「昔の言葉で言えば風来坊《ふうらいぼう》だ」と言っていたのを思い出す。生まれは東京だが、高校卒業後に様々な仕事を経て、半ばホームレスのようになり、全国各地を転々としながら短期間の仕事をして、何とか生きてきた。逮捕歴はないが、二十歳前後の頃には、西麻布《にしあざぶ》界隈によく出没して、半グレの連中ともつき合いがあったらしい。暴力団との関係があったとしても、不思議ではない。特捜本部では今、過去の行動も含めて、畑中の人生を丸裸にしようとしている。

「同類でしょう。少なくとも、マル暴の周辺にいたのは間違いないし。その辺の関係を探っていけば、動機も明らかになるでしょう。要するに、美江さんはやばい奴の尻尾を踏んだ――俺はそう思っています」

「そういう線もないではないだろうけど……」

「ま、俺らが心配することじゃないですけどね」長住が肩をすくめた。空になったグラスの縁を人差し指で撫で、私をじっと見詰める。「で、何なんですか？　俺と捜査の見通しを話し合いたかったんですか？　今の俺には、責任あることなんか言えませんよ」

「『週刊ジャパン』の三浦記者とは知り合いなのか？」私はようやく、今夜の本題に入った。

「はい？」長住が目を細くする。

「今日、会見に出ていた三浦記者と話していただろう？　知り合いなのか」

「いや」長住が短く否定した。

「知らないのか？」

「知らないですね」

「じゃあ、話していたのは……」

「あれが三浦記者なんですか？」長住が不思議そうな顔で答えた。

「確かに記者さんとは話しましたけど、名前は知らないなあ」

「会見の最後の方で、大崎さんに喧嘩腰で突っかかっていった男だよ」

「ああ、あの背の高い男ね」長住がうなずく。「何時までの予定か、聞かれただけですよ」

「それで？　何と答えた？」

「分からない、と。正直に言いましたよ。単なるオブザーバーだから、予定のことは分からないって。そうしたら、変に突っかかってきましてね。予定も分からないオブザーバーが何で会見に出るんだって……むっとしましたけど、会見の様子を見て納得しましたよ。そもそもそういう人だったんですね。いきなり切れるタイプ」

嘘だ、と私は判断した。あの時の二人の様子を見た限り、明らかに顔見知りであり、単に事務的なことを話し合っていた雰囲気ではなかった。どうするか……さらに突っこむことはできる。俺の印象とは違うじゃないか――しかし、印象はあくまで印象であり、しっかりした物証があるわけではない。

「まさか、そんなことを気にしてたわけじゃないでしょうね」

「してた」私は認めた。

「何だ、村野さん、意外と神経質なんですね」長住が鼻を鳴らす。

「マスコミとの不要な接触はご法度《はっと》だからな。連中はしつこいし、こっちも迂闊《うかつ》なことを喋ってしまわないとも限らない」

「十分気をつけてますよ……しかし、まさかこんな話をするために、村野さんが俺を誘ったとは思わなかったな」

「確かに俺は、神経質なんだよ。ちょっとしたことでも引っかかる」私は認めた。

「そんなこと気にしてると、疲れますよ」

「もう、十分疲れてるさ。だいたい――」

テーブルに置いておいたスマートフォンが鳴った。画面に浮かんでいる名前は「大崎」。私は溜息をついてスマートフォンを取り上げた。

「大崎さんだ」

「あらあら」長住が今にも笑い出しそうな表情で言った。

電話に出た。最初に私の耳に飛びこんできたのは「さっさと家まで来い！」という怒鳴り声だった。

## 3

大崎の家に呼びつけられて唯一ついているのは、自宅が近いことだ。大揉めにならなければ、そのまま家まで歩いて帰れる——しかし今夜は、簡単に帰してもらえそうになかった。

自宅の前には二台のパトカーが停まり、赤く毒々しいパトランプの光を撒《ま》き散《ち》らしていた。制服警官が無線で連絡を交わしながら家から出て来る。詳しい事情を聞かずに来てしまったが、どうもかなりまずい状況のようだ……と思ったところで、背後から声をかけられた。

「村野」

振り向くと、制服姿の乾がいた。この格好をしているということは、当直なのだろう。特捜本部の仕事があっても、当直は定期的に回ってくる。

「何事だよ」

「お前こそ、どうした」困ったような表情を浮かべた乾が逆に質問する。

「大崎さんに呼びつけられたんだ」

「ああ、そうか」乾が曖昧な笑みを浮かべる。「お前もいい迷惑だな。捜査の担当で鳴ったそうだ」
「大崎さんから通報があったんだよ。家に忍びこもうとした男がいたらしい。警報が
「これが仕事だからしょうがないけど、お前こそどうしたんだ？」
もないのに、こんな目に遭うなんて」

「誰だか分かってるのか？」

乾が手帳を取り出して広げ、『週刊ジャパン』の三浦記者――少なくとも本人はそう名乗っている」と告げた。

「マジか……」私は目を見開き、言葉を失った。

「知り合いか？」

「知り合いというか、今日の午後、見た」会見の様子を説明する。

「何だか、大崎さんに個人的な恨みでも持ってるみたいだな」乾の表情は険しかった。

「確かにな……」ジャーナリストとしての好奇心に駆られたというより、本当に個人的な恨みで動いているようだ。会見では大崎がやり過ぎの取材を窘《たしな》めたのに、その忠告をあっさり無視していたことになる。「ところで今日は、家の前には報道陣はいなかったのか？」

「ああ。会見が効いたんじゃないか？　脅しをかけたようなものだろう」

「だけど、三浦記者には効かなかった、ということか。それで、三浦記者は今どこにいるんだ？」

「署に連れて行った」

「逮捕したのか？」

「いや」乾が苦笑しながら首を横に振った。「逮捕するほどのことじゃないんだよ。敷地に入ったと言っても、一瞬だけだ。センサーに引っかかって、警報が鳴っただけだろう」

「それでも、家宅侵入に変わりはないじゃないか」

「そんなことで一々逮捕していたら、留置場が足りない」

「それで大崎さんが納得すると思うか？」私が心配しているのはそのことだった。特捜本部にまでクレームの電話を入れ始めるようになったら、本筋の仕事が邪魔されてしまう。

「そこはお前、頼むよ」急に甘える口調になって、乾が言った。「だいたい、お前も呼び出されたんだろう？　大崎さんに信用されている証拠じゃないか」

「そうかもしれないけど……とにかく、これから大崎さんと話して落ち着いてもらうよ。でも、一つ条件がある」

「何だ？」

「三浦記者は、まだ話せないか？」

「ああ。事情聴取にもう少し時間がかかる」

「その後、彼と話させてくれないか？」

「何でお前が」

「いや、支援課として、被害者家族に対する礼儀を教えてやろうと思うんだ」

「俺たちも話すけど……まあ、いいよ。それも被害者支援の一つだよな」

「ああ」

乾と別れて、私は大崎の家の敷地に足を踏み入れた。警官の出入りが激しいので、さすがに警報は解除されている。ドアも開いたままになっていたので、私は玄関に顔を突っこんで「すみません」と声をかけた。

「入れ！」敏感に反応して、家の中から大崎が呼びつける。場所は近い……玄関の近くにある応接間にいるようだ。

急いで家に入って、応接間のドアを開ける。中は、大崎が吸う煙草の煙で真っ白になっていた。少しでも呼吸を楽にしようと、私はドアを開けたままにしておいた。

大崎に対する事情聴取は終わったようで、彼は一人だった。テーブルに置いたガラス製の灰皿は、吸い殻で埋まっている。全て同じ銘柄……彼一人で、短時間にここまで一杯にしたのだろうか。

「ドアを閉めたまえ」大崎が命じた。

「いや、煙いので」私は反抗した。

「ここは私の家だぞ。煙草ぐらい好きに吸う権利はある」

それにしても空気清浄機ぐらい置けよ、と思いながら私はさらに屁理屈を並べたてた。

「副流煙で私が肺がんにでもなったら、気分が悪くなりませんか？　うちは、祖父も父親も肺がんで死にました」私は胸のうちで二人に手を合わせた。祖父は五年前に心《しん》筋梗塞《きんこうそく》で亡くなったが、父親はまだ健在だ。生まれてから一度も煙草を吸ったこともなく、毎年の人間ドックの結果はオールクリア。七十歳の体ではない、と医師も驚いているらしい。

大崎が私を一睨みして、手にしていた煙草を乱暴に灰皿に押しつけた。他の吸い殻に燃え移って大火に移行するかもしれない……。

私は彼の前のソファに浅く腰を下ろした。まだ煙たい……が、息をしないで喋るわけにはいかない。

「三浦記者だったんですね」

「私が帰って来た時には、家の前で張っていたんだ。あれだけ言ったのに、どれだけ常識外れなんだ？」

「粘り強い記者のようですね」

「ああいうのは、粘り強いとは言わない。単なる偏執狂《へんしつきょう》だ」大崎が噛みつくように断言した。「私にしつこく迫って来て、ようやく振り切ったと思ったら、勝手に門扉を開けて入って来て、玄関をノックしやがった。いや、あれはノックじゃない。ドアを壊そうとしたんだ」

「さすがにそれはないと思いますが……」

「一々口答えするな！」大崎が怒鳴りつけた。

「その時点で、警報が鳴ったんですね」

「ああ。警備会社も飛んできたが、私はすぐに目黒中央署に電話して、警察官も呼びつけたんだよ」

どこか自慢げな様子だった。俺が電話一本かければ、警察官だろうが誰だろうがすぐに飛んでくる――とでも言いたげだった。実際私も、呼びつけられてここに来たわけだが。

「それで三浦記者は署に引っ張っていかれた、と」

「逮捕して、しばらくぶちこんでおけ。ああいう輩は、自由に外を歩き回ってはいけないんだ」

まるで犯罪者扱い――厳密に言えば、三浦も刑法に触れる行為はしているのだが、言い過ぎだ。

「逮捕するかどうかは分かりません」

「何だと？」

「未遂のようなものです。これで一々逮捕していたら、留置場がいくつあっても足りません」

私は乾の言葉を借りて説明した。途端に、大崎の顔が真っ赤になる。この男の普段の血圧はどれぐらいなのだろうと、私は本気で心配になった。

「君は、すぐに警察へ行きたまえ。ちゃんと逮捕してぶちこんでおくように、目黒中央署の連中に言っておきなさい。それを大々的に広報すれば、マスコミの連中も、もううちには近づかないだろう」

それは危険だ。フリーとはいえ、記者を逮捕したら、どんな反発が飛び出してくるか分からない。新聞社は何も言わないかもしれないが、肝心の「週刊ジャパン」が、警察に対しても猛攻撃をしかけてくる可能性もある。

「もちろん目黒中央署には行きますが、その前にお話を聞かせて下さい」

「話すことはない」

だったらどうして呼びつけたのだ……彼の言動は矛盾だらけで、しばしば会話が成立しなくなる。私は首を横に振って、何とか自分の言いたいことだけは伝えようと決めた。彼から答えをもらわないことには、意味がないのだが。

「三浦記者とは、以前からの知り合いですね？」

「――ああ」意外に簡単に大崎が認めた。

「二年前に事件が起きた時、三浦記者は日本新報の社会部記者で、取材を担当していました」

「そうだ」

「その時も、だいぶしつこく取材していたと聞きましたが」

「ああ、常識外れだった」

「新聞社側もそう判断したようです。結局彼は、社会部から閑職に飛ばされて、その後日本新報を辞めました」

「それは、あの男にしては賢明な判断だったかもしれんな」大崎は腕を組み、馬鹿にしたような笑みを浮かべた。「あの新聞は、いつ潰れるか分からないだろう」彼が三浦を評価しているのか、新報を腐しているのか、分からなかった。

「現在は、『週刊ジャパン』で契約ライターをしているはずです。それが安定した仕事かどうかは、私には分かりませんが」

「その辺は相変わらず――まったく、馬鹿な男だ」大崎が鼻を鳴らす。「人のプライバシーに首を突っこんで、あることないこと適当に記事にして金を稼ぐ……そんな仕事に何の意味があるか、分からん」

「今日の会見でも、厳しい質問をしていましたね」

「厳しい質問？　違う。あれは単なる言いがかりだ」大崎が訂正した。「どういうつもりかは分かっている。私を怒らせて、迂闊な一言を引き出そうとしたんだろう。そんな手に乗る私ではない」

大崎が新しい煙草に火を点けた。少しだけ呼吸しやすくなっていた空気が、再び汚染される。

「いいか」大崎が私を睨みつける。「あの男を二度と私に近づけるな。それも、支援課とやらの仕事だと思うが」

「犯罪被害者、並びにその家族を援助するのが我々の仕事です」

「君はいつも、そういう公式見解しか口にしないな」

「これが本音ですから」

「ふん」大崎が鼻を鳴らした。「そういう、取ってつけたような発言はいらん。商売の世界では、本音を語らないと通用しないぞ」

私は黙ってうなずいた。大崎のビジネスではそうかもしれない。しかし私たちは、金のために仕事をしているわけではないのだ。大崎はその辺の基本的なことが分かっていない。

「では」私は腰を浮かした。とにかく、この煙地獄から逃れないと、肺と喉をやられてしまう。「目黒中央署に顔を出してきます。状況が分かったら連絡します」

「ああ、そうしてくれ。それも支援課の仕事だろう」

家族か使用人か敵……彼から見れば、私も単なる使用人なのだろうか。

4

目黒中央署に着いて、午後九時。二階の刑事課に上がると、制服姿の乾が、自席で書類にペンを走らせていた。

「おう」私に気づいて顔を上げると、短く挨拶した。

「三浦記者の方、どうだ？」

「調べは終わった」

「で、今はどこにいる？」私は彼の隣の席の椅子を引いて座った。

「取調室で休憩中だ。うちの刑事が説教してる」

「その説教を素直に聞くような男なのか？」

「お前が来るのを待ってたんだよ。説教ならお前の方が得意だろう」乾がニヤリと笑う。

「まさか」

「自分でやりたいって言ったんじゃないか。ま、とにかく頼むぜ」

結局、仕事を押しつけられた感じになった。各課の分掌《ぶんしょう》事務を明記した組織規則には、「容疑者に説諭《せつゆ》す」などという一文は入っていないはずだ。いや、絶対に入っていない。しかしこれも私の——支援課の仕事と言っていいのではないか？　大崎の気持ちを鎮める、という意味では。支援課の仕事は、常に現状の拡大解釈だ。決まり切ったことばかりやっていては、刻々変わる状況についていけない。

三浦は、刑事課の横にある取調室にいた。対峙しているのは若い刑事——先日、私に電話をかけてきた坂下だと気づく。私を見ると驚いたように目を見開いた。彼に目配せして、取調室の外に誘い出す。坂下は後ろ手にドアを閉め、「どうしたんですか？」と訊ねた。

「支援課として、三浦記者に説諭しようと思ってね。どうだ？　彼は素直に言うことを聞いてるか？」

「いやあ」坂下が苦笑した。「一筋縄ではいきませんね。自分とあまり歳は変わらないんですけど、あんなに頑固《がんこ》になる理由が分かりません」

「そうだな」まだ一人前とは言えない三十歳ぐらいで閑職に回され、その後会社を飛び出してしまう——きつい経験をしてきたのだから、ひねくれていてもおかしくない。「とにかく俺が話をするから、もう少しつき合ってくれないか？」

「いいですよ」坂下の顔に、ほっとした表情が浮かぶ。自分一人で、これからどうしたらいいか困っていたのかもしれない。

「じゃあ、ちょっと失礼して……」

ドアを開けると、三浦がうんざりしたような表情を向けてきた。足をテーブルの下に投げ出し、だらしない姿勢のままスマートフォンを弄《いじ》っている。私は彼の向かいに座った。三浦は足を引っこめず、少しずらしただけだった。

三浦は長身で痩《や》せ型、四角く張った顎が目立つ顔つきだった。毛量は多く、しかも固そうで、大きく盛り上がっている。顔には汚い髭……しかし髭剃《ひげそ》りをサボっているわけではないようだ。髭の隙間から見え隠れする肌が赤く、湿疹《しっしん》になっている。剃刀《かみそり》負けするタイプなのだろう。細身のジーンズに白いシャツ、黒いジャケットという地味な格好で、バッグを床に直に置いていた。

「犯罪被害者支援課の村野と申します」私はできるだけ丁寧に名乗った。向こうが横柄なら、こちらは腰を低くしていこう。いずれ三浦は、自分の傲慢さに気づくはずだ。

「支援課？　何で支援課の人が……」三浦の顔に困惑が広がる。「ああ、大崎さんを支援しているわけだ」

支援、という単語をやけに強調する。まるで、大崎を支援しているのが馬鹿馬鹿しいとでも言うように。

「その通りです」

「つまり俺は、大崎さんにとって邪魔な存在だと？　そういうことだろう？　どうせあの人に命令されて、俺に説教でもしようとしてるんだろう」

大崎の思考・行動パターンをすっかり見抜いている。思わずうなずいてしまいそうになったが、辛《かろ》うじて堪えた。三浦という男とつき合うにも、相当な注意が必要だ。

「もう、説教は十分受けた。反省してますよ、はい」

馬鹿にしたような物言いに、私は怒りがこみ上げてくるのを感じた。彼に気取られないようにそっと息を吐き、テーブルの下で両手を開いて閉じて、を繰り返す。いつの間にか、掌に汗が滲《にじ》んでいた。

「私が申し上げたいのも、同じことです」私は意識して声を低くした。「大崎さんは犯罪被害者の家族です。犯人は逮捕されると思いますが、これから悲しみに向き合う時間が必要だと思います。その時間を、大崎さんに提供してあげてくれませんか？」

「冗談じゃない」三浦が憤然《ふんぜん》と言った。「大崎さんのような有名人には、きちんと取材に答える義務があるでしょう。社会的責任ってやつですよ」

「ことは犯罪ですよ」私は眉をひそめた。「娘さんを殺されて、ようやく犯人が見つかったばかりなんです。まともに取材に応じられるような状態じゃないでしょう。それに今日、会見を開いて、取材には応じたじゃないですか。あれで十分でしょう」

「まさか」三浦が鼻を鳴らす。「あんなもの、取材でも何でもない。会見なんて、どうでもいいんですよ」

「会見に出席できる、できないが大きな問題になることもあるようですが」マスコミの世界も「縦割り」であり、普段つき合いのないセクションの記者が会見に出たりすると、一悶着起きる。いや、そもそも会見への出席を妨害されることさえあるようだ。

「そういうのは素人《しろうと》考えなんだよ。会見で質問する必要なんかない――自分の手の内を他社に明かすことになるからね。本当の取材は、会見の外で始まるんです」

「しかし今日、あなたは会見でしっかり質問していましたね」

三浦が顎を引いて口を閉ざした。痛いところを突かれた、とでも考えているのかもしれない。しかしそれは私の思い違いで、三浦はすぐに薄笑いを浮かべて話を続けた。

「あれは質問じゃない。挑発です」

大崎の読み通りだったわけか。しかし、それを自ら認める神経が理解できない。全て分かって、計算通りにやっているのだろうか。

「会見で挑発？　そういうのはありなんですか？」

「怒ると、つい本音を喋っちまう人間もいるんでね……それこそ、大崎さんとか」

「そういう意味での挑発ですか。あまり上品な取材とは言えませんね」

「大崎さんに合わせているんだよ」三浦の表情も下品に歪む。

「ちょっと伺いたいんですが」私は両手を組み合わせてテーブルに置いた。何百人もの刑事が、このテーブルを舞台に容疑者と対峙してきたのだろう。ひんやりとした感触に、私はかすかに緊張した。「どうしてそんなに、大崎さんに対して攻撃的なんですか？」

「あの人が説明責任を果たしていないから」

「自分の家族が殺されたことに関して、どんな説明を期待しているんですか？」

「普通の人だったら、あんな取材はしない。大崎さんはセレブだ。事件が起きる前から世間に知られた人だ。だからこそ、ちゃんと喋る義務があるんじゃないですか」

「本当にそれだけですか？」そもそも犯罪被害者には、世間に対して喋る義務はない。

「どういう意味ですか」三浦が不快げに顔を歪める。

「あなたは、個人的に大崎さんに恨みを持っているんじゃないですか？　二年前、あなたは日本新報の記者として大崎さんを取材した。その時にいろいろやり過ぎて……

現在は『週刊ジャパン』の契約記者になっている。あなたにすれば、大崎さんの取材に失敗したから、こんな風になってしまった、全ては大崎さんのせいだと考えても不思議ではないと思いますが」

三浦が突然、声を上げて笑った。乾いた笑い――私はまったく予想していなかったので、ぎょっとして椅子に背を押しつけ、彼と距離を置いた。

「あのね、刑事さん……村野さんでしたっけ？」

「ええ」

「新報がヤバイっていう話は知ってるでしょう？ 外資と身売り交渉したのに、向こうから見捨てられて、断られたような会社ですよ。はっきり言って、いつ潰れるか分からない。そんな会社で、無事に定年まで勤められるはずがない。フリーの方が、よほどましですよ」

「フリーの方は、色々と立場が弱いと思いますが」

「そんなの、気持ちの持ちようですよ。何物にも縛《しば》られない自由さは、組織にいる人には分からないでしょうけどね」

そんなものだろうか。私には、彼が無理をしているようにしか思えなかった。その昔――それこそ昭和三十年代には、「トップ屋」と呼ばれた契約記者が週刊誌を舞台に活躍し、相当の原稿料を稼いでいたらしいが、今はそういうわけにはいくまい。ネットを主戦場に書くライターの原稿料など、雀の涙程度だという話も聞く。「あなたの現在の立場に言及する権利は私にはありませんが、少し遠慮していただけると助かります」

「警察がそういうことに口出しするのはどうかね。報道の自由に対する侵害ですよ」

「警察は、犯罪被害者の人権に気を配っているだけです。マスコミがもう少しだけ気を遣ってくれれば、こんなことを言う必要もありません。だいたい今時、被害者家族に無理にコメントを求めるマスコミはいないでしょう」

「大崎さんが会見をする前は、家の前に大勢張りついていたけどね」三浦が皮肉っぽく言った。「大崎さんがちょっと文句を言ったらすぐに引く——そんな弱腰でどうするのかね。だから日本のメディアは駄目になるんだよ」

「日本のメディアが駄目かどうかは、私には判断できませんが、とにかく大崎さんをそっとしておいて下さい」

「そんなこと、保証できませんね」三浦が腕を組んだ。

「あなたは逮捕されるところだったんですよ？　自分の立場をよく理解した方がいい」少し脅してみた。

「どうせなら、逮捕された方がよかったね」開き直ったように三浦が言った。「留置場の見学もできるし、『週刊ジャパン』で警察の横暴を追及する記事が書けた」

それは甘い読みでは……三浦は社員ではなく、あくまで契約ライターである。契約ライターがトラブルを起こしたら、編集部は庇わずに切り捨てる可能性が高い。自分が有利な立場にいると考えているのが、三浦の間違いだ——いや、そう考えて虚勢を張らないとやっていけないのではないだろうか。自営業の人間は、徹底して腰を低くするか、必要以上に胸を張るしかないのかもしれない。

三浦を解放し、乾に報告する。彼は「お前が言ってくれたならもう大丈夫だろう」と楽天的だったが、私はまったくそんな気分になれなかった。

目黒中央署から私の自宅までは、歩いて十五分ほどだ。道すがら、私は本橋に連絡を入れた。

「そんな面倒なことが？」本橋が声を潜《ひそ》める。

「何とか収まりました」

「大崎さんに報告は？」

「まだでした」指摘された途端にうんざりしてしまう。まあ、いい。彼への報告を早めに切り上げる方法は百通りぐらいある。「これから報告します。それと一応、土日も警戒しておきます。大崎さんも、支援課ではなく私に直接電話してくるようになりましたし……何とか対応できると思います」

「厄介なことになったら連絡して下さい。あくまで支援課として対応すること……個人で全てを背負ってはいけませんよ」

「分かりました」

電話を切り、歩調を早めて歩き出した。一度スーツのポケットに入れたスマートフォンをすぐに取り出し、大崎に電話を入れる。彼は相変わらず怒っていたが、「きちんと説諭しておきました」と言うと、取り敢えず納得して電話を切った。どうも急いでいる様子で、何か別の用事にかかっていたのかもしれない。

ビールを少し吞んだだけで、胃は空《から》っぽだった。金曜の夜に一人メシというのも情けない話だが、家で自炊しようにも、冷蔵庫の中は空っぽである。

中目黒駅周辺には飲食店はいくらでもあるのだが、手軽に一人で食事を済ませられる店となると限られている。結局、一番頻繁《ひんぱん》に利用している中華料理店に入った。この店で肉の一品と野菜の一品を頼み、飯を食べるのがいつもの注文方法だった。豆苗《とうみょう》や青菜の炒め物を食べている分には、メーンの料理が鳥の唐揚げや酢豚でも、あまり胸が痛まずに済む。

手早く夕食を済ませ、軽く買い物をして帰る。平日の私は、何があっても朝食は決まった時間に食べる——外食ばかりだが——が、休日だけは少し寝坊して、家で摂《と》ることにしていた。ただし、コンビニのサンドウィッチにコーヒーというような簡単な組み合わせだが。東京に住む独身男の典型とも言える朝飯にはいい加減うんざりしているのだが、仕方がない。今更自炊に切り替える決断はできなかった。

金曜の夜にやることが、部屋の掃除と洗濯だけ……実に味気ない。しかししばらく前に、階下の住人が引っ越して空き部屋になっているので、夜中に掃除機をかけても迷惑をかける心配はなくなった。

掃除と洗濯を終え、シャワーを浴びるともう十一時半。何だかげっそり疲れて、私はとっておきの動画で心を癒《いや》すことにした。大リーグのファインプレーばかりを集めて編集したもので、超人的なプレーの数々を見ていると、何故か心が沸き立つのではなく、落ち着いてくる。

動画集の冒頭は、ホワイトソックス時代の井口資仁《いぐちただひと》のファインプレーだ。セカンドを守っていた井口が、ボテボテのゴロを猛ダッシュして摑むと、そのまま身を翻し――というより横倒しになりながら一塁へ正確に送球して、打者走者を楽々アウトにした。初めて見た時には仰天したものである。中南米出身の身軽な選手でさえ、ここまでのサーカス・プレーはできない。後にネット上では「転んだだけ」とも揶揄されていたが、私はやはり素晴らしいファインプレーだと思う。

その後も素晴らしい守備の数々を見ているうちに、ささくれ立った気持ちが落ち着いてくる。締めはしごく古い映像……ウィリー・メイズが見せた、「ザ・キャッチ」

だ。センターまで百四十七メートルという超変形球場「ポロ・グラウンズ」で行われた、ジャイアンツ対インディアンスの一九五四年ワールドシリーズ初戦。同点の八回、インディアンスのラリー・ドビーの放った打球が、センター最深部を襲う。普通の球場ならバックスクリーンに飛びこむ飛距離だが、この球場では滅多にセンターへのホームランは出ない。メイズはフェンスの方を向いたままひたすら疾走《しっそう》し、最後はウォーニングトラックの手前で、フェンスの方を向いたままボールを摑んだ。

いつ観てもこのプレーには身震《みぶる》いする。自分の頭上を越えそうな打球の行方をどうやって察知したのだろう。キャッチする寸前、メイズはまったく打球を見ていないのだ。

この動画集は鎮静効果があるのだが、最後まで見ると結局興奮してしまう。メイズこそ史上最強のユーティリティプレーヤーだ、と深く意識させられるのだ。

いい加減に寝よう。時刻は既に十二時を回っている。ベッドに潜《もぐ》りこんだものの、目を瞑っても一向に眠くなかった。両手を組み合わせて後頭部にあてがい、天井を見上げる。その時、ベッド脇のテーブルに置いたスマートフォンが鳴った。メッセージ……こんな時間に誰だろうと見ると、愛である。基本的に早寝早起きで、こんな時間に連絡してくることはまずないのだが、どうしたのだろう。心配になってすぐに確認する。

死んでない?

ひどい言い方だが、心配してくれているのだ。ぶっきらぼうなのは、彼女の生まれついての性格で、大怪我をする前からまったく変わっていない。

生きてるよ。

松木から聞いたけど、相変わらず大変だって?

なかなか大変だ。今夜も面倒臭かった。

こちらからメッセージを送って直《す》ぐに既読になったのだが、返信はない。いきなり寝落ちしたかと思ったが、今度は電話がかかってきた。

「寝てたわけじゃないわよね?」

「寝てたらメッセージに返信できないよ」何を言ってるんだ……つい苦笑してしまう。

「無意識のうちにやっていたかもしれないと思って」

「まさか」軽く笑ってしまった。「松木が余計なことを喋ったんじゃないだろうな？」

「何をもって余計なことって言うかよね」

「仕事の秘密にかかわることは――」

「支援課と支援センターは、シームレスに連携して動くんじゃないの？」

「まあ、そうだけど」

「心配事があるなら、お姉さんに話してみたら？」

私はつい苦笑してしまった。私と愛は同い年だが、誕生日は彼女の方が一ヵ月ほど早い。一ヵ月間だけ妙に年上ぶるのが、彼女の毎年恒例の「行事」だった。

「大崎さんの扱いが難しい。しかも今は、神経質になっているから……」

「それは、時間が解決してくれると思うわ。マスコミだって、いつまでも大崎さんだけにかかわっているわけにはいかないだろうし」

「問題は、一人だけ、やけにしつこい記者がいることなんだ」私は三浦の事情を説明した。

「今時、そんなに粘り強い記者がいるのが驚きね」

「褒《ほ》めてるのか？」

「そういうわけじゃないけど、何だかね……それで、収まりそうなの？」

「しつこく説諭しておいたけど、あまり自信がないな。もちろん、一人で騒いでもあまり大きな影響はないだろうし、彼が私怨《しえん》で書いた原稿が『週刊ジャパン』に載るとは思えないけど、ちょっと心配だ」

「そう？　何が？」

「三浦記者が大崎さんに直撃取材して、その結果、大崎さんが三浦記者に暴力を振ったりとか」

「大崎さんって、そういうことをしそうな人なの？」

「追いこまれてかっとなったら、どんな人でも何をするか分からない」

「となると、あなたがSPみたいに四六時中ついていないといけないわね」

「それは無理だよ……俺はSPとしては役に立たないし」

「そうそう、村野は頼りないからね」

愛のさりげない言葉に、胸がチクリと痛んだ。あの事故の時、私がもう少しきちんと愛を庇っていたら、彼女の怪我はずっと軽く済んでいたかもしれない。

「それより、美江さんのことで、ネットに噂が流れてるの、知ってる？」

「いや、チェックしてる暇もなかった」

「二年前の話が蒸し返されてるのよ」

「二年前の話っていうと、『バンリューデザイン』の社内トラブルが事件につながっている、という噂のことか？」

「そう。もちろん、ネットで書かれてることだから根拠があるかどうかは分からないけど、二年前の情報をコピペして流してるだけじゃないみたいね」

「社内の権力闘争で自殺者が出て、その家族が美江さんを殺した——その件は、二年前に潰したじゃないか。完全に嘘だった」

「バンリューデザイン」は、それほど大きな会社ではない。社員五十人。美江がトップで、役員もプロパーではなく、「バンリュー」本体から送られてきた人間ばかりで、権力闘争が起きる要素はなかった。実際、臼井は私の疑問を笑って否定した。彼が言うことは信用できる……噂は単なる噂に過ぎなかったと私たちは確信した。

「それだけじゃなくて、外部ともトラブルがあったという話が出てるわ。土地取り引きを巡って地権者と揉めていたとか」

「『バンリューデザイン』は、土地取得や契約は担当しないんじゃないか？　基本、住宅のデザインだけやってるんだろう？」

「実際には、契約関係の仕事もしていたみたいよ。それも宅地じゃなくて、公共建築物の方……となると、地方自治体辺りが相手になるわよね」

「それは、裏を取ってみないと何も言えないけど、俺たちの仕事じゃないしな」

「そうね……」愛の口調は、珍しく歯切れが悪かった。

「何か、言いたいことでも?」

「別に——嫌な予感がするだけ」

「そうか?」

「私の勘《かん》なんか当てにならないけどね。ごめんね、今のは忘れて」

忘れてと言われると、逆に気になる。被害者支援に関しては、私はプロだ。しかし、プロでも見逃すことがある。あくまで民間の立場にいる彼女なら、私の視界に入らないものを見つけ出してくれるかもしれない。

「はっきり言ってくれよ」

「何か……私たちには直接関係ないんだけど、犯人のことが」

「どうして」

「自分から『やった』って言い出したんでしょう? それなのに、まだ詳細が全然分からない。これって不自然な感じがするんだけど、違うかな」

「ああ……確かに」

「警察用語で言うところの『仏になった』状態じゃないの?」

「そうとも限らない……自供したけど、その直後に後悔して完全黙秘してしまうこともあるし、裁判になったら証言を全面的に否定することだって珍しくない」

「その辺、調べられないの?」

「いやあ……特捜も、全部喋ってくれるわけじゃないからな」

「あなたが直接話を聴くのは？」

「無理、無理」私は苦笑した。「俺は刑事でもないし、完全に管轄外だよ」

「ふうん……そうなんだ」

彼女の言い方が引っかかる。まるで私を挑発しているようではないか。

「例えば、山梨県にちょっと顔を出して、所轄の担当者に話を聞いてみるとか。ドライブついでにどう？」

「車がないよ」

「私はあるわよ。あなた、今週の月曜日に有給が潰れたって言ってたわよね。取り直しはできるの？」

おいおい……そういう挑発はどうなんだ？　しかし私の気持ちは、いつの間にか山梨に向いていた。

## 5

週明けの月曜日、私は本橋に金曜日の出来事を報告した。盛りだくさん……大崎の爆発と三浦の一件、そして当然、長住のことについても話さねばならなかった。

「長住君は、三浦記者との関係を否定したんですね？」本橋が念押しする。彼には、部下の行動の方が気になるようだった。

「否定しましたけど、嘘だと思います……明確な根拠はありませんが」

「まあ、いいでしょう。こちらが勘づいていることを彼が知れば、警戒するはずだ。今後危険な接触をしなければ、それで十分でしょう。うちから情報が漏れなければいいんですから」

「あいつがそういう慎重な人間ならいいんですが……それより、大月に行かせてくれませんか？」

「大月？」本橋が首を傾げた。しかしすぐに、私の顔を真っ直ぐ見詰める。「山梨県警の捜査本部、ということですか？」

「ええ」

「それはどうですかね……」渋い表情。「支援課の業務内容からは、明らかにはみ出します。特捜に知られたら厄介なことになりますよ」

「ということは、出張は認められないんですね？」

「無理ですね」本橋があっさり言った。

「分かりました」私はすぐに引いて、次の手を出した。「だったら明日、有給をもらいます」

「それは……」本橋は私の狙いに即座に気づいたようだった。「業務ではなく、有給の時に他県警の仕事に勝手に首を突っこんだら、ますますまずい。トラブルが起きたらどうするつもりなんですか？」

「でしたら、やはり出張扱いで」私は粘った。

「名目は？」本橋が溜息をつく。

「視察とか——支援課としての状況把握ではどうですか？」

「まあ……それなら何とか」

結局本橋は、公務での出張を許可してくれた。微妙に脅してしまったようで申し訳なかったが——この課長には迷惑ばかりかけている——これで大手を振って大月へ行ける。目黒中央署の特捜本部には、通告しないことにした。事前に言えば、難癖をつけられる可能性が高い。

「ばれたらどうしますか？」

「俺は、日帰りで旅行にでも行っていることにして下さい」

愛の存在がダミーになるかどうか……一般の刑事は、支援センターの職員のことなどまったく知らないから、仮に向こうへ詰めている特捜のメンバーに見られても、適当に言い抜けできる。ドライブに来たついでに、ちょっと表敬訪問しました——。

私はよく、嘘を見抜かれてしまう。もしかしたら愛の方が、演技は上手いかもしれない。にっこり笑って適当なことを言っておけば、信じてもらえるのではないだろうか。それに彼女は、いつも車椅子で動いている。下半身が不自由な相手に対して強く出られる人間は、ほとんどいない。そして彼女は、相手を嫌な気分にさせず、そういう状況を上手く利用することができるのだ。

天賦《てんぷ》の才としか言いようがない。

愛は「自分が運転していく」と言い張ったが、私は支援課の覆面パトカーを使うことで押し切った。出張なので、民間人の車に乗っていて事故でも起こしたら、極めて厄介なことになる。しかも悪いことに彼女は、よく飛ばすのだ。危なくて仕方がない。

早朝、支援課に寄って車を借り出し、愛の自宅へ迎えに行く。約束の時間の五分前に着くと、彼女は既にマンションの前に出て待っていた。両親の姿はなし……確認したことはないが、同居している彼女の両親が、私に対してあまりいい感情を抱いていないことは間違いない。両親から見れば私は、「娘を守れなかっただらしない奴」に過ぎないのだ。

彼女を助けて助手席に座らせ、車椅子は折り畳んで後部座席へ。こういうことは何度もやってきたが、未だに慣れず、少しだけ気恥ずかしい。

「警察の車って、本当に乗り心地がよくないわね」愛はいきなり文句を言った。

「そこは我慢してくれよ。乗り心地で選んでるわけじゃないから」

「基準は？　安いから？」

「あとは燃費。維持費も馬鹿にならないからね」

軽口を叩きながら、初台《はつだい》から中央道に乗る。火曜日の午前中とあって、下りの流れはスムーズだった。快適なドライブになりそうだったが、私は事故当時のことを思い出して、急に息苦しさを覚えた。当時捜査一課にいた私は、待機中の暇な時間を利用して、彼女をドライブに誘った。高尾山《たかおさん》に登って汗を流し、夕方に都心部に戻ってから事故に巻きこまれたのだ。私はしばらく入院を余儀なくされ、退院してからも膝の痛みに悩まされてかなり長い間松葉杖が必要だった。当時持っていた車に乗ったのは、あのドライブが最後だった——もうプライベートで車を運転するようなことはないだろうと思って、処分してしまった。

それで、嫌な記憶も一緒に捨てられると思ったのだが。

「大月まで、一時間ぐらい？」愛は、当時のことなどまったく気にしていない様子で、軽い口調で訊ねる。

「そうだな。君だったら五十分かもしれないけど」

「私、そんなに飛ばさないわよ」

「俺の認識とは違うな」

「持って生まれたスピード感が違うんでしょう……お昼、どうする？」

「いきなりそれかよ」私は苦笑した。「山梨だから、ほうとうか何かかな」

「ほうとうねえ……」愛が渋い口調で言った。「私、ほうとうはあまり好きじゃないのよ。量が多いから、持て余しちゃうのよ」愛がスマートフォンを取り出し、何かを確認した。「おつけだんごって知ってる？　大月の名物らしいけど」

「だんご？」

愛の説明によると、だんごといいつつ「すいとん」のようなものらしい。味噌《みそ》味の野菜の汁の中に、水で溶《と》いた小麦粉で作った団子を入れた料理——製法を聞くと、すいとん以外の何物でもない。

会話はあまり弾まない。私は彼女が会社を手放すという話を振ってみたのだが、彼女の返事はあやふやだった。彼女自身、私に言ってはみたものの、まだ決心しかねているのかもしれない。

結局大月インターチェンジまで渋滞はなく、一時間で走りきった。甲州街道に出ると、急に鄙《ひな》びた雰囲気になる。道路は片側一車線。周辺には山が迫り、盆地にいることを強く意識させられる。試しに窓を開けてみると、かなりひんやりした空気が肌を刺激した。五月というより三月初旬——春の気配がようやく近寄ってくる時期ぐらいの陽気、という感じだった。大月ジャンクションの下を通り過ぎると、その先の正面には緑深い山が迫ってくる。ちらりと右を見ると、巨大なＵＦＯを連想させる建物が山の中腹に見えて、ぎょっとさせられた。「ＮＥＣ」のロゴがあるから、企業の研究所か何かだろう。大月署はこのすぐ先のはずだ。

ずいぶん田舎にあるな、というのが第一印象だった。広い駐車場に車を停めてから、改めて地図を確認する。警察署は、管内の地理上の「重心」に置かれることが多いが、大月署の場合、かなり南に偏《かたよ》っている。とはいえ、大月市の北の方はほとんど山地で、人が住んでいるのは中央道と甲州街道、ＪＲ中央線に沿った細長い地域に固まっているはずだから、この位置にあってもおかしくはない。そして本当の市の中心部はもっと東の方――インターチェンジよりもかなり東京寄りの場所にある。ＪＲと富士急《ふじきゅう》の大月駅、それに市役所などが固まっている辺りだ。

「ここへ来たこと、あるの？」助手席の愛が訊ねる。

「初めてだよ。地方の警察へ行く機会なんか、ほとんどない。特に支援課に来てからは」

「富山の墜落事件の時なんか、大変だったじゃない。何回も往復したんでしょう？」

「あれは特殊ケースだよ」

富山の空港でＮＡＬ機が墜落し、多数の死傷者が出た事故では、支援課も応援に出た。都内在住の人が何人も犠牲になったからだが、あの時はさすがに肉体的・精神的に疲れた。しかも事故は、意外な事件とつながっていた。

私は後部座席から車椅子を取り出してセットした。松葉杖を使って自力で車外へ出た愛が座るのを手助けする。

「押してくれる？」

「どうして」

「その方が重傷に見えるでしょう？　同情を引かないと」

「そこまで演技しなくてもいいと思うけどな」

「念のためよ」

結局、言われるままに車椅子を押す。慣れたものだが、彼女の頭の天辺を見ていると、少し悲しい気分になった。

広い駐車場の真ん中には円形の植え込みがあり、大きな木が二本、植えられている。庁舎そのものは、一部が三階建てになった、変形的な造りだった。左側は道場、後から右側にくっつけられたような建物が留置場ではないだろうか。畑中はあそこにいる……ぽつんと離れた位置に建った「別館」は交通安全協会の建物だろう。

庁舎は一応、バリアフリーな造りになっていて、スロープを利用して車椅子を押していけた。あくまで「視察」ということだから、まずは副署長にきちんと挨拶しなければならない。

副署長の吉村《よしむら》は五十絡みの小柄な男だったが、制服を着ていても、肩と胸にみっしりと筋肉がついているのが分かった。今も毎朝、若手相手に道場で汗を流しているのかもしれない。

名刺交換には応じてくれたものの、吉村は怪訝そうな表情だった。

「警視庁さんは、被害者支援担当がきちんと『課』になっているんだね」

「ええ。何しろ事件も事故も多いですから」私は真剣な表情で言った。「今回は視察と言いますか……特殊な事案なので、被害者支援のために様々な情報が必要なんです」

「えらく大変なことになってるみたいじゃない」

吉村が、デスクに置いてあったファイルフォルダを開いた。中には新聞や雑誌の切り抜き……見出しを見ただけでむかつくようなものが多い。

「バンリュー　黒い人脈」「事件の背後に半グレ集団?」「被害者社長にパワハラ疑惑」

おいおい……私もこの事件に関する報道はチェックしていたが、こうやってまとまったものを見ると、やはりひどい。まるでマスコミの目的は、大崎や美江を貶めようとすることのようだった。

「まあ、えらい書かれようだね」吉村が苦笑する。「こういうのが駅のスタンドなんかに置いてあると目立つから、ついつい手に取るんだろうね」

「そうかもしれません」

志《こころざし》はともかく、連中のテクニックには感服せざるを得ない。駅のスタンドでは、新聞は「折った」状態でラックに差しているので、一面トップの大見出しも全部が見えるわけではない。その状態で見える見出しの部分だけで、一瞬通り過ぎる人の目を引いて手に取らせる——職人技と言っていいだろう。

「被害者の家族がこれだけ叩かれるのも珍しいね」

「まったくです」

「今回は、極端な特殊ケースだと思います」愛が横から口を挟んだ。

「うん？」吉村が眉を上げて愛を見やる。

「いわゆるセレブの人が犯罪に巻き込まれること自体、少ないんですよ」

「ああ、確かにそうだね」吉村がうなずく。

「彼らは、一般の危険なことからは、だいたい守られています。自宅は怪しい人間が入りこみにくい高級住宅地や、セキュリティのしっかりしているタワーマンションですし、トラブルがよく起きる繁華街にも近づかないでしょう。通勤にも車を使うことが多いですから、考えられるトラブルと言えば、交通事故に巻きこまれることぐらいです」

「そうだねえ。しかしそもそも今回の被害者——というか被害者の父親は、事件が起きる前から散々メディアに叩かれていた人だから」

「正直、二年前に事件が起きた時に『ざまあみろ』と思う人も多かったと思います。メディアは、そういう人たちを煽るような記事を出してきました」私は言った。

「何というか、売れればいいという考えのマスコミ人も、未だに多いんだねえ」呆れたように吉村が言った。

「今回の件は、まだ長引きそうです。被害者の父親——大崎さんもかなり神経質になっていて、私にも直接、ばんばん電話がかかってくるんですよ」

「そいつは迷惑だねえ……」深刻な表情で吉村がうなずく。「まあ、仕事だから迷惑と言っちゃいけないだろうけど」

「そうなんですよ。それで、大崎さんを少しでも落ち着かせるために、容疑者の情報を入れておこうと思いまして」

「おたくの特捜に確認すればすぐ分かるんじゃないの？　同じ警視庁の話なんだし」

「ところが、うちは他の部署——特に刑事部には嫌われてましてね」私は苦笑した。それは事実なのだが、口にすると本当に情けなくなる。こっちに言わせれば、一線の刑事の意識が低過ぎるのだが……。「あれこれ口出しするせいだと思いますが、とにかくあまり情報が流れてこないんです。それで、思い切ってこちらに直接聞いてしまおうと思いまして」

「それじゃあ、視察じゃなくて事情聴取じゃないか」吉村が呆れたように言って両手を広げた。

「お願いできませんか？　畑中に自供させた刑事さん、いらっしゃいますよね」私は必死に頼みこんだ。

「ああ。うちの期待の星だよ」

「所轄の方なんですね？」

「そう」

「だったら、ちょっとお時間をいただいて、畑中について話を聴かせてもらっていいでしょうか？　どんな風に落としたか、今後の参考にもなりますので」

「落としたも何も、向こうから『話したいことがある』と言ってきたんだよ」

「そのように聞いていますが、それは信頼関係ができていたからでしょう？　そういうテクニックは、是非勉強したいものです。山梨県警にも人材はいるんですねえ」私は思い切り持ち上げた。

「そうねえ」吉村はまんざらでもない様子だった。部下を褒められてむっとする上司はいない。

「お願いします」愛も頭を下げた。「民間の支援センターとしても、是非データに入れておきたい案件なんです。被害者のデータだけではなく、容疑者のデータも……できれば、容疑者と直接話をしたいぐらいなんですが」

「いやあ、さすがにそれはちょっと」吉村が渋い表情を浮かべる。「まあ、うちの刑事と話すぐらいならいいですよ。こっちの事件は一段落しているし」

「ありがとうございます」私はさっと頭を下げた。よし、ここまでは上手くいった。問題はここから先……できたら直接畑中と話をしたい。そこまで持っていけるかどうかは、私のテクニック次第だが。

吉村が卓上の電話を取り上げ、話し始めた。話はスムーズに進んでいるらしい。それはそうだろう……相手にすれば、「手柄話を聞かせて欲しい」と頼まれているようなものだ。そう頼まれて気を悪くする人間はまずいない。特に刑事は、自慢話が大好きなのだ。過去の手柄を肴《さかな》に、いくらでも酒が呑める。

電話を切って、吉村が「ええと」と困った口調で言いながら愛を見た。

「三階まで行くのは大変だから、下へ呼んだよ。署長室が空いているから、使ってもらっていいですよ」

「署長室ですか……」私は眉をひそめた。さすがにそれは気が引ける。

「大丈夫。今日は本部の署長会議で、終日甲府《こうふ》に行ってるから」

「本部長からお褒めに与《あずか》る署長会議ですね」

吉村がにやりと笑った。余裕のある笑み……この男は単なるベテランというだけではなく、様々な修羅場《しゅらば》を乗り越えてきたのだろう。

一分後、副署長席の前に一人の刑事がやってきた。すらりとした長身で、身のこなしが軽い。若い——私より何歳か年下ではないだろうか。名刺を交換すると、警部補、刑事課係長とある。名前は「栗田明《くりたあきら》」。

「じゃあ、率直にお話ししてあげて」吉村が立ち上がって刑事に命じ、署長室のドアを開けた。

愛の車椅子を押して中に入る。署長室はどこも似たような造りで、署長のデスクの前にはしっかりした応接セットが置いてある。愛は車椅子なので、ポジションを決めるのにしばらく時間がかかった。ようやく落ち着いたものの、栗田は居心地悪そうに体を細かく動かしていた。本格的な仕事の話——たとえ警視庁が相手でも、捜査そのものの話だったらこれほど緊張することはないはずだが、今回は勝手が違うのだろう。そもそも、山梨県警では、犯罪被害者支援はどの程度熱心に行われているのだろう。自分たちの活動が理解されていなかったら、この後の展開が面倒になる。

「支援課さんですか」栗田が私の名刺をもう一度確認した。続いて愛の名刺。「支援センター……東京は、犯罪被害者支援の体制がしっかりしているんですね」

「必ずしもしっかりしているとは言えないと思います」愛がいきなり否定した。「人もお金もまだまだ足りません。いつもそれで文句を言っているんですけど、なかなか要求が通らないんです」

「東京は東京で大変なんですね。人も多いわけだし……」栗田が同情したように深くうなずく。

「大変ですが、慣れてます」愛が穏やかな笑みを浮かべた。

「栗田さんは係長……警部補になって、所轄へ出た感じですか？」私は警察官ならではの内輪話を切り出した。

「そうです。一年前に」

「今、何歳ですか」

「三十五です」

「じゃあ、優秀なんですね」

「いやいや……」苦笑しながら栗田が首を横に振った。

「それで……今回の犯人、畑中なんですが」私は本題に入った。愛が穏やかに場を温《あたた》めてくれたので、何とか上手く話は転がりそうだった。

「ええ」栗田が背筋を伸ばし、スーツのボタンをゆっくりと外した。

「最初から取り調べを担当したんですか？　捜査本部では、普通は本部の刑事が担当することと思いますが」

「私、ここへ来る前には、本部の捜査一課で取り調べを担当してたんです」

「ああ、専門家ですか……それで今回も、取り調べを任されたわけだ」

「そうです」栗田がうなずく。

「そもそも逮捕は、偶発的だったんですよね」

「まあ……正直言ってその通りです。『私がやりました』と言いながら逃げてたみたいなものですから」

「どういうことですか？」

「無灯火《むとうか》、バンパーが外れかけた状態で、制限速度を四十キロオーバーで走ってたんですから、すぐに捕まりますよね。盗難車だったし」

「カモネギだ」

「そんな感じですね」栗田が薄く笑う。「とにかくパトカーはすぐに追いつきました。停止命令には素直に応じたんですけど、車の中を見てびっくり、というやつですよ」

「本人は血だらけ、凶器も持っていたという話ですが」私は愛の顔をちらりと見た。民間人である彼女に、こういう露骨な話を聞かせるのはどうかと思ったのだが……彼女は平然としている。支援センターでの主な仕事は、犯罪被害者からの相談の電話を受けることなのだが、そこではとんでもなく残虐な話を聞かされることもあるはずだ。結局は慣れということだろうか。

「よりによって白いシャツを着ていたんですが、胸のところがね。着替えている暇もなかったんでしょう」栗田が自分の胸を両手で撫でた。

「強盗に入るのに、白いシャツはあり得ませんよね」私は呆れて言った。

「ま、要するに素人なんですよ」栗田が皮肉に笑った。「だいたい現場が、署の裏のようなものですから」

「署の裏？」

「ここの裏に、笹子川《ささごがわ》という川が流れていて……そこを挟んで向かい側が、現場なんです。直線距離にしたら、ここから五百メートルもないでしょう」

「自分がどこにいるか、分かってなかったんですかね？」あまりにも場当たり的な犯行に、私は首を傾げざるを得なかった。「凶器は？」

「刃渡り二十四センチの包丁が、助手席に置いてありました。本人は、後で処分するつもりで凶器を持って逃げたと言っているんですが、結果的にそれが決定的な証拠になりました。畑中自身の指紋、それに被害者のＤＮＡ型と合致する血液も検出されましたからね」

「車は盗難車だったんですね？」

「ええ。逮捕されたのは午前零時過ぎだったんですが、その数時間前に、大月市内で盗まれた車でした」

「ということは、畑中はわずか数時間で地獄に落ちたわけだ」

「そうなります……まあ、切羽詰まってたんでしょうけどね。逮捕された時、所持金は百十五円だけでした。丸二日、水しか飲んでいないと言ってましたしね」

「ぎりぎりまで追いこまれて、仕方なく犯行に及んだ、ということですか」

「仕方なくても、犯罪に走る人間はどうしようもないですけどね」

「強盗殺人の発覚は、いつ頃だったんですか?」

「畑中が道交法違反の現行犯で逮捕されたのと、ほぼ同時刻なんです。近所の人が一一〇番通報して、発覚しました」

「当然、強盗の件もすぐに調べたんですよね?」

「もちろんです」栗田がうなずく。「まあ、本人も覚悟が決まっていなかったというか……分かりますけどね。そこで認めたら破滅だから」

「しかし、結果的には認めた。どういうテクニックを使ったんですか?」

「私、実家が寺でしてね」栗田が唐突に打ち明ける。

「寺?」

「甲府にある寺なんです。いずれは継ぐことになるんですよ」

「ええ……」話がどこへ流れて行くか分からず、私は曖昧に相槌を打った。

「寺で育つと、子どもの頃からあれこれと……親父の説話を子守唄代わりに聞いて育つわけです。ちなみに大学も仏教系です」

「ああ」

「そういうバックボーンがありますから、私はいつも、仏様の教えを容疑者に伝えるわけです。それで必ず上手くいくとは限りませんけど、今回は、畑中の心に上手く染みたようですね」

「そんなことが……あるんですねえ」私は半ば呆れてしまった。容疑者を落とすためには、違法でなければどんなテクニックを使ってもいいのだが、まさか仏の教えを使うとは。

「いろいろありますが、とにかくこれで上手くいくこともあるんです。文字通り、畑中は『仏』になったんですよ」

警察の隠語では、「仏」には二つの意味がある。遺体を「仏さん」と呼ぶこともあるし、容疑者が完全に反省して全面自供した様子を「仏になった」と評することもある。この場合はもちろん、後者だ。

「落とすのに、どれぐらい時間が必要でしたか？」

「二日」

「じゃあ、送検する時にはもう、完落ちしていたんですか？」最初否定していた容疑者が完落ちするまでには、それなりに時間がかかる。「否定」「沈黙」などの状態を繰り返し、小さなきっかけから本当のことを話し始める……というパターンが多い。容疑者にも「覚悟」を決める時間が必要なのだ。

「そうですね。基本的に、そんなに強くない人間なので……育った環境もよくなかったんでしょうね。同情すべき点はありますよ」

「その時点では、二年前の東京の事件についてはまったく喋っていなかったんですか？」

「そうです。あちこちで半端仕事をして、食い詰めて事件の三日前に大月まで来た……二日間、ろくに何も食べてなくて、強盗でもして金を奪うしかなかった、という供述でした。実際には、金を奪うこともできずに逃げ出したんですが」

「包丁を買う金はあったんですか」

「いや、包丁自体も被害者の家にあるものだったんです。まったくの無計画、空手で押し入ったんですよ。でも、一軒家の鍵を普通にこじ開けてますから、以前にそういう経験があったんでしょうね」

「窃盗か……」

私が短く指摘すると、栗田が素早くうなずく。

「本人は否定していますが、間違いないでしょうね。素人がいきなりやっても、なかなか鍵は開けられないですから」

「でしょうね」相槌を打ちながら、ここからが本題だ、と私は気を引き締めた。

「それで、二年前の東京の事件ですが、こちらの事件で勾留されている間には、一切そういう話は出なかったんですね？」

「ええ」栗田が短く認める。

「いきなりですか？」

「いきなりでした」栗田が顔を右手で擦った。「起訴されてから三日後……捜査本部も解散して、一安心というところでした。あの日は日曜日で、私は、用事があって甲府の実家に帰っていたんです。それがいきなり、留置管理の連中から電話がかかってきましてね。『畑中が話したいことがある』と言ってるって。それで慌てて引き返してきたんです」

「それで突然、二年前の事件を自供した、と」

「驚きましたよ」栗田が両手を広げた。「はっきり言って、まったく頭になかった事件ですからね」

「事件自体は、ご存じでした？」

「もちろん」栗田がうなずく。「あれだけ報道されたんですからね。嫌でも頭に入ってきますよ」

「供述はスムーズだったんですか？」

「いや……お恥ずかしい限りですが、私の方が対応できなかったんです。二年前の警視庁の案件ですから、そこまではっきりと内容を覚えていたわけでもないんですよ。慌てて、当時のニュースを調べて事件の詳細を把握したぐらいですから……午後七時から始めて、それなりに供述内容がまとまったのは、十時過ぎでした」

「あなたに話そうとしたのは、信頼関係があったからでしょうね」

「そうだといいんですが」栗田が薄い笑みを浮かべた。「とにかく、取り調べの概要を翌朝、警視庁にお伝えしました」

「よくまとまった報告でしたよ」私はうなずいた。実際に目を通していたのだが、短時間で事情聴取して急いで書き上げた割には、しっかりしていた。「あなたの個人的な感触でいいんですが、聞かせて下さい……畑中というのは、どういう人間ですか」

「勝手に底辺に落ちた人間……まあ、可哀想《かわいそう》な面もありますよ。運もなかったんでしょうがね」

「弱い性格なんですか？」

「弱い……そうですね。流されやすいタイプと言っていいでしょう。これまでも、結構騙されたりして、痛い目に遭っていたようです」

「なるほど。しかし二年前の事件は、弱いタイプの人間がやるような犯罪とは思えませんよね」私は疑義を呈した。「成人女性を拉致して殺すというのは、かなり大胆な犯罪ですよ」

「そこは私も、不自然に思ったんですよ。本人が実行犯だったにしても、少なくとも絶対に共犯がいる……目的はともかく、畑中が一人で計画を立てて実行したとは思えないんです。かなり強引な共犯がいたか、あるいは誰かに金で雇われたか……しかし、この件はあくまで警視庁さんのもので、私がしつこく調べるのは筋違いですからね」

「まあ、管轄権の問題はありますが……あなたにやってもらった方がいいんじゃないかな」

「それはちょっと……」栗田が苦笑した。「あくまで警視庁さんの事件ですから」

「とはいえ、うちの刑事たちも苦戦しているみたいですよ」

「道半ば、ということですかねえ」栗田が腕を組む。「犯行の事実は認めている。当日、どうやって殺して遺体を遺棄したかも供述している。ただそれは、私に話した時から一歩も進んでいないんですよ。どうやって拉致したか、何であんなことをやったのか、肝心のことが分からない」

「やっぱり、共犯を庇っているんじゃないかな」私は言った。「車に乗っている成人女性を一人で拉致するのは、どう考えても物理的に無理だと思う。もう一人、あるいは二人いないと……その人間の名前を喋るのを恐れている」

「私も、その可能性が高いと思っています」栗田がうなずく。「共犯を庇っているんでしょうね」

「ちょっといいですか?」愛が遠慮がちに手を上げた。「素人の私が言うのも何ですけど、不自然ですよね? 人を殺したことを白状するには、大変な勇気が必要だと思います。一度話してしまったら、それこそ全部話さないと安心できないんじゃないでしょうか。まるで、一人で全部罪を背負いこむつもりみたいですよね」

「そうかもしれません」栗田が言ったが、何となく歯切れが悪かった。

「どうして共犯者を庇う必要があるんでしょう。変な話、畑中は死刑になる可能性もあるじゃないですか」

「二人、殺してますからね」栗田が深刻な表情でうなずく。

「だったら、もう全部喋ってしまおうと考えるのが普通じゃないですか? 共犯者を庇っても、何の得もないはずです」

「喋ると、誰か関係者が危なくなるとか……」私は思いついて言ってみたが、あまり自信はなかった。「もしかしたら家族を庇っているのかも――いや、家族とは没交渉でしたかね」

畑中の実家は東京にある。父親は既に亡くなっていて、母親が一人暮らし……没交渉とはいえ、万が一共犯者の名前を漏らして母親に危険が及んだら——そう考えて躊躇《ためら》っている可能性もある。

「その辺は、私には詰め切れていないんですが」申し訳なさそうに栗田が言った。

「警視庁さんの方で頑張ってもらうしかないですね」

「特捜の連中の尻を叩いておきますよ。そういうことをしているから、支援課は嫌われるんですけどね」

どう答えていいか分からないようで、栗田は苦笑するばかりだった。

「あなたが調べれば、この件についても畑中は仏になったかもしれませんね」

「まあ、いろいろと勝手にできないのがこの世界ですよね」栗田が自分を納得させるようにうなずく。

「あなただったら、落とせると思いますか？」

「畑中は……仏の教えに興味があるようですけどね。これまで、そういうことにまったく触れていなかったので、新鮮なのかもしれません」

「特別に、あなたを警視庁の戦力として投入すればいいのに」

「それは無理でしょう。明日にも逮捕して、東京へ移送するそうです」

「そうですか……」ずいぶん時間がかかったものだ。自供が得られたのは先週の日曜。それから既に一週間が経過している。まあ、東京へ行けば、また状況も変わるかもしれないが。しかし、本当はこのまま栗田に担当させた方がいいのではないだろうか。他の県警の人間に取り調べをやらせるのは、捜査の慣習上許されないが、苦戦している特捜の連中のことを考えると、助っ人も必要では、と思えてくる。畑中は彼の中に、「導師」の姿を見ていたのかもしれないし。

「こんな話、何か役にたちますか？」心配そうに栗田が訊ねる。

「はい、十分参考になりました」愛が澄ました声で答える。

「そうかなあ……」栗田が首を傾げる。いかにも心配そうで、気持ちが揺らいでいるのが見て取れた。

「何か問題でもあるんですか？」愛が訊ねる。

「実は私、大崎さんと話したんですよ」

「何ですって？」私はつい声を張り上げた。「それは、どういう状況で？」

「電話がかかってきたんです」栗田が打ち明けた。「先週の木曜だったかな……どういうわけか刑事課に電話が回ってきて、私が電話を取ったんです。そうしたら急に、畑中という男はどうなっているんだ、どうしてはっきり自供しないんだと怒鳴られましてね。あれには参りましたよ」

「参ったな……いきなり警察に電話して、そんなクレームをつける人はいませんよね」やり過ぎだ、と私は呆れた。大崎の性格を考えると、いかにもありそうな話だったが。

「最初は誰だか分からなかったんで、そのまま電話を叩き切ってやろうかと思ったんですけど、そのうち大崎さんだと分かったので……言い分は聞いておいてもいいかなと思って」

「言い分というか、単なるクレームですよね」

「しょうがないですよ。しかしまあ、びっくりしました。念のために途中から録音したんですが、後で刑事課の皆で聞いて頭を抱えました」

「でしょうね」

大崎の暴走はどこまでも続く――どこで爆発するか分からないが故に、手の打ちようがない。しかしまさか、山梨県警にまで迷惑をかけていたとは。

「大変でしたね」心底同情して私は言った。

「まったく……でもそちらは、毎日こういう生活なんでしょう？」

「大崎さんほど激しい被害者家族はいませんしね」

私は栗田と苦笑を交換し合った。警察官にしか分からない、微妙な空気感が漂う。愛はこれを感じ取っただろうか。

# 6

結局、遅めの昼飯はほうとうになった。愛が言っていた「おつけだんご」の店が定休日だったので、次善の策……愛は半分近く残してしまった。昔だったら、彼女が残した分を私が始末していたのだが、今はそういうわけにはいかない。だいたい、本場のほうとうは盛りが良過ぎた。

「コーヒーは？」

車に向かいながら私は訊ねた。さすがに、ほうとうの専門店にコーヒーは置いていない。助手席に落ち着いた愛が、スマートフォンで素早く検索する。

「大月駅の近くに、喫茶店が何軒かあるわ」

「じゃあ、その辺で一休みしてから、現場を見てみようか」

「それ、あなたの仕事なの？」愛が露骨に疑義を呈した。

「念のためだよ。現場を見ると、何か分かる……かもしれない」

ＪＲと富士急が乗り入れているものの、大月駅前はこぢんまりとしていて、人気《ひとけ》も少ない。駅前は小さなロータリー、そこから細い通りがあちこちに伸びている。ロータリーの中心部にある駐車場は、三十分まで無料という太っ腹さだった。愛の車椅子を押して、目当ての店に向かう。ロータリーのすぐ外にある店は蔦の絡まる三階建ての洋館で、そこだけクラシカルな雰囲気を醸《かも》し出《だ》している。中も、いかにも昭和中期の高級なレストランという感じだった。奥にあるカウンター席は霞んでいる……喫煙席のようで、その奥の棚には洋酒のボトルがずらりと並んでいる。手前のフロアはテーブル席。店の人がテーブルから椅子を一つどかしてくれたので、愛が愛想《あいそ》よく笑みを浮かべながらそこに入って行く。私は彼女の向かいに座り、メニューを眺め渡した。朝から夜まで営業しているようで、メーンのメニューにはビーフシチューやミラノ風カツレツまで揃っている。ワインに地元産のものがあるのが、いかにも山梨らしい。ランチタイムと夜は本格的なレストラン、それ以外の時間帯は喫茶店として楽しめる店なのだろう。

私はブレンド、愛はカフェラテを頼み、一息つく。

「さっきの大崎さんの話、びっくりしたわね」

「ああ。あんなケースは聞いたことがない」

「富山の事故の時は？　捜査を担当していたのは富山県警でしょう？　そっちに直接クレームを入れてきた人はいなかったの？」

「俺が知る限り、いなかった。大崎さんが強烈過ぎるんだよ」私は思わず溜息をついた。

「もしかしたら、今日も連絡が入っているかも」

私は慌てて、スーツのポケットからスマートフォンを取り出した。着信なし――それで急に気が楽になる。逆に言えば、このところ、大崎の電話を待ち構えてかなりのストレスを抱えこんでいたと意識した。

「本当に現場に行く気？」

「ああ」

「だったら私、どこかで時間潰ししていてもいい？」

「ここで？　足もないし、動きようがないよ」

「何だったら、先に電車で東京へ帰ってもいいけど。私がいないと困るような場面は終わったでしょう？」

「いないと困るって……」私は眉をひそめたが、実際、彼女の存在がこの出張を可能にしたのは間違いない。「まあ、そうだな」

「支援課と支援センターはシームレスに動く。そういうことでしょう？」

「だったらやっぱり、一緒に戻ろう。帰りに一人で運転してると、居眠りしそうだし」

「そんなに疲れてる？」

「高速を運転してると、何故か眠くなるんだ」

「確かにね……」愛がうなずき、話題を変える。「あの栗田さんっていう人、かなりできる感じ？」

「特殊ケースだろうな。仏の教えを取り調べに活かす、なんていう人はいないんじゃないかな」全国に警察官は約二十五万人いる。となると、「寺の子」がある程度混じっていてもまったくおかしくないのだが。

「このまま担当してもらうことはできないの？」

「それは無理だな。管轄が違う」

「栗田さんなら、上手くできそうな予感がするんだけど」

「もしもそんなことになったら、特捜で担当している連中が激怒するよ」

「自分で落とせないのに？　それって、責任転嫁みたいなものじゃない」

厳しい指摘に、思わず苦笑してしまった。愛は昔から毒舌——怪我してから、その傾向に拍車がかかったようだった。

私たちは、畑中が強盗に入った家を見た。老女の一人暮らしだったという一軒家で、今は当然無人……玄関先に、花や缶飲料がいくつも置いてあった。埋葬されたかどうかは知らないが、近所の人にとっては、家の前に花を置いて弔《とむら》うのも自然なのだろう。

目の前には小さな川、その向こうに大月署が見えている。畑中は、自分がどこで強盗をやらかそうとしていたのか、分かっていなかったのだろうか。何となく気が滅入《めい》る——近所の人に話を聴いてみようかとも思ったが、畑中のことは何も分からないだろう。結局、そのまま大月を離れることになった。

大月インターチェンジに向かって車を走らせている時、スーツの胸ポケットでスマートフォンが振動する。指先で引き抜き、助手席の愛に渡した。愛が何の迷いもなく受け取り、電話に出る。

「はい、村野の携帯です——ああ、栗田さん。先ほどはありがとうございました。いえ、村野は運転中でして……代わりますか？」

話を聞きながら、私は路肩に車を寄せた。この時間、交通量が少ないので、少しぐらい車を停めて話していても大丈夫だろう。

スマートフォンを受け取り、耳に当てる。栗田の静かな声が飛びこんできた。

「運転中にすみません。まだこちらにいらっしゃいますか？」

「そろそろ帰ろうかと思ってました。今、大月インターに向かっています」

「曖昧な話ですけど、思い出したことがありまして」

「何でも大歓迎ですよ」

「実は、先週の日曜日……畑中が自供した時、おかしなことを言ってたんですよ」

「おかしなこと？」

「全部私の責任です——そんな台詞でした。雑談の中で出た話だったので、そちらに上げたリポートには書かなかったんですが」

「どういう意味でしょう」

「さあ……どうでしょうか」栗田が答えをぼかした。

「私には、誰かを庇っているように聞こえますよ」

「ですよね……引っかかってはいたんですが、捜査の本筋にはあまり関係ないかな、と思っていたんです」

「何とも言えないですね。共犯、あるいは指示した人間の存在をほのめかすような言葉はなかったんですか？」

「私は確認しました」少しだけ憤然とした口調で栗田が答える。「本当に一人でやったのかって……質問を変えて、何度も聴きました。しかし畑中は答えなかった——答えられなかったんでしょう。今考えると、あれは黙秘です」

「どうしても、共犯か指示者の名前を言いたくなかった？」

「ええ」

「あなたと畑中の間には、しっかりした信頼関係ができていたんだと思います。だから畑中は、あなたに嘘はつけなかった。嘘をつくよりも、黙秘する方がましだと考えたんじゃないですか？」

「そうかもしれません」

「この件、うちの特捜の連中には話していただけました？」

「いや……」栗田が言い淀《よど》む。「正直、あまり情報を必要としていた様子ではなかったですから」

「自分たちのタマだから、自分たちできっちり落とすと？　人の助けは受けないっていうことでしょうか」

「逆の立場だったら、私もそう思ったかもしれません」

「そうですね……いや、役にたちました。ありがとうございます」礼を言ったが、これは抽象的過ぎる話だ。単に栗田が得た「感触」に過ぎない。

それでも、わざわざ電話してくれたことがありがたかった。さすが、仏の道を説く男——これが何かのきっかけになるといいのだが。


中央道の上りは常に混んでいる。途中が空いていても、環八《かんぱち》にアプローチできる高井戸《たかいど》インターチェンジ辺りを先頭に、車がつながってしまうのだ。首都高の交通量が減らない以上、そこへ接続する道路が混むのは当然だ。

愛を自宅でおろし、そこからは下道で警視庁まで……渋滞のせいで、支援課に戻った時には四時を回ってしまった。本橋に簡単に出張の成果を報告しただけで、今日一日が終わりになる。

報告を受けた本橋の表情が険しくなる。

「山梨県警にまで電話を入れている……これは異常ですね」

「それは認めざるを得ません」

「面会して、きちんと説諭した方がいいかもしれません。いくら被害者家族とはいえ、大崎さんのやり方は常軌を逸《いっ》しています」

「今週の雑誌、ご覧になってますよね？　夕刊紙も……ひどい書きようですよ。大崎さんの精神状態が不安定になるのも仕方ないと思います」

「とはいえ、このままではどうしようもない……捜査は順調に進んでいるのに、クレームをつけられたら、たまったものではないですよ」珍しく、本橋が怒りを露《あら》わにする。「はっきり言って、捜査の邪魔になりかねません」

「そうであっても、我々は大崎さんの立場に立って考えるのが筋だと思います」

「それは分かります。分かりますがね……」

本橋も歯切れが悪かった。大崎の件に関しては、誰もがこういう態度になる。考えてみれば、こういう被害者家族は今までいなかった。本人がグレ——いや、黒に近い人間なのだ。犯罪者と断言はできないが、世間的に評判の悪い人間であるのは間違いない。実際には、掘れば犯罪につながる材料が必ず出てくるだろう。そういう立場の人をどう支援すべきか、私たちにはノウハウがない。

「報告書、作っておきます」

「遅くならないように」

忠告を残して本橋も引き上げた。最近の彼は、仕事の指揮を執るというより、部下の勤務時間の管理ばかりしている感じだ。実際、長時間勤務や休日出勤は警察でも問題になっており、「残業するな」「休め」と口を酸《す》っぱくして言う上司が増えている。私としては何とも寂しい気分……残業や休みのことなど考えず、仕事に巻きこまれていた時代が懐かしかった。

五時半になると、全員が撤収した。最後に残っていたのは梓で、「何か手伝いましょうか」と言ってくれたのだが、私は首を横に振るしかなかった。この時点で彼女にできることは何もない。「お気持ちだけ」と言って私は梓を帰らせた。

照明を半分落とした部屋で、私はパソコンに向き合った。昔からキーボードを打つのは早く、調書を取る際にも役にたっていたのだが、今日は何だか作業が進まない。ふと気づくと、キーボードの上で指が止まっていた。

六時……考えがまとまらない。まず箇条《かじょうが》書きにしてみて、そこからきちんとした報告書にまとめていくことにした。しかし急に眠気が襲ってくる。隣の合同庁舎二号館のコーヒーショップで、眠気覚ましのコーヒーを仕入れてくることにした。よく朝食を食べる店なのだが、夜は確か七時まで……急いで外へ出た。今日は東京も気温が上がっていなかったのだ、と思い知る。ワイシャツ一枚では震えがくるほどだった。

この店ではサンドウィッチなども買えるのだが、昼間のほうとうがまだ胃に残っている感じだったので、コーヒーの大カップだけを買って戻る。六時半……コーヒーを飲むと少し頭が冴えてきたが、それでも文章はまとまらない。大崎のせいだ。彼の暴言の数々を思い出すと、どうしても気持ちがもやもやして手が止まってしまう。

「駄目だな、今日は」つい愚痴が出る。放り投げてこのまま帰ってしまおうかと思った。本橋も、この報告書を急いで欲しがっているわけではない。明日の朝、気持ちを入れ直して、大急ぎで書き上げればいいのではないか。

スマートフォンが鳴る。大崎か、と一瞬びくりとしたが、乾だった。

「おいおい」乾がいきなり、非難するような声を出した。「お前、大月へ行ってたんだって？」

「情報が早いな」乾にバレたのはまずいな、と思いながら応じる。

「支援課の仕事をはみ出しているんじゃないか？」

「いやいや、うちの仕事の範囲はゴム紐で囲われているみたいなものだから。いくらでも拡大するんだよ」

「ゴム紐だって、そのうち切れるぜ」

「それよりお前、大崎さんが山梨県警にまで電話を突っこんでクレームを入れた話、知ってるか？」私は話題を逸らした。

「何だ、それ？　初耳だぞ」

私は事情を話した。乾が黙りこむ。

「支援課ではできるだけ状況を説明してるけど、捜査の本筋を握ってるのはそっちなんだからな。一回席を設けるから、きちんと説明したらどうだ？」

「今のところ、説明することなんかないよ」乾の腰は引けていた。

「そろそろ逮捕して、身柄をこっちへ持ってくるって聞いたけど」

「ああ、明日の予定だ」

「それで状況が変わるといいけどな……大崎さんにもきちんと説明したい」

「大崎さん、あれこれ書かれてるから、またカリカリしてるんだろう。週刊誌や夕刊紙の書くことをそのまま信じちまう人もいるだろうから、大崎さんにしたらたまったもんじゃないよな」

「だろうな……なあ、この件、共犯の線はないのか？」

「あるかもしれない」乾の口調が、急に慎重になった。

「調べてないのか？」

「もちろん、突っこんでるさ。一人で成人女性を拉致するのは難しい——まず不可能だからな。でも、奴は何も言わないんだ」

「否認じゃなくて、黙秘？」

「ああ」

栗田に対してと同じ態度か……ということは、畑中は首尾一貫していると言えるかもしれない。単に、嘘がつけない正直者ということか。

私は何となく、畑中は誰かの指示によって美江を殺したのではないかと想像していた。もしかしたら殺すのが目的ではなく、拉致した上で、何か要求を吞ませようとしていたのかもしれない。それが何らかの手違いで殺してしまい、仕方なく死体を遺棄――畑中は、自分の罪だけは背負う気になったのかもしれない。しかし指示した人間を売ることはできない……そんな風に義理立てて考えるのも、決して不自然ではないだろう。

しかし、そういう気持ちが永遠に続くとは思えない。懲役刑で済めば、出所後のことまで考えて相手に恩を売るかもしれないが、死刑になる可能性が高いことは畑中本人にも分かっているはずだ。墓場まで秘密を持って行って、何になる？

「畑中の弱点は何だ？　家族ではないよな」

「違うな」乾が同調した。「奴が何を失うのを恐れているか、だろう？」

「ああ」

「二人殺しているんだから、本人は死刑も覚悟しているかもしれない。畑中はそれで覚悟ができているかもしれないが、誰かに危害を加えられるのは避けたい——そんなところかもしれない」

「家族でないとすると、女とか？　その辺、まだ潰しきれてないのか」

「奴は、あちこちを転々としてきた男だよ。活動実態を明らかにするのは難しいんだ。本人も覚えていないことが多いし」

「そうか……」それにしても今回、特捜は動きが鈍《にぶ》い。彼らの能力からすれば、一人の人間の人生を丸裸にするぐらい、何ということもないはずだ。たまたま「落ちてきた」犯人であるが故に、エンジンのかかりが遅いのかもしれない。

　そんなことでは刑事失格なのだが。

「とにかく、時間はある。これからじっくりやるよ」

「急げよ」私は急かした。「大崎さんは、事件の本当の実態が明らかにならない限り、絶対に納得しないぞ」

「おいおい、忠告してるのは俺だぞ」

「お前には隙があるんだよ」

　電話を切り、溜息をつく。コーヒーを一口……もう完全にやる気が失せてしまった。大崎から電話がかかってこないかと期待してしまう。

仕事に追いまくられていないと不安になる——私は明らかに、古いタイプの人間なのだろう。

結局、報告書は中途半端なままで、私は午後七時に警視庁を出た。中目黒の自宅へは、七時半に着いてしまう。いっそ、予定を変えてリハビリにでも行こうかと思った。ジムで汗を流せば、また気分も変わるかもしれない。とにかく、ずっともやもやしていて、頭も体も爆発してしまいそうだったのだ。こういう時は体を動かすに限る。予約していないからトレーナーの指導は受けられないが、やり方は自分でも分かっている。誰も見ていないと、つい負荷を軽くしがちになるのだが。

しかし結局、ジムへは行かなかった。中目黒の駅を出てから、最近オープンしたカレー屋に入る。中はそれほど広くなく、コミックなどが置いてあるのは昔のラーメン屋のような感じなのだが、牛スジを使ったカレーが独特で美味い。ここで夕飯を摂る時は、ビールを一本とってカレーを肴にするのが常だった。牛スジ、それにチーズが入ったカレーは濃厚で相当辛く、ビールによく合う。栄養バランスも考えて、サラダもつけた。これで何とか大丈夫……胃が温まって、ようやく気分が落ち着いた。ビールをもう一本もらおうか、と呑気《のんき》な気分になってくる。いやいや、駄目だぞ、と自分に言い聞かせ、途中でコーヒーを飲んで帰ることにする。

中目黒はカフェの多い街だが、一人でふらりと立ち寄れる喫茶店は、それほど多くない。必然的に行く店は限られてしまい、店員とも顔見知りになる。今日もそういう一軒に立ち寄るしかなかった——が、食後のコーヒーは飲めなかった。

スマートフォンが鳴る。また乾……先ほどの電話では気が済まず、また因縁をつけるつもりだろうか。

しかし彼の声は焦っていて、明らかに助けを求めるものだった。

「今どこだ？」

「どこって……家に帰る途中だけど」

「お前の家、中目黒だよな？」

「ああ」

「すぐ来てくれ。大崎さんが襲われた」

## 7

大崎の自宅前は、大混乱していた。パトカーが数台停まり、制服、私服多くの警官が入り乱れて歩き回っている。まったく秩序がないように見えるが、その中で鑑識課員たちだけが整然と現場を調べていた。

自宅前？　そもそもそれがおかしい。大崎は帰宅するところだったかもしれないが、それなら会社の車で送られてきたはずだ。それに静かな住宅街とはいえ、まだ夜も浅く、襲う側にすれば周囲の視線が気になるに違いない。反射的に腕時計を見ると、まだ午後八時過ぎだった。

混乱する中、私は乾を見つけた。厳しい表情で、スーツの袖には「捜査」の腕章をつけている。私は彼の腕を摑まえて、少し離れたところへ連れて行った。

「お前のところが捜査することになるのか？」

「ああ。幸いというか、特捜の会議があって、刑事課はほぼ全員が残ってたからな。もちろん、機捜の応援ももらってるけど」乾の顔には疲労の色が濃かった。「状況的に、本部の一課が出てきてもおかしくない事件だ。何しろ被害者が被害者だからな」

そうか……大崎は「被害者家族」から「被害者」になったのだと、私は改めて意識した。

「どういうことなんだ？　家の前で襲われたのか？」

「ああ」

「会社の車で送られてるはずだぜ？　襲われるような状況じゃないだろう」

「車を降りて、家に入るまでのわずかな時間に襲われたようだ」

「車は？」社長車には、ドライブレコーダーもついているはずだ。襲撃の瞬間の映像が残っているかもしれない。

「いや、それが……」乾の顔が渋くなった。「車は摑まえた──運転手は確保できたんだが、襲撃された時にはちょうどその角を曲がってしまったところで、何も見ていない。ドラレコには何も映っていなかった」

「家に防犯カメラはないのか?」

「今、解析中だ。そっちには何か映っているかもしれないな」乾はあまり期待していない様子だった。

「諦めるな」私は彼の肩を叩いた。「この辺には、結構防犯カメラがあるはずだ。どこかには映っているよ」

「決定的瞬間じゃないと、犯人は特定できないけどな」

「それより、大崎さんはどうなんだ?」

「病院だ。軽傷じゃないみたいだぞ」

「どこをやられた?」

「頭を一撃」乾が痛そうな表情を浮かべる。「かなり出血して、玄関前に倒れていたそうだ。悲鳴が聞こえて、奥さんが家を飛び出して来て助けた」

「……分かった。ちょっと病院へ行って来る。そっちからも人は出てるんだろう?」

「ああ。坂下っていう若い奴が」

「彼なら知ってる」私はうなずいた。「病院はどこだ?」

近くの大きな病院だった。しかも、現在の主治医が勤めているので、私も半年に一度は顔を出す。主治医は、私のリハビリが上手く進んでいない状況に腹を立てており、「いつでも人工関節を入れてやる」と脅して喧嘩別れになるのが常だった。

「様子を見て来る。何か分かったら教えてくれないか?」

「ああ」

「奥さんは病院だよな?」本当は、妻の康恵《やすえ》にしっかり話を聴きたい。大崎のことを一番よく知っているのは彼女だし、最近何かおかしなことがなかったか、確認したかった。

「奥さんは、一緒に救急車に乗って行ったはずだ」

「分かった」

「余計なことはするなよ」乾が釘を刺した。「念のために教えただけで、お前に捜査を手伝ってもらおうとは思ってないからな」

「じゃあ、大崎さんの面倒はお前に任せていいんだな?」

確認すると、乾が唇を噛み締める。私は彼に向かってうなずきかけ、「こっちがちゃんと面倒を見るよ」と言った。途端に、乾の顔に血の気がさす。たとえ本当の「被害者」になっても、大崎のような人間と相対するのは、刑事にとっても大きな負担になる。

「何か分かったら連絡する」

「ああ……頼む。支援課には言っておかなくていいか？」

「俺が自分で連絡するよ」

歩き出しながらスマートフォンを取り出し、芦田に電話をかけた。場合によっては芦田を飛ばして直接本橋と話すこともあるが、こういう突発的な事態の時は、指揮命令系統をしっかり守りたい。

芦田はすぐに電話に出た。何となく眠そう——芦田は千葉《ちば》の奥の方に住んでおり、通勤の往復で三時間も電車に乗っているから、夜が早いのだ。しかし私が事情を告げた途端、眠気は吹っ飛んだようで、声を張り上げる。

「大崎さんが？」

「はい。怪我の程度は不明ですが、これから病院で確認します」

「課長には報告しておくが……応援はいらないか？」

「所轄の刑事課も出ていますから、人手は足りています」

「近くにいる奴を出してもいいぞ。長住か安藤が近いんじゃないか？」

「連絡だけしておいて下さい。大事にならなければ、明日の朝から動いてもらえばいいと思います」

まず問題は、大崎の意識が戻るかどうかだ。怪我が重くなければ、私たちがケアすべき対象は大崎本人になる。もしも重傷……命にかかわるような怪我なら、妻の康恵の面倒を見なければならない。

「よろしくお願いします」電話を切って、大崎の家族の名前と顔を思い浮かべた。今あの家に住んでいるのは、大崎夫妻と長男の亨夫妻。それに孫が二人。六人家族だが、それでもスペースは余っているだろう。他に、手伝いの女性がいたはず——ただし二年前とは別の人に代わっている可能性が高い。康恵が「お手伝いの人にも厳しくて」と零《こぼ》していたのを思い出した。

山手通りに出てタクシーを摑まえた。歩いて十五分、車なら五分。十分のアドバンテージは、この際極めて重要だ。他に連絡しておくべき人間は……こういう時に一番冷静にアドバイスしてくれるのは優里だが、状況が分からない現段階では何も話せない。今夜は情報収集に徹して、明日の朝皆ときちんと話そう。

病院にもパトカーが停まっていた。夜間入り口から入って、時間外受付に座っていた警備員にバッジを示す。警備員は事情がよく分かっているようで、すぐに「一階の集中治療室です」と教えてくれた。

病院の中を走るのはよくないと分かっているが、夜で人がいないからと自分を納得させて走った。とはいえ、膝を痛める前に比べたら、スピードは極端に落ちている。

集中治療室の前のベンチに、坂下が座っていた。手持ち無沙汰な様子で、両手を膝に置いて少し前屈みになっている。

「坂下君」

声をかけると、坂下がのろのろと顔を上げて目を細くする。次の瞬間、手にしていた眼鏡をかけて「ああ」とつぶやきながらうなずいた。

「君、そんなに目が悪いのか？」私は彼の横に腰を下ろした。

「いや、そうでもないんですけど、最近、夜になると疲れ目がひどくて」

「残念だけど、今夜は長くなるぞ」

「……でしょうね」

「大崎さんの具合はどうなんだ？　まだ処置中なんだ？」

「何とも言えません。まだ処置中なんです」

私は腕時計、次いで壁の時計を見た。乾から連絡を受けて、既に四十五分が過ぎている。大崎が襲われた時間——通報時間をはっきりとは聞いていないが、一時間以上が経っているのは間違いない。

「長いな」

「そうですね」暗い声で坂下が応じる。「頭ですから、慎重になってるんじゃないでしょうか」

「運ばれた時、意識はあったのか？」

「あったとは聞いています」坂下は自信なげだった。「ただ、その後で急に悪化することもありますからね」

「頭は怖いよな」

私は、自分が事故に遭った時のことを思い出した。もちろん、一番重傷だったのは膝だったのだが、頭も打ち、病院ではしばらく頭痛に悩まされた。医師の診断は「軽い脳震とう」だったが、いくら鎮痛剤を呑んでも薄い頭痛がずっと取れない状態に、次第に不安になってきた。脳震とうではなく、もっと深刻な症状ではないのか？　医者が見逃しているだけではないか？

坂下が欠伸《あくび》を嚙み殺し、両手で顔を擦った。一日動き回り、シビアな会議の最中に別件発生でまた現場へ——肉体的にも精神的にも疲れているのは間違いない。

「コーヒーでも飲んできたらどうだ？」

「いや、一応、ここを任されていますから」

「俺が見張ってるよ……ついでに、俺の分のコーヒーも買ってきてくれないか？」夕飯のカレーの後でコーヒーを飲み損ねていたことを思い出した。

「ああ、いいですよ」気さくな口調で言って坂下が立ち上がる。「ロビーに自販機がありましたよね」

「いや」私は体を傾けて尻ポケットから財布を抜き、五百円玉を一枚取り出した。

「ここを出てすぐ左に行ったところに、チェーン店があるよ。この時間なら、まだ開いてると思う」

「何でそんなこと、知ってるんですか？」

「ここ、うちの近所なんだ。この病院にも来たことがある」かかりつけだ、ということは言わずにおいた。何だか自分の弱点を晒すようで気が引ける。

坂下が去った後、一人ぽつんと取り残されると急に不安になった。仕事柄、病院に来る機会は多い。仕事以外でも散々お世話になった。いずれにせよ病院は、怪我、そして死のイメージと濃厚に結びついた場所だ。特に夜、見舞客が消えて静かに冷え冷えとしている時には。私にとって病院は、「病気を治してくれるところ」と安心できる場所ではない。

メッセージが着信した。梓。治療室の前でやり取りするのは気が進まなかったが、何があるか分からないから、離れるわけにはいかない。


連絡受けました。何かできることはないですか？

こういう現場で一人だと、確かに不安にはなる。それに梓のやる気も嬉しかったが……支援課としては必ずしも緊急事態ではないので、やはり今夜は待機してもらっている方がいい。ちゃんと休んで、明日の朝、頭がすっきりした状態で動いてもらおう。すぐに返信する。

病院で待機中。大崎さんは治療中で、まだ容態不明。何かあれば連絡するけど、今夜は基本待機で。

メッセージを送ってから、ふと思いついて「ありがとう」のメッセージを追加する。元気な若手——彼女ももう三十は超えているのだが——の存在は嬉しい限りだ。

一人の時間が続く。十分後、坂下が戻って来た時にはほっとした。こういう場所だから大声で無駄話をするわけにはいかないが、それでも誰かがいれば安心できる。坂下が買ってきてくれたコーヒーを飲みながら情報を交換したが、坂下よりも私の方が現場の状況に詳しいぐらいだった。通報を受けて、彼はすぐに病院へ送りこまれたというから、仕方がない。

「敵は多い人ですよね」コーヒーを飲んで多少元気を取り戻した様子の坂下が言った。

「ああ」

「だけど、路上でいきなり襲うっていうのは、ちょっと不自然じゃないですか？」

「今時、防犯カメラの存在を意識しない人間はいないだろうしな。捕まるのを覚悟でやるならともかく、犯人は逃げてるからな……社長車のドラレコには何も映ってなかったそうだけど、それは偶然だろう」

「これから、近所の防犯カメラのチェックですよね」坂下が溜息をつく。

「あれは面倒だよな」私はうなずき、同情を示した。

「目が悪くなりますよ。というか、刑事になってから急に視力が悪化しました」

「今は、目を使う仕事が多いからな」

先輩たちの話を聞くと、昔は「肉体的に疲れる」だけだった。証言を求めてひたすら街を歩き回り、容疑者の動向を探るために張りこみを続けて、毎日脚がパンパンになった——そういう思い出話をする時、先輩たちは「お前らよりずっときつかった」と暗に言っているわけだが、冗談ではない。今の刑事たちは、そういう仕事に加えて、新しい捜査方法にも慣れなければならないのだ。ベテランの刑事たちは、「目が悪い」ということで防犯カメラのチェックなどからは外されることが多い……むしろ楽をしている。

「犯人像、どう見る？」私は訊ねた。

「見当もつきませんね」坂下が首を傾げる。

「凶器は？」

「鈍器、としか言いようがないんですけど、野球のバットみたいですよね。一振りで頭を打ち砕くみたいな」坂下がバットを振る真似をして見せた。

「バットはないだろう」私は否定した。「バットを持って住宅地で待ち構えていたら絶対に目立つ。通報されるよ」

「近所の野球少年が素振りをしていたら？」

「未成年の犯行だって言うのか？」

「まあ、その……」坂下がもごもごと言葉を濁した。「すみません、冗談言ってる場合じゃないですよね」

「不謹慎とは言わないよ」

その時、治療室のドアが開く。私たちは同時に立ち上がり、すぐにそちらへ向かった。コーヒーが邪魔になったが、置く場所もない。ストレッチャーがゆっくりと出て来たので、二人で挟みこむようにして歩く。見下ろすと、大崎は死んだよう……頭にはネット型の包帯が巻かれ、顔は真っ青である。目はきつく閉じたままで、苦悶の表情が浮かんでいた。

「大崎さん」私は呼びかけた。「話ができますか？　支援課の村野です」

「後にしましょう」つき添っていた医師が割って入った。「今、薬で眠っています」

それはそうか……危うく死ぬところだったのだ。それでも私たちは、ストレッチャーに寄り添って歩き続けた。病室に入るまでは警戒しておかないと。

突然、スウィッチが入ったように大崎が目を開ける。私をぎろりと睨みつけ「さっさと犯人を逮捕しろ！」と怒鳴った――いや、実際は低い声で囁くように言っただけだったのだが、私の頭の中では、紅潮《こうちょう》した彼の顔と怒鳴り声が勝手に再生されていた。

大崎が病室に入ると、私は坂下と思わず顔を見合わせた。

「今の、聞いたか？」

「ええ」坂下が目を細める。

「意識がないんじゃなかったか？」

「潜在意識が出てきた……とか」坂下が答えたが、いかにも自信なげだった。

「そんなこと、あるのかね」

ありそうだから怖い。

大崎を動かしているのは、結局「怒り」ではないだろうか。そしてこの怒りが、社員を支配する。

嫌な話だ。しかし私は、一つだけ期待した。もしかしたら大崎は、犯人を見たのではないか？

# 第三部　記者

# 1

大崎が病室に入った後、私は治療を担当した医師に話を聴いた――脳震とう、頭蓋骨亀裂骨折、そして右肘は重度の打撲《だぼく》。

「右肘？」私は思わず聞き返した。

まだ若い――三十代前半にしか見えない医師は、「何が悪いんだ」とでも言いたげな表情を浮かべた。

「転んで、道路で強打したようです。骨折しなかったのは不幸中の幸いでしょう。しばらくは、箸《はし》を使うのも大変かと思いますが」

食事も他人の世話になるわけだ。これでまた、怒鳴られる人が増えるだろう。妻の康恵は、夫の怒りと長年どうやって折り合いをつけてきたのか、不思議になった。

その康恵は、さすがに動揺していた。病室で大崎につき添っていたのを無理に出て来てもらって話を聴いたのだが、事件のことについてはさっぱり要領を得なかった。

彼女は家の中にいて、襲撃の様子を直接見ていなかったのだから、答えようがないだ印象に残った。「あの人があんな悲鳴を上げるのを聴いたことはないです」という言葉だけがろう。

ほどなく、長男の亨が駆けつけて来た。ひどく慌てた様子で、大きなボストンバッグを抱えている。康恵に言われて、大崎の着替えなどを持って来たのだろう。

亨とは、二年前に何度か話したことがあったが、どうにも影が薄い印象しかなかった。小柄な大崎と違い、百八十センチ近い長身で、贅肉《ぜいにく》は一切ついていない。顔立ちは爽やかで、幼い子どもたちを異常なほど可愛がっていた。よく日焼けしていたが、これはゴルフ焼けではなく長年趣味にしている草野球とサーフィンによるものだ。「仕事が忙しくなって、最近はハワイやサンディエゴに行けない」とぼやいていた。考えてみれば不思議な会話だった……二年前は、彼にとっては妹が殺された動乱の時期である。一家が悲しみに沈んでいる時に、どうしてサーフィンの話になったのだろう。

康恵には話が聴けそうにない――役に立つ情報が出てこない感じだったので、私と坂下は亨から事情聴取することにした。正確には、主に坂下が。襲撃事件の捜査主体はあくまで目黒中央署であり、私はここでは支援課本来の仕事に徹しなければならない。すなわち基本は坂下に任せて、彼が暴走して亨に迷惑をかけたら、速攻でストップをかける。

しかし坂下は、元々穏やかというか、やや弱気な性格のようだ。「こんな時に申し訳ない」という態度が前面に出てしまい、遠慮がちにしか質問しない。もう少し強く出てもいいのにと苛々するぐらいだったが、ここは私がしゃしゃり出る場面ではない。強引に押して、被害者家族を怯《おび》えさせたら止めに入るところだが、今はまったく逆の状況である。

坂下が控《ひか》えめに事情聴取したせいではあるまいが、ろくな情報が得られなかった。亨は万事控えめで、まるで大崎を反面教師にして育ったような……言葉遣いは丁寧だし、誠意も感じられるのだが、今回に限っては、そういう性癖は何の役にも立たない。そもそも今夜は接待があって、事件が起きた時には帰宅していなかったのである。連絡を受けて慌てて戻り、今病院に来た——これでは説明しようもない。

坂下が、一歩踏みこんで訊ねた。

「最近、社長に対する脅迫なんかはなかったですか？」

「それは……」亨が白くなった唇を舐《な》める。「何を以《もっ》て脅迫というかは分かりませんが、会社にはそういうメールも届いています」

「それについては、警察に相談していないですよね？」坂下がさらに突っこむ。会社が脅迫されれば、所在地の所轄——この場合は新宿中央署だ——に届け出るのが普通だ。そうなったら、警察では情報を瞬時に共有する。大崎はセレブ……しかも黒い側面のあるセレブだ。余計な恨みを買って狙われやすい、危険人物でもある。

「そこまでのことでは……社長の判断です」亨の反応は曖昧だった。

「本気で襲うつもりの人もいたかもしれないんですよ」警告するように坂下が言った。

「こんなことが起きたんですから……そうかもしれません」亨が唇を噛む。

「後で、メールをチェックさせてもらうことになると思います。危ないメールは保存してありますよね？」

「それは、秘書課とシステムの方でやっているはずです」

「分かりました」坂下が手帳を閉じた。「必ず連絡が取れるようにしておいて下さい」

「私がですか？」亨の顔からまた血の気が引き、不機嫌な表情が浮かぶ。

「康恵さん――お母さんからは、話を聴ける状況ではありません」私は反射的に話を引き取った。「しばらくは、大崎さんにつき添っていないといけないでしょう。会社の問題である可能性もあるし、あなたに前面に立ってもらわないと」

「しょうがないですね」亨が溜息をつく。「まあ……自業自得かもしれませんよね」

返す言葉がなかった。亨のこの冷静さをどう評価したらいいのだろう。大崎は起業し、「バンリュー」を年間売上高千五百億円の東証二部上場企業にまで育て上げた。そういう創業者社長の長男は、往々にして親と同じように強権的で横暴になることが多い。二代目としてのプレッシャーもあるだろうし、親が強引に会社をまとめ上げたやり方を間近に見て、それが当たり前だと思っているからだ。それに逆らい、まったく別の社風を作り上げようとする気概は、なかなか持てるものではないだろう。成功例と逆をいくのは勇気がいるものだし、仮に先代が引退しても、生きている限りは視線が気になるだろう。とにかく、業績を落としてはいけない……しかし今のところ彼は、大崎の気風を受け継いでいる様子ではなかった。まあ、なかなかあそこまで滅茶苦茶にはなれないだろうが。

亨を解放し、私と坂下は一度病院の外に出た。今年はなかなか暑くならない……最近は五月に入ると、もう夏の気配を感じるようになるのだが、今年は珍しい冷夏になるかもしれない。坂下も寒そうに肩をすぼめていた。

「取り敢えず報告しますけど……村野さん、何か言っておいた方がいいことはありますかね」

「いつもの手順でやってくれよ」私は唇の前に人差し指を立てた。「俺は支援課の人間だから、捜査の方針に口を挟む権利はない」

「そうですか?」坂下が首を傾げた。「支援課はよく……いや、まあ、いいです」

「人の仕事に首を突っこむ、だろう?」苦笑しながら私は後を引き取った。「乾辺りから、そう言われてるんじゃないか?」

「ああ、まあ、そうです」坂下が認めた。

「無茶なことをする人がいたら介入するけど、そうでなければ何も言わないよ。餅は餅屋だから、刑事課に任せる」

「じゃあ、ちょっと電話します」

坂下が目黒中央署に連絡を取っている最中に、私は残ったコーヒーをちびちびと飲んだ。保温容器なのだが、さすがにもう冷えている。アイスコーヒーはいいのだが、冷めたコーヒーは何故か気持ちを侘《わび》しくさせる……電話を終えた坂下が、ふっと息を吐き、「ここに居残りです」と告げると、スマートフォンをスーツのポケットに落とした。

「警戒か？」

「制服組を送ってくれるそうですけど、連中が来るまでは……しょうがないです。今、うちの署は人手不足ですから」

「つき合うよ」

「いや、いいですよ」坂下が顔の前で大げさに手を振った。「それじゃ、申し訳ないですから」

「前も言ったけど、俺の家はすぐ近くなんだ。歩いて帰れるし、家に帰ってもやることがないからね。君も、暇潰しの相手がいた方がいいだろう？」

とはいえ、二人でいても話が盛り上がるわけではない。大崎の病室の前で待機しているのに、無駄話をするわけにはいかないからだ。二人で並んでベンチに座り、ただ前方の壁を見詰めるだけ……私は、雨で野球の試合が中断した場面を想像していた。さっさとロッカールームに引っこんで休む選手が多いが、ダグアウトに残って濡《ぬ》れたグラウンドをぼんやりと見ている選手もいる。彼らは、何を考えているのだろう。一刻も早く再開して欲しいと願っているのか、中止なら中止でさっさと帰りたいと切望しているのか……。

私たちは、長くは待たされなかった。十五分後、若い制服警官の二人組が到着して、坂下と監視を交代する。坂下は手早く申し送り事項を告げると、ようやくほっとした表情を浮かべた。

「送りましょうか？　覆面パトで来てるんです」

「いや、歩くよ」私は断った。「少し頭を冷やしたい」

「そうですか……じゃあ」坂下は無理は言わなかった。

一人、夜道を歩き出す。この辺りでは、山手通りや旧山手通りは遅くまで車が行き交っていて賑《にぎ》わうのだが、一本裏に入ると道路は狭く、静まり返って寂しいぐらいだ。基本的には高級住宅街だから、危ない感じは一切しないのだが。

帰り道は、妙に遠く感じられた。空になったコーヒーの容器をまだ持っていたことに気づき、途中のコンビニエンスストアのゴミ箱に捨てる。こういうのはマナー的にはどうかと思うが……自宅のゴミを、高速道路のサービスエリアで捨てるようなものではないか。軽い罪悪感を抱いたまま、家路を急ぐ。

長い夜は続いた。ベッドに入ってもあれこれ考えて眠れず、ふと気づいてサイドテーブルに置いた時計を見ると、午前二時……たまにこういうことがある。警察官はきちんと時間を守るべし——そのためには早寝早起きが基本なのだが、私はつい考え過ぎて、睡眠時間が削れてしまうことがある。

正直、捜査一課にいた時の方が楽だった。あの頃の目的はただ一つ、一刻も早く犯人を逮捕すること。しかし支援課の仕事は、そう単純なものではない。

この仕事を続けていると、神経をすり減らすばかりで長生きできそうにない……それは分かっていても、離れる気はない。今の私にとって、支援課の仕事は人生そのものなのだ。

## 2

翌朝、本橋は出勤してくるなり会議を招集した。支援係のいつものメンバー……長住が不機嫌そうにしているのを見て、むしろほっとする。これが日常だから。日常は、人を安心させる。

私は、昨夜からの状況を説明した。場の雰囲気が一気に重苦しくなる。

「問題は、美江さんの件とこの件がつながっているかどうかだな」難しい表情で芦田が言った。

「どうですかねえ」長住が呑気な声を出す。「あっちの事件は一応解決――犯人は手の内にあるんですから、関係ないでしょう」

「いや、どうも引っかかるんだ」芦田は珍しくしつこかった。「同じ家族が、短い間に何回もこんな目に遭うものかね？」

「黒い噂のある人でしょう？　相当恨まれてると思いますよ。だから、何度も攻撃を受けるんじゃないですか」長住が反論する。

私は何も言わなかったが、長住の推理は否定できない。むしろそれが一番自然――大崎を殺したいほど憎む人は少なくないだろう。それにしては、昨夜の犯人は中途半端だった。鈍器で頭を一撃し、それで仕留めたと思ったのか？　大崎は悲鳴を上げていたから、即死したのでないと分かったはずだ。あるいは殺すつもりはなく、単に少し痛い目に遭わせてやろうと思っただけかもしれないが。

支援課としては、大崎の家族と連絡を取り合い、ケアしていくことになった。それだけなら、さほど面倒なことにならないはずだ。康恵も亨も穏やかな人間だから、支援課に怒鳴りこむようなことはしないだろう――いや、安心してはいけない。昨夜の大崎の一言を思い出して、私は気を引き締めた。意識不明かと思っていたら、犯人に対する恨みをいきなり口にしたのだから。入院していても、何を言い出すか分からない。

打ち合わせが終わると、優里が「ちょっと……」と言って目配せした。先に立った彼女を追って廊下に出る。

「何かあったか？」

「長住なんだけどね」

「あいつがどうかしたか？」名前を聞いた途端に、嫌な予感が胸の中で渦巻く。

「最近、様子がおかしくない？」

「ああ、まあ……」三浦との一件は、本橋にしか話していない。こういうのは、噂が広まり始めたら止めることはできないから、「穴」はできるだけ小さくしておかねばならない。「おかしいっていうのは、どういう風に？」

「よく、こそこそ電話してるのよね。部屋を出て、この辺で」優里が人差し指を下に向けた。

「ただのプライベートな電話じゃないのか？」それだったら、支援課の自席で受けることはできても、そのまま話し続けるのは無理だ。「彼女、とかさ」

「彼には、そういう影はないけど」優里が首を傾げる。

「間違いなく？」

「そう言われると自信はないけど、私、何度か見かけたのよ。席を立って外へ出て行くところも……それも、ちょっと尋常じゃない様子なの」

「別れ話のもつれとかじゃないのか？」

「うーん……どうかな」

私は口を閉ざした。三浦とのことを話してしまうべきか……噂が広まるのは本意ではないが、優里は口が固い。「内緒に」と頼んだ話が表に漏れたことは、一度もなかった。

会見での三浦との接触、その後の長住に対する直接の事情聴取の様子を説明する。本人は関係を否定していたが……優里の眉がぎゅっと寄った。しかしすぐに何か納得したのか、普通の表情に戻る。

「記者と接触するのに、電話を使うかしら？　今時は、LINEやメールが普通じゃない？」

「気の利く人間だったら、むしろそういうものは使わないだろう。ログが残るからな」

「通話でも、記録は残るわよ」

「本人たちが黙っていれば、話の内容までは分からない……そんなに頻繁なのか？」

「何を以て頻繁と言うかは分からないけど、私は先週から何度も見てるわ。昨日は二回。あなたがいないタイミングを見計《みはか》らってるみたい」

「俺がいるかいないか、かけてくる相手には分かりようがないだろう」

「長住がメッセージを送って、それで向こうが電話してくるとか」

「まあ……あり得ない話じゃないな」私は顎に拳を当てた。「しかし、二人の接点が分からない。新報を辞めて週刊誌の契約記者になった男と支援課のスタッフ——昔からの知り合いとか？」

「それはあるかもしれないわよ。私たち、他の部署に比べれば、マスコミと接する機会も多いじゃない。むしろ、積極的にマスコミを利用しようとしているし」

「ああ、確かに……」その広報作戦は、決して上手くいってはいないのだが。

「人間なんて、どういうきっかけで知り合うか、分からないでしょう。ましてや馬が合うかどうかは偶然にも左右されるし……逆に言えば、私たちとマスコミの人間が仲良くなることだって、あり得ないとは言えない」

「まあな」

「それで気になったんだけど……月曜日の『週刊ジャパン』の記事、きちんと読んだ？」

「いや、流し読みしただけだ」

「ちょっと気になるところがあったのよ」

優里が自分のスマートフォンを操作し、今週の『週刊ジャパン』の記事を示した。小さな画面に誌面そのままが映っているので見にくくて仕方ないのだが、拡大して何とか当該箇所をチェックする。

これを見逃していたのか――私は一瞬で眉が釣り上がるのを感じた。美江を殺した犯人が自供――トップはその記事だったが、優里が指摘したのは後半に出てくる関連記事だった。

小見出しは「BD社の闇」。「バンリュー」本体ではなく、子会社の「バンリューデザイン」の社内のごたごたを紹介していた。美江が殺されてから、「バンリューデザイン」の社長は二回代わっている。記事では、大崎が「バンリューデザイン」の社長を気に入らず、立て続けに首をすげ替えた、と書かれている。結果的に「バンリューデザイン」内部は大混乱し、二年前に比べて社員の七割が入れ替わった――これは「見出し詐欺」だな、と私は思った。正確には「バンリューデザインが混乱させられた」ではないか。いつものように、大崎の横暴ぶりを紹介する記事である。

もちろん、事件とは直接関係ないものの、犯人逮捕の記事にくっつけてあると、いかにも「バンリューデザイン」社内のトラブルが事件につながったように読めてしまう。

今は何かと忙しい時代だ。情報も溢れている。二年前にあれだけ騒がれた事件でも、完全に忘れている人も多いだろう。あるいはこの記事で初めて事件の全体を知る人もいる。そういう人がこの記事を読めば、「バンリューデザイン」はいかにも怪しいブラック企業のように思えてしまうだろう。

「これが？　ネタ元が長住だって言うのか？」

「そうかもしれないわ」優里がうなずく。

「社内の誰かに取材したかもしれないじゃないか」

「犯人が自供してからは、関連会社にも箝口令《かんこうれい》が敷かれてるんでしょう？　もちろん、大崎さんが命令しても、守らない人もたくさんいると思うけど……」

「嫌われてるからな」私は苦笑した。「とにかく、長住が話した証拠は何もない」

「でも、喋らなかった証拠もないでしょう。会社から直接情報が出た可能性よりは、長住が喋った可能性の方が高いんじゃない？」優里が反論した。「二年前は、長住もこの件にかかりきりだったから、『バンリューデザイン』の中にネタ元を作って、今でも情報をもらっているかもしれない」

「ああ……」私はとっさに、臼井の顔を思い浮かべた。これはチェックしておかないと。臼井がネタ元になっていた可能性も否定はできないのだ。どうせ昨夜の件で臼井には会わねばならないし、確認してみよう。

「嫌な感じね」

うなずく気にもなれない――優里に指摘されずとも、そんなことは分かっていた。

私は臼井と連絡を取り、病院で落ち合うことにした。電話の向こうの臼井は疲れ切った声だった。聞くと、昨夜遅く――私が病院を離れてから連絡を受け、日付が変わる頃まで詰めていたのだという。今朝は会社でマスコミ対応。広報課の指揮を執りつつ、総務担当役員として簡単な会見を開いたという。

「会見といっても、ビルの外で立ち話でしたけどね」

「何時からだったんですか？」

「八時」臼井がげんなりした声で言った。

「そんなに早く？」

「ビルの管理会社の方からクレームもつきましてね……まあ、いろいろあって報道陣の動きも読めるようになりましたよ。とにかく早く会見して、ある程度連中の好奇心を満たせば、何とか引いてくれるものですね」

こういう冷静な姿勢が大崎にあれば、会見もあれほど揉めなかったかもしれない。あれは会見ではなく、大崎の独壇場――そして最後は、三浦の挑発に引っかかって、崩壊した。

「とにかく、病院でお会いしましょう。善後策も検討しておいた方がいいですよ」

「お力をお借りできますか」

「そのための支援課です」

礼を言う臼井の声に、わずかに安堵《あんど》の調子が滲んでいたので、私もほっとした。こういう風に人の役に立っていると実感できる瞬間があるからこそ、支援課の仕事を続けていけるのだ。


臼井はやはり疲れていた。いつもはぴしっとスーツを着こなし、ネクタイをきっちり締めているのだが、今日はネクタイが緩み、ワイシャツの第一ボタンは外れていた。

「いやはや、どうも……」臼井が苦笑した。それからはっと気づいたように、ネクタイを締め直す。

「お疲れ様です」私は心から彼に同情した。

「社長が無事だったのが不幸中の幸いですよ」

「容態はどうなんですか？」

「全治一ヵ月……大事をとって、ということです。まあ、基本的には強い人ですから、心配はいらないでしょう」

　昨夜の段階では、もっと重傷かと思っていた。頭蓋骨にひびが入るほどの大怪我だったのだから……しかし臼井が嘘をついているとは思えない。医師からもきちんと説明を受けているだろう。

「ちょっと座りましょうか」

　私は彼を、大崎の病室の前からナースステーションの近くまで誘った。そこには小さな休憩場所があり、ベンチではなくソファが置いてある。

　臼井は大義そうにソファに腰かけると、盛大に息を吐いた。ハンカチを取り出し、額をゆっくりと拭う。昨日と打って変わって今日は暑くなるらしく、天気予報では最高気温は二十八度だ。私も既に、スーツを邪魔に感じていた。

　今日は梓を連れて来ていた。彼女が行きたがっていたし、小柄で若い彼女がいると、場の空気が少しだが和《なご》む。臼井も多少リラックスした様子だった。

「会社の方の対応を教えて下さい」

「今朝、会見を開いて、マスコミの方は一段落したようです。問い合わせの電話はどんどんかかってきていますが、広報部が何とか捌《さば》いています。現段階ではお話しできることはあまりないんですけどね……その辺を縷々《るる》説明して、納得してもらっています」

「それで正解だと思います」私はうなずいた。「事件そのものについて聞かれても、答えられませんしね。大崎さんとは会われましたか？」

「ええ」

「どんな様子でした？」

「まだ薬が効いているのか、半分朦朧《もうろう》とした状態です。あんな弱々しい社長を見るのは初めてですよ」

臼井の顔に暗い影が過ぎった。それはそうだろう。常に強気で屈強な人間がベッドに横たわり、意識朦朧としてろくに話もできない――長年支え続けてきた部下にとっては、ショックのはずだ。

「病院の方にも詰めるんですか？」

「そうしようと思います。病室は広いですから、ご家族だけでなく、うちの社員も一人ぐらいは中にいられます。会社との連絡係として……ご家族に負担はかけられませんから」

「その手は足りていますか？」

「秘書課の人間で、何とかローテーションを回します」

病室の前はかなり騒がしいことになっている。もちろん、誰かが大声を上げて話し合っているわけではないが、そういう雰囲気なのだ。病室には康恵がずっと陣取り、外には目黒中央署の刑事が二人。看護師や医師も慌ただしく出入りして、まるで今にも大崎が死にそうにも思える。

「それより、この病院は大丈夫なんでしょうか」臼井が眉根を寄せる。「取材は……」

「確かに心配ですね」声を潜めて私は同意した。

来る時に確認したのだが、駐車場にはマスコミの車が何台も停まっていたし、待合室のすぐ外には、何十人もの記者やカメラマンが集まっている。建物には入っていないものの、かなりの威圧感があった。どうせ大崎が会見することもないのだから、こんなところにいても無駄なのだが……病院の外観を撮影したら、さっさと引き上げるべきではないか？　その時、私のスマートフォンが鳴った。本橋――私は臼井に「失礼します」と声をかけ、非常階段の方へ駆け出した。途中、ベテランの看護師に睨まれたので、スピードを落とし、ひょいと一礼する。

スマートフォンを耳に押し当て「はい」と返事をしてから階段を降り、踊り場に出る。

「すみません」私はようやくまともに話した。「病室の前にいたもので」

「すみませんね。しかしメールだと長くなるので――そこの病院の事務長と会ってもらえますか？」

「何か問題でも？」

「マスコミ対策です」

「ああ……そうですね。もう、かなりの人数が集まっています」先ほどの様子を思い浮かべた。殺気立っている感じではないが、来院患者がギョッとした表情を浮かべながら、集団の横を急ぎ足で通り過ぎるのを何度も見た。あれでは病院も困るだろう。

「対策としては、責任者が会見して納得してもらうしかありません。そのアドバイスをしてもらえませんか」

「分かりました……どういう経緯でうちに連絡が入ったんですか？」

「所轄からです。病院側が目黒中央署に相談して、副署長からうちにヘルプが入りました」

「広報課にも一声かけておいた方がいいんじゃないですか？」

「そうしましょう。私の方で連絡しておきます」

私は臼井に「少し病院側と話をする」と通告して、彼の世話を梓に任せた。もっとも、臼井に世話は必要ないだろうが。自分のことは自分でできる男だ。

ナースステーションで、事務長の居場所を確認する。七階にある病院本部にいる、という話だったので、すぐにそちらへ向かった。七階も病室で、本部があるようには見えない……またナースステーションで確認すると、部屋の脇にある狭い通路を示された。本部は別に目立つ場所にある必要はないのだが、これでは普通の人は絶対に分からない。一人のナースがつき添って、ＩＤカードでドアロックを解除してくれた。

中は普通の会社と似たような雰囲気——支援課にすら似ている。もっとも支援課が所属する総務部は、特に警察らしくない場所で、職員は毎日淡々と仕事をこなしている。外部の人が見ても、事件の気配を感じることはないだろう。

事務長の部屋は個室で、いかにも実用一点張り——それほど広くもなく、味気ないデスクと椅子、小さな応接セットがあるだけだった。書棚には医学書が目立つが、事務長が読んでいるかどうかは分からない。そもそも事務長は医者ではなく、事務のプロのはずだ。

事務長の矢作《やはぎ》は、がっしりした体格の精力的なイメージの男だった。短く揃えた髪はほぼ白くなっているが、それでも元気一杯、ゴルフを楽々二ラウンドこなしそうだった——いや、草野球か。それもピッチャーとして、しっかり先発マウンドを守りそうなタイプに見える。名刺を交換し、ソファに腰を下ろすと、私はすぐに切り出した。

「本部から連絡がありました。報道陣のことですね？」

「ええ」途端に、矢作の眉がぎゅっと寄る。「あれだけ大人数で来られると……来院患者から苦情が出ています」

「会見しましょう」私はすぐに答えを出した。「ある程度しっかりした答えが手に入れば、報道陣は引きます。病院の中で取材できないことは、彼らも分かっていますから」

「しかし、こんな形で取材というのは経験がないので……うちの病院には、あれだけの人数の報道陣に入ってもらう場所もありませんよ」

「外で大丈夫です」

「それでは報道陣は納得しないのでは？」見た目の豪快さと裏腹に、矢作は極端な心配性のようだった。

「問題ありません。緊急だから、ということにすれば……彼らは場所にはこだわりませんよ。欲しいのは情報だけです」

「それだけでいいんですかね？」

「大丈夫です」私はうなずき、腕時計を見た。十時四十五分……せめて三十分の猶予は欲しい。「十一時十五分から会見にしましょう——いや、十一時半ですね」

「その十五分に、何の違いがあるんですか？」

「報道陣にも、ある程度の猶予を与えないといけないんです。これから現場に来る社もあるでしょうし……その連絡は、警視庁が代行しますから」

「そんなことをしていただいていいんですか？」

「一種のトラブル対策です……ただ、広報から情報が流れると、また病院側にも問い合わせが殺到します。『全て会見でお話しする』ということで捌いて下さい」

私はまず、会見場所を定めた。矢作はこのフロアにある小さな会議室を使いたがったが、私は建物内に入れる必要はないと押し切った。七階まで報道陣を誘導するだけでも大変だし、その後きちんと外へ出たかどうか、確認するのもかなり面倒だ。そのままどこかに隠れて、後から大崎に直接取材しようとする猛者《もさ》もいるかもしれない。報道陣も昔に比べれば大人しくなったというが、多少の無茶をしても取材を試みる記者はまだいる。

三浦のように。

十一時半から、駐車場脇で立ったまま会見。私はこの予定をまず本橋に伝えた。本橋は、広報課に既に連絡を入れ、課員数人を現場に派遣する約束を取りつけていた。あくまで病院側の会見だが、何かトラブルがあった時には、広報課がいた方が抑えが効く。

私が本橋と話している間に、矢作は病院側の関係者を集めた。取材に対応するのは、副院長と矢作。それに事務の若い男性職員が何人か、現場に待機する。院長を出さないのは、大崎の怪我がそれほど重篤なものではないと報道陣にアピールする狙いもある——もっとも院長は、学会に出席するために朝から不在なのだが。

病院側のスタッフも交え、会見の流れを打ち合わせた。とはいえ、手順は普通の会見と変わらない。大崎の容態を説明し――襲撃の際の様子は一切喋る必要はない――質問を受けつけても、答えられないことには「答えられない」とはっきり言う。向こうが挑発的な質問をしてきた際は「ノーコメント」で軽くスルー。何を言われても、何とか冷静に対応して欲しい。

こちらの要望を全て伝え終えると、矢作はようやく安堵の表情を浮かべた。

「この会見で収まると思いますか？」

「大丈夫でしょう。病院側がきちんと対応したという事実が大事なんですよ。それに、会見はすぐ終わると思います。三十分もかからないでしょう」

「何か根拠が？」

「うちの広報課が様々な分析をしているんですが、こういう緊急会見は大抵短く終わるんです。立ったままだと、人間の集中力は長続きしないんですよ」そういう意味で、臼井が今朝、外で立ったまま対応したのは正解だった。

「それならいいんですが……」

「そもそも、話すこともあまりないでしょう？」私は笑みを浮かべて見せた。「病院としては、治療を担当しているだけですからね……実際のところ、大崎さんの容態はどうなんですか？　全治一ヵ月と聞いてますが」

「その情報は正確です。ただし、かなり余裕を持っての診断ですが」

「頭蓋骨骨折は、あまり問題ではないんですね？」それだけ聞くと、普通の人はぎょっとして瀕死の重傷だと思いこみがちなのだが。

「亀裂骨折ですから、さほど心配はいりません。出血は相当量ありましたが、基本的に大崎さんは、あのお歳にしては体力もありますから。脳震とうから回復すれば、退院までに時間はかからないと思いますよ」

「もしかしたら、大崎さんはこの病院がかかりつけなんですか？」

「まあ……個人情報もありますが……人間ドックにはお見えになります」

「私もここに長い間、お世話になっているんですよ。整形外科の長井《ながい》先生が主治医です」

「ああ、そうなんですか」矢作は、それほど気を引かれた様子を見せなかった。病院から見れば患者は大勢いるから、一人一人の存在意義はそれほど大きくないのだろう。大崎のようなＶＩＰ患者は別だが。

「では、私は先に駐車場の方へ行っています。そちらの若い人も、早めに来ていただければ……場所のセッティングをしておいた方がいいです」

「セッティングが必要なんですか？」

「映像や写真の関係で、カメラマンから注文が出ることもあります」

「それは嫌ですねえ」矢作が渋い表情を浮かべ、顎を撫でた。綺麗に剃られていて、無精髭を心配する必要はまったくないようだが。

　さて、後は会見を乗り切るだけだ。頼れる相手もいるから何とかなる……一つだけ心配なのは、三浦の存在だった。先週の一件で逮捕されたわけではなく、彼は今も自由に動き回っている。もしかしたら問題になって、「週刊ジャパン」編集部から「無理しないように」と釘を刺されているかもしれないが、彼はあくまで「契約記者」である。本人がどうしても取材したいと思えば、雑誌と関係なく続けられるはずだ。その場合、即座に生活の危機に陥る可能性があるが。

　梓にメッセージを送り、一階で落ち合うことにする。臼井は放っておいても大丈夫と判断した。肉体的な疲れ以外にダメージは受けていない様子だし、彼は彼で忙しいだろう。いつまでも警察につきまとわれていると、かえって迷惑するはずだ。ただ、彼には後でじっくり話を聴かねばならないが。

　待合室に出たところで、偶然にも主治医の長井に出くわした。このタイミングで会いたい相手ではないのだが……私より十歳ほど年長のこの医師は、時折脅しの言葉を口にする。クソ忙しいこの場面で、そんな言葉は聞きたくもなかった。

「おやおや、今日は診察の予定は入ってなかったはずだけど」いきなり皮肉っぽい第一声。

「仕事なんですよ」私は曖昧な笑みを浮かべて答えた。

「ああ……」長井が人差し指を天井に向けた。「ＶＩＰ患者さんだね」

「ご存じなんですか？」

「そりゃあ、もちろん。病院っていうのは、噂が広がるのが早いんだよ」

「適当な噂を広めないで下さいよ。後々厄介だ」

「分かってるよ」にやにやしながら長井が言った。「それよりあんた、人工関節を入れる決心はついたかい？」

「まさか。きちんとリハビリをやって、順調に回復してますよ」

「ほほう」長井が目を細める。「歩き方を見れば、医者にはすぐ分かるけどね。相変わらず、リハビリはサボってるだろう」

「まさか。きちんとやってますよ」

「警察官が嘘をついちゃいけないね……まあ、いい。次の診察で、きちんと決着をつけようじゃないか」

「決着って……」長井は、診療をどう考えているのだろう。

「ま、しっかり仕事をしてきてよ。次の診察はいつにする？」

笑い声を上げて、長井が去って行った。振り向くと、私が見ていることを予想しているように、右手を上げてひらひらと振っている。まったく、この先生は……私は苦笑したが、微妙な緊張感が消えているのを感じた。もしかしたら長井は、私が緊張しているのを素早く見て取って、気分を解《ほぐ》すために軽口を叩いていたのかもしれない。そんなに気が利く人とは思えなかったが。

さて、一仕事だ――そして、これは始まりに過ぎない。この後には、大崎と話すという今日一番厄介な仕事が待っている。

## 3

会見はスムーズに進んだ。やはり立ったままでの緊急会見では、報道陣もそれほど厳しく突っこめない。それに時間もちょうどよかった。新聞にとっては、夕刊遅版に間に合わせるためにぎりぎりの時間帯である。実際、副院長が最初に説明を終えると、すぐにその場を抜け出して電話をかけ始める記者もいた。

三十分と予想していたが、実際には二十五分しかかからなかった。私は矢作に、タイミングを見て「よろしいですか」と発するようにアドバイスしていた。会見者が急かすように運べば、報道陣も「これで終わりだ」と納得する。まだ質問は飛んでいたが、矢作は会見を打ち切った。だいたい、病院側としては答える義務もない質問ばかり――「犯行の状況は分かりますか？」「凶器は？」

最後に矢作が「入院、通院患者さんが大勢いらっしゃいますので、病院内、それに病院周辺での取材はご遠慮下さい。病院から正式にお願い申し上げます」と頭を下げ、さっさと病院の中に引っこんだ。取り敢えず百点満点の会見だった、とほっとしながら、私もその後に続く。

トラブルがなかった原因の一つ――三浦がいなかった。私は広報課の若いスタッフに近づき、『週刊ジャパン』に連絡はいったのか？」と訊ねた。

「もちろんですよ。主要六誌の一つですから」若いスタッフが愛想よく答える。

「記者は来ていた？」

「来てました。見たことのある顔でしたね……確認、必要ですか？　病院の方で名刺をもらっているはずですから、すぐに分かりますよ」

「いや、それなら俺でも確認できる」

私はすぐに矢作に確認しようと思ったが、黙って話を聞いていた梓が「私が聞いて来ます」と言って駆け出した。

「なかなか気がきく娘ですね」感心したように広報課のスタッフが言った。

「うちの将来のエースだよ。今、ダブルAからトリプルAに上がったところだ。メジャーも近い」

「はい？」

「いや……何でもない」

梓はすぐに、一枚の名刺を持って戻って来た。「週刊ジャパン」から来たのは「大《おお》川《かわ》」という記者だった。名刺を見ただけでは、社員なのか契約ライターなのか分からない。

「他に、カメラマンが一人来ていたようです」梓が報告した。

「三浦記者はいなかったか……」

「そのようですね」

これをどう考えたらいいのだろう。大崎とトラブルになったことを配慮して、編集部が取材スタッフから外したのか、それとも三浦が自ら身を引いたのか……後者ではないだろう。あれだけしつこく図々しい男だし、私が話をした限りでも、取材を諦めるような雰囲気は微塵《みじん》も感じられなかった。

まあ、いいだろう。取り敢えず会見を無事に乗り切ったのだから、今後病院については心配する必要はあるまい。

今日は何とか、大崎から話を聴きたい。もちろん、目黒中央署の刑事たちも彼が話せるようになるのを待って待機しているのだが……彼らの事情聴取が終わった後でも構わなかった。彼の精神状態を把握しておかないと、今後どのように接していいか分からない。

「ちょうど昼飯の時間だな。食べておかないか？」私は腕時計を見て梓を誘った。

「構いませんけど、外していいんですか？　それとも、病院の中で済ませます？」

「ああ……いいけど」言ったものの、まったく気が進まない。診察で訪れた際、ここの食堂では何回か食べたことがあるのだが、その度に後悔したのを思い出す。まずメニューが少なく、しかも何を食べても味が薄い……病院の食堂で、濃い味つけの料理を期待するのも間違っているだろうが。

「あれ……」

「どうかしました？」

「いや」

食堂の場所は変わっていなかったが、すっかりリニューアルされていた。昔はいかにも病院の食堂然としていて、全体に白を使った内装がひどく味気なさを感じさせただけだった。役所などの食堂に共通した雰囲気……しかし今、床はフローリングに張り替えられ、壁にも木を多用して、料理はすっかり変わっている。券売機で料理を選ぶ形式は以前と同じだが、柔らかく暖かい雰囲気になっている。昔はそばにうどん、ラーメン、カレー、それに日替わり定食が一種類しかなかったはずだが、今は定食にも力を入れているようだ。三種類、それぞれが八百五十円。こういう場所での定食にしては高い感じがしたが、公立病院ではないからこんなものかもしれない。

梓は鰆《さわら》のあんかけを、私は照り焼きチキンを頼んだ。前は確か五百円で、辛味も深みもないカレーを食べさせられたのだが、値上がりした分ぐらいは美味くなっていないと許さないぞ、と何故か因縁をつけたい気分になってくる。

結果的に、予想を上回った。照り焼きチキンは、よくある雑な甘辛醬油味《しょうゆあじ》ではなく、かすかにエスニックな味わいがある。東南アジアでよく食べられる「サテ」でも意識したのだろうか。なかなか珍しく、かつ丁寧な味つけでご飯が進む。ただし病院の食堂らしく、盛りは控えめで塩気も足りなかった。

梓の鰆も美味そうだった。綺麗に揚がった鰆に、丁寧に調理した野菜やきのこの入った透明な餡《あん》がかかっている。

「美味しいですね、これ」梓が目を見開く。「警視庁の食堂よりいいかもしれません」

「前はもっと……普通の食堂だったんだ」私は言葉を選んで言った。ここで悪口を言っても何にもならない。「病院も、いろいろ工夫しないといけないんだろうな」

「一種のサービス業ですからね……それにしても、今日の会見はちゃんとしてましたね」

「本当なら、やる必要のない会見なんだけどな。被害者がどこの病院に入院しているか――そういう情報が捜査一課や広報から流れてるんだから、何だか申し訳ないよな」

「消防庁も結構喋るみたいですよ」

「ああ」警察としては「黙っていてくれ」と言いたいところだ。しかし警察と消防はしばしば協力して動くので、ぎすぎすした関係になってはいけない。

「これでマスコミは引くんでしょうか」梓が疑わしげに言った。

「さすがに、病院から正式にお願いされたのに、まだ張っていたら問題になるだろう。患者の容態についても、病院があまり多く喋れないことだって分かっているはずだ」

「いつも思うんですけど……」梓が遠慮がちに切り出した。「こういう取材をする人たちって、だいたい若いですよね」

「そうだな。駆け出しの警察回りが駆り出されるはずだ」

「馬鹿馬鹿しくならないですかね」梓が首を傾げる。「メディアスクラムが批判を浴びていることは分かっているはずだし、ここで誰かに話を聞けても、新聞に載るのって五行とか十行だけでしょう？」

「日本人特有の横並び意識もあるだろうな。他社が現場に行っているのにうちだけ行かないのはまずい――皆が同じように考えてるから、メディアスクラムが起きる」

「警察がどうこう言う問題じゃないかもしれませんけど、何だか虚しいです」梓が溜息をついた。

「まあまあ……間違っても、マスコミ関係者の前でそんなことを言うなよ」

「プライドが傷つくからですか？」

「自分たちが普段から疑問に思っていることが本当だと分かってしまうからだよ」

「村野さん……」梓が困ったような笑みを浮かべた。「今日、皮肉がきついですよね」

「疲れてるんだ」

私はお茶を飲み干した。その瞬間、スマートフォンが鳴る。臼井だった。病院内とはいえ、ここは食堂……スマートフォンで話していいものかどうか迷ったが、結局私はそのまま電話に出た。

「村野です」

「社長が意識を取り戻しました」

## 4

大崎と面会する優先権は家族にある。しかし妻の康恵が直接話せた時間はわずかで、すぐに目黒中央署の刑事二人が事情聴取に入った。大崎が入院しているのは、この病院最上階にあるＶＩＰ用個室なのだが、さすがにそれほど多くの人間は入れない。私は梓に目配せして、一人で目黒中央署の事情聴取に立ち会うことになった。医師から、「最初は十分以内で」と制限されていたので、二人の刑事は一番肝心のポイントに質問を集中させた。犯人を見たか？　犯人に心当たりはないか？

大崎の答えはいずれも「ノー」だった。まだ意識はそれほどはっきりしていないようで口調はぼやけていたが、記憶は確かだろうと私は判断した。目には力があり、そこに怒りの色がはっきりと見える。

十分はあっという間に経ち、医師が病室に入って来て「終了」を告げる。引き戸近くの壁に背中を預けて話を聞いていた私も出ようと思ったが、大崎に呼び止められた。

「君はちょっと待ってくれ」

「これ以上は駄目ですよ」

医師が忠告したが、大崎は「大丈夫だ」と言い張った。患者本人がこう言っている以上、担当医でも無理には止められないものか……結局医師は、首を横に振って病室を出て行った。

家族も席を外しており、私と大崎の二人だけになる。そうなると、病室はやけに広く感じられた。「ＶＩＰルーム」というわけではないだろうが、応接セットに仕事用のデスク、シャワーにトイレもあり、一般の病室というよりホテルの一室という感じだった。差額ベッド代はいくらだろう——長い入院経験のある私は、つい下世話なことを考えてしまった。

椅子を引いてきて、ベッドサイドに座る。相変わらず大崎の顔色はよくなかったが、それでも話をするのに支障はないようだった。もしかしたら先ほどの事情聴取では、意識がはっきりしていない風を装《よそお》っていたのかもしれない。

「犯人は捕まりそうにないか？」

「まだ分かりません。昨日の今日ですから。それより本当に、犯人を見ていないんですか？」

「今言った通りだ。後ろからいきなり襲われたからな。何が起きたかも分からなかった。それより、畑中の方はどうだ？」

「今日、特捜本部が逮捕して東京へ移送してくる予定です」

「しっかりやれよ。畑中が完全に自供するまで、俺は納得しないからな」

「その件ですが……山梨県警にまで電話されたそうですね」

「それがどうした？　この件について、俺には知る権利がある」大崎が鼻息荒く言った。

「山梨県警は、こちらの事件を直接捜査していません」

「畑中という男のことを知りたかっただけだ。あの男がどうして……どうやって娘を殺したかを」

「それはいずれ必ず、明らかになります。焦ることはないですよ」

りそうだった。

「君に俺の気持ちが分かるのか？」大崎は目を見開いた。今にも怒りの炎が吹き上が
「分かりません」私は即座に言った――嘘はつけない。「どれだけこの仕事をしてきても、人の気持ちは分かりません。だから毎回、苦労するんです」

「ご苦労なことだな」大崎が鼻を鳴らした。「そういう仕事をしていて虚しくならないか？　一銭の金にもならんだろう」

「仰る通りです」私はうなずいた。「しかし、格好をつけていると思われるかもしれませんが、私は金のために仕事をしているわけではありません。事件や事故に巻きこまれると、本当に苦しいものです。それまでの人生が断ち切られて、これからどこへ行ったらいいのか分からなくなる人もいます。私はそういう状態を身を以て知っていますから、助けになりたいだけです」

「だったら君にとっては、事故もプラスになったんじゃないか？　自分が進むべき道を知ったわけだから」

大崎が私の顔を凝視する。途端に私は、信念が揺らぎ始めるのを感じた。人のため……傷ついた人に寄り添い、立ち直る手助けをしたい……相手が大崎であってもか？これほど傲慢な被害者を相手にするのは初めてで、神経を逆撫《さかな》でされることばかりだ。こういう人は、私たちが何もしなくても勝手に立ち直るのではないだろうか。周

りには、「イエス」しか言わない部下がたくさんいて、気持ちを忖度《そんたく》して守《も》り立ててくれるだろうし。

私は首をゆっくりと横に振った。悩む権利は私にもある。しかし、今ここで、でなくてもいい。

「畑中というのは、どんな男なんだ？　どうしてきちんと喋らない？」

「まだ決心が固まっていないんでしょう」

「そういうものなのか？」

「仮に一度は罪を認めたとしても、それで完全に気持ちが固まって、全てを話すものでもないんです。容疑者は何度も迷い、途中で供述を全て覆すことさえあります。そこは粘り強くやるしかないんです」

「畑中は、諦めの悪い男なんだな？」

「そうかもしれません。今後、本格的な取り調べが始まりますから、もう少しお待ちいただけますか……ちょうどいい骨休めになるでしょう」

「ふざけるな！」満身創痍《まんしんそうい》の状態でも、大崎は怒りを抑えられない様子だった。「骨休めしている時間なんかないんだ。私には仕事がある」

「分かりますが、しばらくは安静にしていただかないと……無理をすると、後から辛くなることもありますよ。経験から、忠告しておきます」

「君は膝だ。私は頭だ。全然違う」

私は無言でうなずいた。大崎は議論がしたいわけではなく、ただ百パーセントの同意が欲しいだけなのだ——彼のようなタイプにとって、それは決して不自然な望みではあるまい。そもそも周りにイエスマンしかいないのだから、肯定の対応以外を経験していないはずだ。

病室を出ると、私はかすかな胃の痛みを感じた。大崎のような犯罪被害者——被害者家族と接するのは初めてで、未経験故の緊張感が私の胃を苦しめる。どうせなら、この病院で胃薬でももらっていこうか……決着がつくまで、私の胃が持てばいいのだが。

病院には、目黒中央署の刑事たちがそのまま貼りつくことになった。大崎の回復を待ちつつ、病室で事情聴取を続ける——ただ、大崎の口から犯人につながりそうな情報が出てくるとは思えなかった。

私と梓は、一時引き上げることにした。この状態だと、ずっと病院で待機している必要はないだろう。何かあった時に急行しても間に合う。

梓は本部に戻り、私は一人で目黒中央署に向かった。畑中がもう移送されてきているはずだから、その様子を知っておきたかった。

しかし特捜本部の雰囲気は一変していて、気楽に話を聴ける状態ではなくなっていた。乾は摑まったのだが、「後にしてくれないか」と冷たく言い放たれてしまった。辛うじて、畑中が移送されてきたことを確認できただけだった。

これからが、特捜にとっては本格的な戦いだ。今あれこれ突っこんでも邪魔になるだけ……私は素直に引くことにした。乾も所轄の係長として捜査の指揮を執る立場である。今は、これからどうやって畑中を攻めていくかで頭が一杯だろう。

仕方なく、中目黒駅へ向かって歩き出す。何となく膝が重い……このままでは、本当に人工関節を入れる日も近いかもしれない。しきりに長井の顔が思い出されたが、頭を振って何とか追い出した。主治医が頭痛のタネというのは、精神衛生上よろしくない。

東横《とうよこ》線の高架が見えてきたところでスマートフォンが鳴った。見慣れぬ携帯の番号だったが、反射的に出る。

「山梨県警の栗田です」

「ああ……昨日はどうもありがとうございました」私は駐輪場の入り口で足を停めた。「畑中は無事に移送されたようですね」

「ええ」栗田の口調は妙に歯切れが悪かった。

「どうかしたんですか？」

「いや……そちらへ移送される前に最後に話したんですけど、ちょっと様子がおかしかったんです」

「どういうことですか？」

「妙に怯えているというか、東京へ行くのを嫌がっていた感じで」

「それはそうでしょう」何が不思議なのだ？　当たり前ではないか。「二件目の殺人事件で逮捕されるんですよ？　本人にとっては生きるか死ぬかの状態です」

「それだけじゃない感じだったんですよね……」

「申し訳ない、ちょっと意味が分からないんですが」私は首を傾げた。

「私にも分からないんですよ。ただ、気になることを言ってましてね」

「何ですか？」

「会っておかないといけない人がいる、と。今までそんなことは、一言も言わなかったんですけど」

「家族じゃないでしょう？」

「残った家族は母親だけで、今は完全に断絶してますからね。母親には逮捕を知らせたんですけど、会いに来ようともしなかった。畑中も、『別に会いたくない』と言っていて、それは本音だと思いますよ」

「人間関係が薄い男かと思ってました」

「私もそう見ていたんですけど……女じゃないですかね？」

私は首を傾げた。これまで畑中には、女の影は見えていなかったはずだ。山梨で逮捕されるまで各地を転々としていた畑中が、普通に女性と交際していたとは思えない。

しかし――女がいるとすれば、畑中の煮え切らない態度にも納得がいく。自分が死刑になるかもしれないと考えると、自分のことよりも関係者を心配してしまう人間もいるのだ。もしも女がいると分かったら、当然警察は畑中の動向調査のために彼女から事情聴取をするだろう。それも非常に厳しく、細かく……強盗をやろうと決めるに至る心理状態を解き明かすのに、過去の行動パターンの分析は必須だからだ。

畑中はそれを避けようとしたのかもしれない。愛した女にだけは迷惑をかけたくない――しかし東京へ移送されるのを前に、ふと弱気が漏れたのではないか。二度と会えないと実感し、せめてもう一度だけ顔を見たいと必死になっても不思議ではない。

「この件、警視庁の特捜には話してもらえましたか？」

「いや、ばたついていたので……私から直接言うのも何ですから、村野さんから伝えてもらえませんか？」

「いいですよ」気楽に請け負ってしまった次の瞬間、後悔した。乾の今日の様子からすると、とても話はできそうにない。重大な情報になるかもしれないが、それ故に、もう少し落ち着いた状態で伝えた方がいいだろう。まあ、焦る必要はない。畑中はこちらの手にあり、逃げ出す恐れもない。落ち着いたところでこの情報を流し、ゆっくり裏を取ってもらえばいいだろう。

しかし、そんなには待てない。大崎を落ち着かせるためには、畑中を全面自供させるしかないのだ。

支援課に戻ると、取り敢えず一段落していた。ほっとしてコーヒーを淹《い》れ、一休みする。長住は、自席で暇そうにしていた。パソコンの画面を凝視しているが、ネットサーフィンでもしているのだろう。

長住と三浦の関係は、やはり気にはなる。この二人に関係ができたとすれば、二年前としか考えられない。事件のドタバタの中で、何かのきっかけで結びついた——しかしその状況が想像もつかない。警察回りの記者と支援課のスタッフの接点は……ないわけでもない。支援課では、被害者支援の活動を広報するために、定期的に講演会などの広報活動を行っている。それは別の係の仕事なのだが、支援係も手が空いている時には顔を出して手伝いをする。記者が取材に来ていれば、会話を交わすこともあるだろう。一度話せば、それで関係ができる可能性もある。

いずれにせよ、長住にこれ以上突っこんでも喋るとは思えない。まあ、今のところは気にしてもしょうがないだろう。どうやら三浦はこの取材から外れたようだから、情報漏れを気にすることもない。

　しかし三浦も自業自得というか、自爆だったというか……どうしてこれほどしつこく大崎を取材しようとしているのか分からないが、限度を超えた、ということだろう。もしも「バンリュー」が「週刊ジャパン」に抗議、あるいは損害賠償を求めて提訴するようなことがあれば、編集部内では三浦の責任も問われるはずだ。日本新報で犯した失敗の繰り返しになる。学習しないと言うべきか、自分の立場が悪くなろうとも大崎を追い詰めたいという執念が強過ぎたのか。

　そうだ、臼井と話しておかないと……病院での会見前にばたばたと別れて、それきりである。彼の方で、何か新しい情報を仕入れているかもしれない。臼井はすぐに電話に出た。

「大崎さんとは話しましたか？」私は切り出した。

「あなたが話した後に……あなたは何か言われましたか？」臼井に逆に質問された。

「いや、気合いを入れられただけです」

「それはどうも……毎度ご迷惑をおかけしますね」臼井が苦笑しながら言った。

「仕事ですから構いませんが、臼井さんの方はどうですか？　何か新しい情報は出ましたか？」

「いや、仕事の指示をされただけです。もちろんこちらでは、もう動いていましたけどね。予定は完全に変更しました。業務に支障が出ることはないと思います」

「さすがですね」

褒めておいてから、私はふと思いついて席を立った。他のスタッフにはあまり聞かれたくない話だ。

「今週の『週刊ジャパン』の記事、ご覧になりました?」

「ええ」臼井の声が暗くなる。

「どうなんですか? 『バンリューデザイン』の悪口が書いてありましたけど、何か対応する予定はないんですか?」

「いやあ……」臼井が言い淀む。「書かれたことが嘘なら対応のしようがあるんですが、事実ですからね」

「ということは『バンリューデザイン』の社内は揉めているんですか?」

「正直、かなり難しい状況です。二年前——それ以上前からそうでしたが」

当時、臼井は「バンリューデザイン」で役員を務めていた。当然、内部事情はよく知っているだろう。

「結局、何が問題だったんですか?」

「まあ……美江さんには経験が足りなかったということですね」

「社長自らが会社を引っ搔き回していたと？」

「そういうことは、私の口からは言いにくいですよ」臼井が一歩引いた。

「美江さんが亡くなった後も、社長が二回交代している——それは大崎さん直々の指示ですよね？」

「ええ。HD《ホールディングス》の代表として人事権はありますから」

「それを面白おかしく書かれただけ……しかし、あまり表には出ていない話ですよね？『バンリューデザイン』は上場企業ではないですから、一般株主に対して説明責任があるわけでもないですし」

「外部に対するトラブルでもない限りは。社長交代というのは、あくまで内輪の話です」

「こういう件を取材したのが、三浦記者じゃないんですか？」

「どうでしょう……」臼井が首を捻る。「個別の記者さんがどんな取材をしているかまでは、私は把握していません。三浦記者だったかもしれないし、そうではないかもしれない」

「会社内部のトラブルについては、会社から情報が漏れたとしか考えられませんけどね」

「まあ……うちの人間でなければ警察でしょうね。例えば、長住さんでしたっけ？

そちらの若い人。彼は二年前にも、『バンリューデザイン』を担当していましたよね」

「ええ」嫌な予感が膨らみ、私はスマートフォンを持ち直した。いつの間にか、顔に汗をかいているのを意識する。

「こういうことはあまり言いたくないんですけど、『バンリューデザイン』の若い子といい関係になっていたようで……」

「本当ですか？」私は思わず声を張り上げた。近くを通り過ぎる人が、驚いた表情を浮かべ、私の顔を見ていく。私は慌てて、廊下の壁に顔を向けた。待てよ……実際彼は、社長秘書の名前を言っていたではないか。

「あくまで噂で、問題にすることでもない……恋愛は自由ですからね」

私は反応に困った。事件の関係者といい関係になってしまう刑事は、昔からいた。臼井が指摘する通りに恋愛は自由だから、それを止める権利はない。ただし、常識ある刑事だったら、事件が一段落したタイミングを見計らって歩みを進めるものだ。

「バンリューデザイン」の件は、まだ終わったとは言えない……。

「そこから情報が漏れた可能性もある、ということですね」私は苛立ちを隠しながら訊ねた。

「否定はできませんが、こちらとしては調べるのも面倒ですしね。今のところ、重大な損害はないですから、放置しておくしかないでしょう」

「長住の相手が誰かは、特定できているんですか？」泉田真菜。私は長住が言っていた名前を思い出した。

「それは、まあ……」

「教えて下さい」

「まさか、警察の方で問題視するわけではないでしょうね？」臼井の声が不安に揺らぐ。

「いや、現段階では問題はないと思います。しかし、万が一何かあったら——そういう時は早めに動きたいですからね」

臼井はしばし迷っていたが、結局問題の女性の名前を教えてくれた。泉田真菜ではなく、安斉優佳《あんざいゆうか》。あの会社の主力であるデザイナーではなく、総務部門に勤めているという。つまり、社内の様々な情報を知る立場だ。これ以上問題が出るようなら、チェックしてみよう。しかし、あの野郎……仕事を隠れ蓑《かくみの》に、何をやっていたんだ？

「どうも、私も喋り過ぎですね」臼井が自嘲《じちょう》気味に言った。

「とんでもない。大変参考になりますよ」

「警察の参考になるというのは、あまり嬉しいものではないですよ」臼井が珍しく皮肉を吐いた。

「ご迷惑をおかけします」私は壁に向かって頭を下げてしまった。

電話を切り、しばらく壁を凝視する。長住は事件の――あくまで舞台に過ぎないのだが――関係者と通じているわけか。上手く活《い》かせばいい情報を入手することもできるはずだが、長住は警察官としての仕事を放棄しているようだ。しかも三浦に情報を流していたとしたら、大問題……この件は、しばらくは自分一人の胸に秘めたままでいい。何もトラブルが起きなければ、長住の私生活に口を挟む必要はないのだから。

いずれ、首を突っこむ予感がしたが。

支援課に戻り、自席にはつかずに打ち合わせスペースにあるファイルキャビネットに向かった。支援課に関係した記事のスクラップが、ここに保管してあるのだ。支援課自体の活動というより、事件そのものの記事だが。支援課の仕事が記事になることなど、まずない。私の記憶にある限り、一度もなかった。例外的なのが、支援課が行う広報活動だ。ごく稀に、著名人が登壇する講演会の話題が記事になることがある。そちらばかりを集めたスクラップブックをパラパラとめくってみた。日本新報の記事には、基本的に全て署名が入っているから、三浦の名前を見つけられるかもしれない。

あった。

二年前――美江が殺される一月《ひとつき》ほど前に、三浦の署名入り記事があった。内容は、幼い息子を交通事故で亡くしたタレントの講演会。昔からラジオのＤＪとして人気のある人なのだが、遅く結婚してようやく生まれた長男を、暴走車による事故で亡くしていた。わずか二歳――以来、交通事故の悲惨さ、被害者支援の大事さを訴えるのが彼のライフワークになっている。支援課にとっても、「レギュラー」のような存在だ。話は上手く、説得力がある。私も何度か足を運んだが、その話しぶりには思わず引きこまれ、不覚にも涙を流したことさえある。

講演会の記事自体は、新報の都内版に掲載された短いものだった。警察回りの三浦が駆り出され、適当に取材して記事にしたのだろう。私自身は、この講演会には行った記憶がなかった。

続いて、自席に戻って勤務表を確認する。いつどこで誰が何をしていたか、簡潔に記されているもので、少なくとも過去五年の仕事の様子が記録されている。似たような事案が起きた場合、前回誰が担当したかを確認できれば、仕事はスムーズになるからだ。

長住が現場に行っていた。

この時に二人が知り合ったかどうかは分からないが、少なくとも接点はできたわけだ。

この材料で長住に突っこむこともできる――しかし私は、黙って表計算ソフトを閉じた。

今やるべきことではない。

今は他に、やることがいくらでもあるのだ。

## 5

私は八時過ぎに自宅へ戻った。警視庁を出てから、どこかで一人の夕飯を食べると、だいたいこの時間になる。

昨夜も夜中まで引っ張って仕事をしていたし、今日も一日フル回転だった。そのせいか、膝に痺《しび》れるような痛みが残っているのが気になる……今日はゆっくり風呂に入って膝をマッサージし、早めに寝よう。

そんな風に呑気に考えている時には、ろくなことが起きない。

家のドアを開けた瞬間、スマートフォンが鳴った。乾か……畑中の取り調べでばたばたして、私と電話で話している暇などないはずなのに。

「おい、病院だ」乾は切羽詰まった口調だった。

「病院がどうした」

「記者が侵入して、うちの連中と揉めた」

「どういうことだ！」思わず声を張り上げると同時に、三浦の名前が頭の中を過ぎった。

「またあいつだよ……三浦」

クソ、やはりそうか。私は思わず舌打ちした。

「どうして病院に入れたんだ？」

見舞客を装ったのかもしれない。大抵の病院は、午後八時まで見舞客を受けつけている。いや……大崎が入院しているフロアには、まだ制服警官もいて警戒しているはずだ。その壁を突破できるとは思えない。

「その辺は調べている……とにかくちょっと病院へ行ってくれないか？　大崎さんが激怒しているんだ」

「分かった」指揮命令系統も何もあったものではないが、私は開けたばかりのドアを閉め、鍵をかけた。三浦はいったい何を考えているのだろう……本人に直接聞いてみるしかないが、私にはその権利はない。ただただ気持ちがざわつくばかりだった。

「三浦記者はどこにいる？」エレベーターへ向かいながら、私は訊ねた。

「もちろん、署に引っ張ってきた」

「逮捕したのか？」

「いや……」乾の口調は歯切れが悪かった。「病院側が、大袈裟《おおげさ》にしたくないそうだ。被害届を出すのを渋っている」

「無理するなよ。病院も、またマスコミに突っこまれたらたまらないとでも思ってるんだろう」私は、事務長の矢作の顔を思い浮かべた。あの男なら、無難に済まそうと考えても不思議ではない。

「分かるけど、私有地に勝手に侵入したんだぜ？」乾は一応、強行的な態度を貫こうとしているようだ。

「被害者が大事《おおごと》にしたくないって言ってるんだから、その意向は大事にすべきだろう」私は反論した。捜査第一か、被害者の立場に立つか――ここでも刑事課と支援課の考え方の違いが際立つ。

「……検討するよ。待ってるから、様子を連絡してくれ」

「お前、今月の超過勤務は大丈夫か？」

「それはうちの刑事課長が心配することだ」乾は乱暴に電話を切ってしまった。

乾もついていない。本筋の捜査に加え、三浦のように予想もつかない動きをする人間が出てくるとは……。

家を出てすぐにタクシーを拾った。病院は近いのだが、車の方が圧倒的に早い。シートに身を埋《うず》め、激昂する大崎を宥めるための手順を考え始めた。

何一つ思い浮かばない。

大崎は規格外の存在なのだ。積み重ねてきた被害者支援のマニュアルは、やはりまったく通用しない。

大崎の部屋に近づくと、早くも怒声が漏れてきた。入院患者が病院で大騒ぎするのも問題なのだが……誰も止める術がないようだった。

私は躊躇《ためら》わず、引き戸を開けた。「――ふざけるな！」という大崎の怒りが爆発した直後、急に静けさが訪れる。私は室内にいる人間をすぐに確認した。大崎、康恵、制服警官が二人……大崎の怒りは誰に向けられていたのだろう。

制服の二人組だ、とすぐに分かった。二人揃って困惑の表情を私に向けてきたが、すぐにほっとしたような顔つきになる。若い二人では処理できないのは明らかだった。

「どうも」私はわざと軽い口調で言った。康恵にうなずきかけ、ベッドに近づこうとした途端に、大崎が「どうもじゃない！」とまた怒鳴る。

「そんなに大声を出すと、傷に障《さわ》りますよ」忠告しながら、私は椅子を引いて腰かけた。ベッドとは少し距離を置く。大崎が手を出してくるとは考えられないが、念のためだ。

「何をやってるんだ！　おかしな人間が入って来ないようにするのが警察の仕事じゃないのか」

「仰る通りです」私はうなずいた。否定、口答え、詳しい説明——どんなことも大崎の怒りを鎮めないのは、経験から分かっている。

「あの記者はいったい何者なんだ！　どうしてあそこまでしつこい？　俺を破滅させようとでもしているのか？」

「詳しい事情は存じませんが……逆に、何か思い当たる節はありませんか？」

「知らん！」大崎の顔が真っ赤になった。血圧急上昇——頭蓋骨骨折にいいわけがない。

「大崎さん、あまり大声を上げると、傷に障りますよ」私は再度忠告した。

「傷なんかすぐに治る！　あの男を連れて来い！　俺が直接言い聞かせてやる！」

「会ったらまた怒るでしょう。お勧めできません」

「俺に命令するな！」

そう言った瞬間、大崎が痛めている右手を伸ばして頭を抱えた。うめき声が漏れ、顔から血の気が引く。慌てた康恵が緊急ボタンを押すと、すぐに看護師が飛びこんできて、その後に医師も続く。

医師は大崎の体につながれたモニターを確認し、さらに脈を確認した。冷静な態度を見た限り、大事ではない……私は自分を納得させようとした。

「鎮痛剤を」

医師が指示すると、看護師が病室を飛び出して行く。すぐにアンプルを持って戻って来た。「点滴ですね？」と確認しながら、早くもパックに手を伸ばす。

「ああ」

看護師が手慣れた手つきで、点滴のパックにアンプルを挿《さ》した。すぐに大崎が静かになる。医師がもう一度脈を取ると、うなずいて立ち上がった。厳しい視線を私に向けてくる。

「だいぶ騒がしかったですね。ここは病院ですよ」

「すみません」私が謝ることではないと思いながら、つい頭を下げてしまった。

「興奮したので、一時的に頭痛がひどくなっただけでしょう。心配はいらないと思います」

「そうですか……」

「さあ、もうお引き取り下さい。患者を興奮させないのが大事です」

そう言われると、引き下がらざるを得ない。乾の頼みを叶えてやれなかったな……苦い思いがこみ上げる。結局病室には、康恵だけが残った。

廊下で、私は制服警官二人に事情聴取を試みた。

「どうして三浦記者はこんなところまで入りこめたんだ？　君たちがちゃんと見張ってたんだろう」

「それが……」年長に見える警官が、言いにくそうに切り出した。「支援課だ、という人が一緒に来られまして」

「何だって？」私は思わず彼に詰め寄った。「誰だ？」

「長住さん……バッジも持っていました。本物でした」

「そいつなら、間違いなくうちの課員だ」

あの馬鹿野郎……一瞬怒りがこみ上げて、私は頭の中が真っ白になるのを感じた。しかし怒りはすぐに引いて、代わりに疑問符が湧いてくる。

記者を病室に誘導した？　確かに警察のバッジがあれば、どこにでも入れる。しかかしどうして？　あの二人はそんなに親密な関係だったのか？　もしも本当なら、大きな不祥事……長住は責任を問われることになるだろう。長住だけではなく本橋も、だ。

「長住の顔を見れば分かるな？」

「はい」

「後で確認してもらうことになるかもしれない……それで、長住と三浦記者は一緒に病室へ入ったのか？」

「そうです。しかし、大崎さんがすぐに騒ぎ出したので、私たちが病室に入って……大崎さんが『そいつは記者だ！』と言い始めたので退室願いました。その際、少し暴れたので……」

「制圧した？」

「手荒なことはしていません」

「正しい手順だよ……それで、長住はどうした？」

「いつの間にか消えていました」

「分かった。状況がよく分からないが、取り敢えず申し訳ない」私は二人に向かって頭を下げた。顔を上げると、二人の困惑した表情に迎えられる。

困惑しているのはこちらも同じだったが。

芦田に電話を入れると、彼も困惑させてしまった。

「長住の野郎……いったい何を考えている？」

「分かりません」

「その、三浦という記者と親しかったそうだな。課長から聞いた」

「本人は否定していましたけどね」

「長住に電話したか？」冷静になった芦田は、まずそれを確認した。

「まだです。まず本人に間違いないと思いますが、慎重にいった方がいいかと……」

「そうだな……その週刊誌の記者には会えるのか？」

「今、所轄に向かっています」私は旧山手通りに出てタクシーを摑まえようとしていた。こんな時に限って来ない。

「逮捕したのか？」

「いや、病院側の意向で、大袈裟にしたくないと」

「そりゃそうだろうな。俺が病院の関係者でもそう思う。少しきつく絞り上げてやれよ」芦田の声に怒りが滲む。「どういうつもりか知らないが、うちの人間を利用して取材なんて、冗談じゃないぞ」

「経緯が分からないので何とも言えませんが……」二人の関係も謎のままだ。

タクシーが来た。歩道から身を乗り出すようにして手を振って停め、素早く乗りこむ。スマートフォンを耳に当てたまま、「目黒中央署へ」と行き先を告げた。

「もしもし？」芦田の声に困惑が混じる。

「すみません、タクシーを拾いました」

「課長には連絡しておく……おい、今夜中に長住を摑まえないと駄目だぞ。監察に知られると面倒なことになる。単にネタ元になったとかではなく、住居侵入に手を貸したんだから、明白な犯罪行為だ」

「……そうですね」私は状況の重さを改めて嚙み締めた。病院側が告訴するかしないかはともかくとして、長住が「共犯者」になってしまったのは間違いないのだから。

「長住はどうしますか？」

「——お前、今、所轄に向かってるんだよな？」

「ええ」

「三浦記者は、長住のことを喋ったんだろうか」

「それは分かりません。未確認です」

「探ってくれ。もしも長住の名前が出ていなければ、所轄に余計なことを言う必要はない。引き上げて、あいつを捜すんだ」

「現場にいた制服警官二人が、長住を見ています。いや、あいつは自分から名乗っているんですよ」私は声をひそめた。タクシーの中でこんな際どい話をするのはまずい。

「クソ」芦田が吐き捨てる。

「所轄の刑事課の係長が同期です」私は一瞬で意を決した。「話してみます」

「説得できるのか？」

「分かりませんが、全体の利益を考えることも必要かと……」

「長住はこっちで捜してみる。お前は所轄の方を頼むぞ」

ふいに、胸が詰まるような息苦しさを覚えた。私は百パーセント清廉潔白《せいれんけっぱく》な警察官ではない。被害者を助けるため、あるいは仕事をやりやすくするために規則を捻じ曲げたことも、一度や二度ではない。しかし今回は、根本的に事情が違う。違法行為の隠蔽《いんぺい》――自分がそれに手を貸す、いや、率先してやるとなると、私はある一線を越えてしまう。

汚れた警官になるわけだ。

しかし、事を大きくしたくないのも事実である。隠すか、それとも――もう一つの道もある。長住が何をしたか、きっちり調べて、正式な処分に持ちこむ方法だ。仲間を売るような行為にはなるが……長住は支援課で浮いていた。あれだけやる気がないと、その評判は支援課の外にまで流れ出てしまい、「本籍地」である捜査一課だけでなく、他にも引き取り先はなくなってしまうだろう。かといって、一人の人間の将来を左右するようなことを私がしていいのか。

思考はすぐに行き止まりになる。

大崎に呼びつけられ、怒鳴り上げられている方がよほどましだ。

「お前のところの人間がいた？」乾が目を細めた。顔には疲労感が貼りついているのだが、それが一瞬、怒りで消え去る。目黒中央署の刑事課には二人きり――静かな空気が凍りついた。

「制服警官が二人とも見ている。というより、長住は自分でバッジを示して名乗った」

「誰かが、その長住って奴の名前を騙《かた》った、ということは考えられないか？」

乾の指摘に、私は言葉を失った。そういうことはまったく想定していなかった……が、乾の見方はあまりにも穿《うが》ち過ぎだろう、と考え直す。

「さすがにそれはないんじゃないか？　何のためにそんなことをする？　それに三浦記者と長住は、昔から知り合いだった可能性があるんだ」

「マジかよ」乾が目を見開く。「厄介な話だな……どうする」

「分からない」私は首を横に振った。「まず、本当にそんなことがあったかどうか、確認してみないと。どうするかはそれから考える」

「表沙汰になったら厄介だ。うちも責任を問われかねん」

「それはしょうがないんじゃないか。バッジを示されたら、誰だって信用する」

「無関係な人間を病室に通す必要はなかったんだ」乾の目に怒りが見えた。「支援課でも、な」

「俺はフリーで入れるぞ？」

「お前はともかく、他の人間は……どうする？　三浦に直接確認するか？」

「俺にやらせてくれるか？」

「……その方がいいだろうな。ただし、この件は非公式だぞ。捜査に直接関係ないお前が事情聴取したことがばれると、問題になる。それと、俺も立ち会うから。今のうちに、他に言っておくことはあるか?」

「全部話した。そもそもまだ、そんなに情報がないんだ」

「よし、行こう」乾が立ち上がった。「いいタイミングだったよ。病院側がどうしても告訴しないというから、そろそろ放さないといけないと思ってたんだ」

「放してくれた方がいいな。そうしないと、長住もここに引っ張ってこないといけない」

「勘弁してくれ」乾が首を横に振った。「そういうのは監察に任せるよ」

三浦は、刑事課の横にある取調室にいた。むっつりとした表情……椅子の背に右手を引っかけ、だらしなく姿勢を崩していた。私を見ると、ぎろりと睨みつける。逮捕されるかもしれない、という切迫した状況だったのに、まったく反省している様子ではなかった。よほどタフなのか――どんな人間でも、取調室で長時間叩かれると、精神的にダメージを受けて弱気になるのだが。

今まで三浦を取り調べていた刑事の耳元で、乾が囁く。彼はすぐに立ち上がり、部屋の片隅に行った。記録係の刑事が一人いたので、狭い取調室には警察官が四人。私自身、息苦しさを感じるほどだった。

私が三浦の正面に座り、乾がバックアップするように背後に立った。

「支援課の村野です……前にご挨拶しましたね」

「ああ、どうも」三浦は目を合わせようとしなかった。

「あなたを病院に引き入れたのは、うちの長住だそうですね」

「さあね」

「長住は堂々と名乗って病室に入っている。明々白々ですよ。否定しても無駄だ」

「もしもそうだったら、どうするつもりですか？」三浦が座り直した。「おたくら、仲間を処分できるわけ？」

「必要と思えば」

「たいてい、必要とは思わない――というより、必要じゃないことにするでしょう。警察は身内に甘い組織だから」

「それは事実ですが、庇うにしても限界があります。今回は、その限界を超えているかもしれない。あなたたちは、重傷を負った被害者に精神的な苦痛を与えた。支援課としても看過できません」

「逆に、同じ支援課の人がやったって言うならどうするつもりですか？」

「警察内部の事情をそちらに明かす必要はありません。あなた、うちの長住とは知り合いですね？」

「さあ」

「きっかけは二年前——うちが主催した講演会を、当時日本新報の記者だったあなたが取材していた。その時に長住と知り合ったんじゃないんですか」

「古い話は一々覚えていないな」

「知り合いかそうじゃないか、二つに一つですよ」

「こういうことは考えられませんかね」三浦が両手を握り合わせてテーブルに置いた。「他のマスコミが引いた後こそチャンスだから、俺は病院へ取材に行った。そこにたまたま、長住という人物が現れた。その場で頼みこんで、中に誘導してもらった——」

「本当にそうなんですか？」

「仮定の話」三浦が馬鹿にしたような表情を浮かべた。「そういうことだってあり得るでしょう。最初から決めつけられたら困るね。だいたい、その長住という人には話を聴いたわけ？　向こうが認めているなら、俺も別の話をするけどね」

嘘はつけない——私は沈黙を貫いた。それを見て、三浦が勝ち誇ったような笑みを浮かべる。これで無事に出て行ける、と一安心したのかもしれない。

私は、一瞬で局面を変えられる話題を持ち出した。

「一つ、教えて下さい」

「別に言うことはないですよ」

「あなたは、どうしてこんなに厳しく大崎さんを追及するんですか？」

「今までの追及が甘過ぎたんだ。あそこは日本を代表するブラック企業なんですよ？解散に追いこむぐらいの気持ちで取材しないと」

「むしろあなたは、大崎さん個人を攻撃しているように見える。破滅させたいのは会社ではなく、大崎さん個人じゃないんですか？」

「あの会社は、イコール大崎だ。会社の悪事を暴こうとしたら、大崎に直当たりするのが基本だから」

「彼は犯罪被害者の家族――今は本人も犯罪被害者なんですよ」

「今まで直接攻撃する人間がいなかったのが不思議だね」三浦がせせら笑った。「それだけのことをしてきた人間なんだから」

「たとえどんな人間であっても、犯罪の被害に遭っていいわけではない」

「話にならないな」三浦が肩をすくめる。「警察は、ああいうブラックな人間を平気で庇うのか」

「その人が犯罪被害者であれば」

三浦がさらにだらしなく姿勢を崩した。私を睨みつけたが、どこか様子がおかしい――虚勢を張っているようで、目に力がなかった。

「記者としての正義感から、大崎さんを追及している、ということですか」

「そうだよ」

「本当にそれだけですか？」

「他に何かあると？」

「個人的な恨みでは？」

「馬鹿言うな！」三浦が声を荒らげた。

今までと違う、露骨な怒りの発露だった。私は、適当に勘で言った指摘が当たっていたと確信した。

何か、個人的な事情があるに違いない。それが三浦を突き動かしている。

6

その夜、長住は摑まらなかった。電話にもメールにも反応なし。

翌朝一番で電話が入った。長住――電話を受けた私は、一瞬言葉を失った。

「今日、休みますんで」

「ちょっと待て」今にも電話を切られてしまいそうだったので、私は慌てて声を張り上げた。

「何ですか？」

「お前、昨夜、『週刊ジャパン』の三浦記者と会ってたな？」

「何の話ですか？」

「彼を、大崎さんの病室に侵入させた——警戒していた制服警官にバッジを示して」

「知りませんね——じゃあ」

長住は電話を切ってしまった。私は慌てて、自分のスマートフォンから長住の電話にかけたが、すぐに留守番電話に切り替わってしまう。次にかけた時には、電源が切られていた。

「クソ！」思わず大声を上げて立ち上がり、課長室に向かう。やり取りを聞いて状況を察したのか、芦田も私に続いて課長室に駆けこんだ。

「逃げられました」

怒りを噛み殺しながら報告すると、本橋の顔に影が射した。

「逃げられたとは？」

「電話がかかってきたんですが……今はもう通じません」

「まずいですね」

私たちは鳩首《きゅうしゅ》会談して、善後策を協議した。いいアイディアは出ない……ただ、一つだけやらねばならないことがある。早急に長住を捕捉することだ。きちんと事情聴取しないと、この先どうするかを決められない。

「目黒中央署の方は、結局この件では騒がないことにしたんですね？」本橋が念押しした。

「ええ」

「だったら、少しは猶予があるでしょう。問題が大きくならないうちに、彼を捜し出すことが大事だ……芦田係長、ちょっとお願いできますか」

「私ですか？」芦田が暗い声で言った。

「できるだけ早く摑まえて、ここへ連れて来て下さい」本橋がてきぱきと指示した。

「東京を出ているかもしれませんよ」芦田が反論する。「村野、奴がどこにいたか、電話では分からなかったか？」

「いや」車の中、あるいは駅のホームから電話してくれれば、背後の音で何か分かるはずだ。しかし今日は、居場所を推測できるような材料がない。「自宅かもしれません」

「分かった。まずは自宅だな。いなければ、立ち寄り先を探してみる」芦田が立ち上がる。刑事が容疑者の足跡を追うのと同じやり方……そう、支援課にとって、長住は「容疑者」になってしまった。

「課長、俺も長住を……」

「いや、君は病院へ行って下さい。昨夜、大崎さんからはろくに話が聴けなかったんでしょう？　彼に話を聴いて、当時の状況をもう少し明らかにしたい」

「はあ」

「今のところ、大崎さんとまともに話ができるのは君だけですからね。しっかりやって下さい」

これは本橋なりの「罰」なのだろうかと私は訝った。大崎と会うことは誰にとっても苦痛であり、私も未だに慣れない。しかしこれも仕方がないか……長住の動きを察知できなかったのは、私の責任でもあるからだ。


大崎は、昨日に比べて格段に元気になっていた。今日も朝から断続的に、目黒中央署による事情聴取が続いていたようだが、疲れた様子もない。午前十時半、事情聴取は一時中断していた。病室には、康恵と大崎の二人だけ。私は昨夜の不手際を康恵に詫び、大崎に対しては「少し話ができませんか」と遠慮がちに申し出た。

「おお、構わんよ」

大崎は鷹揚《おうよう》だったが、康恵は心配そう……普通に振る舞っているものの、夫の容態を心配しているのは明らかだった。

「無理はしないようにします」私は彼女を安心させようと、静かに宣言した。「軽く話をするだけですから、ご負担はかからないかと」

「気をつけて下さい。血圧も高いんです」

のようだった。

「余計なことを言うな！」怒鳴ると、大崎の顔が真っ赤になる。血圧が高いのは本当のようだった。

康恵は口答えせずに退室し、私は大崎と二人だけで取り残された。ベッドの脇に椅子を引いてきて腰を下ろし、少しだけ前屈みになる。大崎は急速に回復してきているようで、今日は顔色もよかった。

「昨夜も災難でしたね」

「まったく、なってない。警察は何をやってるんだ」

「それについてはお詫びします」彼の口から長住の名前が出るとは思わなかったが、私は警戒した。もしもばれたら、今度は支援課が彼のメーンの攻撃対象になってしまう。

「君にお詫びしてもらっても、何にもならん」大崎が唇を歪める。

「もう、ああいうことは起きません。十分な手を打ちました」

「それを信じるしかないな」大崎は不満そうだった。「何しろ、ここから動けないんだから」

「そうですか？　お元気そうですよ。退院は意外に近いんじゃないですか？」

「冗談じゃない。こっちは頭を叩き割られたんだぞ。あんな短いバットでやられるとは思わなかった」

バット――ピンときた。これまで大崎は、凶器については一言も触れていなかったのではないか？　どうして突然思い出した？

「短いバット、ですか」

「こんなもんだな」大崎が両手を五十センチぐらいの幅に広げた。「子どもが遊ぶようなバットだったが」

「練習用で、そういうバットがありますよ」

「なるほど」顔をしかめながら大崎がうなずく。「練習用か……それなら見たことがある」

「短いバットで、変化球に対応するバッティングの練習をするみたいですね」

「あんた、野球少年だったのか？」

「いや、観る方専門です」

「そうか。私も草野球のチームを持っているが、確かに若い連中がそういうバットを使っていたな……」大崎が一瞬目を閉じる。

「犯人を見ましたね？」沈黙を利用するように、私は切りこんだ。

「いや」大崎が目を閉じたまま否定する。

「大崎さん……私の目を見て否定できますか」

「もちろんだ」大崎が目を見開いた。しかしあまりにもわざとらし過ぎる……目の細い大崎が大きく目を開けているだけで、不自然な感じがした。

「犯人は誰ですか」

「知らん」

「バットを見たんでしょう？　ということは、犯人の顔も見ていますよね？　大崎さんは後ろから殴られた――それは傷の具合からも明らかです。しかしその前か後に、凶器をしっかり確認している。よく冷静に観察していましたね」私は一気にまくしたてた。

「あのバットは普通に買えるのか？」大崎は私の質問に直接は答えず、逆に質問してきた。

「大きなスポーツショップなら売ってるんじゃないですかね」

「野球をやる人間なら、買っても不自然ではないわけか」

「大崎さん」私は座り直し、繰り返し追及した。「もう一度聞きます。犯人を見ましたね？　その人物は日常的に野球をやっている人間で、バットの扱いにも慣れている。違いますか？」

「その人間の名前を言ったら、君の得点になるかね」大崎が試すように言った。

「得点？」

「分からんか？」苛ついた口調で大崎が続ける。「君の手柄になるのか？」

「ならないでしょうね。普段私がやっている仕事とは関係ないですから。担当部署から、感謝状ぐらいはもらえるかもしれませんが」

「だったら、君に言ってもつまらんな」

「つまらないとか面白いとかとは関係なく、言って下さい。警察はいつも、全員野球なんです。誰がホームランを打ったかは関係ないんですよ」実際にはそんなことはない。警察は「表彰社会」だ。何かあればすぐに表彰状が出る……そうやって個人を評価することでやる気を出させるのだ。

「しかしな……」

「犯人が分かっているなら、すぐに逮捕します。そうしないと危険じゃないですか？あなたが退院した時に、また襲われる可能性もありますよ。向こうは、仕損じたと思っているでしょうから」

「分かった」大崎が真顔になった。「君から担当者に伝えてくれ」

「分かりました——しかし、どうして私経由なんですか？　担当者が何度も事情聴取しているでしょう？　その時に話せば、話は早いですよ」

「あの連中は信用できない。愚鈍と言うべきか……君に話した方がまだましだ」

「それはどうも」彼の感覚がどうにも理解できなかった。

「しかし、君にメリットがないとすると、私が話す意味はないな」

「我々はメリットを考えて仕事をしているわけじゃないんですよ」

「そういうお為ごかしは聞き飽きた」大崎が鼻を鳴らす。「まともな人間は、自分の得にならないようなことはしないんだぞ」

彼にとって、私という人間は永遠に謎の存在だろう。私にとって彼は……理解しようとする努力が決して報われない存在だ。

話の持っていきかたが難しい。しかし私は、結局乾に打ち明けることにした。目黒中央署に出向き、特捜本部で忙しくしていた彼をようやく摑まえる。

「忙しいんだよ」乾は露骨に面倒臭そうな表情を作った。

「分かってる。だけど、俺に一回借りを作らないか？」

「ああ？」乾が目を見開く。

「大崎さんを襲った犯人が分かった」

「何だと」乾が私に詰め寄る。「どうして分かった」

「大崎さんから聞いた。顔見知りのようだ……どういう関係かまでは聞き出せなかったけど」

「何者だ？」

「菊池省吾《きくちしょうご》。都内に住んでいるようだ。住所までは分からないけど、名前が分かっていれば、すぐに確認できるだろう。ちなみに、どんな状況であっても野球だけはやる人間だそうだから、そっちの線から探りを入れるのもいいかもしれないな。東京に草野球のチームがどれぐらいあるか、分からないけど」

「……何の話だ？」乾はむしろ戸惑っているようだった。

「凶器は、野球の練習用の短いバットらしい」

「つまり、大崎さんは襲われた時に凶器も犯人も見ていたわけか」乾が目を見開く。

「ああ。お前のところの刑事は、そういう供述は聴いていなかったのか？」

乾が無言で唇を噛み締める。しかしすぐに、気を取り直したようにまくしたてた。

「要するに大崎さんは、うちの刑事よりもお前を信用したということだな？　こっちで供述を得られなかったのは情けない限りだが……分かった。とにかくすぐに犯人の特定を始める。しかしお前、上手くやりやがったな」

「大崎さんとは、二年前にもさんざんやりあったからな。多少は扱いに慣れている」

「参考までに、どうつき合ったらいいのか、教えてくれ」

「言いたいことを全部言わせるんだ。あの人は、人の言うことに絶対に耳を傾けない。自分が言うことは全て真実で正しいと本気で思っている。でも、永遠に喋り続けることはできないんだよ。話が切れたタイミングを待って訊ねれば、答えてくれることもある——十回に一回ぐらいは」

「打率一割は低過ぎるぞ」

「そうだな。俺は今後も三割を目指すよ」

実際は、三割でも低過ぎるぐらいなのだが。警察の仕事で「七割失敗」は、辞表を書くレベルだ。

これで乾には——目黒中央署には恩を売れたと思う。向こうは何とも思わないかもしれないが、私の中ではしっかり「打点1」の感じだった。

一仕事終えた感覚もあったが、まだ安心できない。私は——私たちは内部に爆弾を抱えこんでいるのだ。

「それより、昨日の一件だけど……」

「病院の対応は変わらないぞ」乾が淡々とした口調で言った。既に終わったこと、とでも言いたげだった。「そっちは?」

「長住が行方不明だ」

「おいおい」乾が目を細める。「それは、本格的にやばいんじゃないか?」

「今、捜してる。状況によっては、そっちにもまた面倒をかけることになるかもしれないが」

「できるだけ控えめにやってくれよ」乾が低い声で言った。

「内輪のことは内輪で、か」私は、「不祥事隠し」というより正確な言葉を、何とか呑みこんだ。

「そうじゃない——いや、それもあるけど、こっちは忙しいんだ。こんなことにかかずらっている暇はない。うちは今、重要案件を二つ、抱えてるんだぞ」

「分かった。とにかく、支援課の方で何とかする」

「そうしてくれ」

「——と言ってる側から、何かあったみたいだ」

振動するスマートフォンをポケットから引っ張り出した。本橋。私は乾にうなずきかけ、立ち上がった。刑事課から廊下に出て、電話に出る。

「村野です」

「長住君をこっちに連れて来ました」

「どこにいたんですか？」

「自宅」

私は思わず溜息をついた。長住の奴、何を考えている？　どうせ出勤拒否するつもりなら、どこかへ逃げてしまえばいいのに。この状況で、誰かが捜しに行くとすれば、まず自宅だとは考えなかったのか？

「すぐ行きます……何か言ってますか？」

「特に言うことはない、と」

「性質《たち》の悪い容疑者みたいじゃないですか」

「まったく……」本橋も溜息をついた。「いずれにせよ、ここだけで抱えこむのはまずいですね」

「上に報告するんですか？」

「仕方ないでしょう」本橋の声は重く暗かった。「後でバレたら、さらに問題になります。できれば今日中に報告して、上の判断を仰ぎたい」

「……分かりました」

あの野郎……私は歯軋《はぎし》りしたい思いだった。このクソ忙しい時に、何を考えている？　もしかしたら支援課に対する嫌がらせか？

長住はポロシャツにジーンズという軽装で、足元はよりによってサンダルだった。パチンコにでも行こうという感じ。せめてきちんと靴ぐらいは履いてくるべきなのに……打ち合わせ用のテーブルについて腕を組み、両足をテーブルの下に放り出していた。正面には芦田が座り、長住を睨みつけている。私を見ると、芦田が露骨にほっとした表情を浮かべた。私は彼にうなずきかけ、隣に座った。長住がすっと姿勢を正し、上半身を直立させる。姿勢が定まると、胸の高い位置で腕を組んだ。

「何なんだ！」私はいきなり怒鳴りつけた。喉に痛みが走るぐらいに。普段――容疑者と対峙している時にも、こういうことは絶対にしない。今時、恫喝《どうかつ》は絶対に許されないし、そもそも自分のキャラでもないからだ。

長住はちらりと私を見ただけで、何も言わなかった——恫喝も効果なし。まだ腕は組んだままだった。

「お前が三浦記者を病室に侵入させたことは分かっている。どう見ても違法行為だ。警察官の立場を悪用した。どうしてあんなことをしたんだ？　三浦記者とはどんな関係なんだ？」

「質問は一つずつにしてくれませんか？」

「何だって？」

「シングルタスクなんで」長住が耳の上を指で突いた。「一度に一つしか処理できないんですよ」

私はゆっくり呼吸した。こいつのペースに巻きこまれるな——怒ったらこっちの負けだ。

「三浦記者とはどんな関係なんだ？」

「ノーコメント」

「どうしてあんなことをした？」

「ノーコメント」

「お前――」私はすっと言葉を呑んだ。気をつけろ……こいつは性質の悪い容疑者と同じだ。刑事を怒らせて、取り調べのペースを崩そうとしている。

「ノーコメントは答えになってないぞ」

「答えられないんだから、しょうがないでしょう」長住が肩をすくめる。

「あれが違法行為だということは分かってるな？　住居侵入の要件を十分満たす」

「そいつはどうかな」長住が反論した。「住居侵入は、『正当な理由がないのに』というのがそもそもの前提条件ですよ。取材は正当な理由に当たるんじゃないですか」

「入院中の患者にダメージを与えるような行為は、正当とは言えないだろう」

「俺はそれを判断する立場にないんで……しかし、取材は正当かつ社会的に必要な行為だと思いますよ。そもそも、大崎みたいなクソ野郎を守ってやる必要はないでしょう」

「お前、それは言い過ぎだ」私は忠告した。「支援課の人間としては、絶対に言ってはいけないことだ」

「俺は別に、支援課の人間だと思ってないんで……ここには、あくまで腰かけですよ」

「だったら次は、どこへ異動する？　お前みたいにいじけて、まともに仕事に取り組もうとしない人間を引き取ってくれる部署なんかないぞ。お前は警視庁にとってお荷物——」

「村野」芦田が警告を飛ばした。「余計なことは言うな」

「すみません」私は横を向いて、芦田に謝った。間違っても長住に頭は下げたくない。

「とにかく、大崎みたいな人間は、被害者家族とは言えませんよ」長住の悪口は続いた。「あの人は、警察のことも下僕ぐらいにしか思っていないんだから。自分が一番だと考えてるし、周りにいくらでもフォローしてくれる人がいる。そういう人を、わざわざ神経を遣って世話してやる必要はないでしょう」

「被害者は被害者だ。偏見の目で見るべきじゃない」

「百の犯罪には百の被害者がいる——村野さん、よくそんなことを言ってますよね？」

「だから？」

「その百人の中に、尊敬できない、世話を焼きたくない、近づきたくない——そんな被害者がいてもおかしくないでしょう」

「お前は普段から、支援課の仕事をきちんとこなしてないじゃないか。そんなことを言う資格はない」

「率直に言いますけどね」長住が前屈みになり、両手を組んでテーブルに置いた。

「大崎には、いろいろ黒い噂があるでしょう。民事で訴えられているケースもある。それにパワハラの噂の中には、刑事事件として立件できそうなものだってあるんですよ……つまりあの人は、潜在的に犯罪者なんです。犯罪者が犯罪被害者になる——そういう場合でも、被害者支援をするんですか？」

「ああ」私は短く認めた。

「反社会的な人間を守るのは、警察の仕事として正しいんですか？　ヤクザを守るようなものでしょう」そういう人間だと、そもそも警察の介入を拒むだろうが。そして、拒まれたら無理しないのは支援課の基本的なポリシーだ。

「場合によっては、暴力団員をケアすることだってある」

「俺は、警察のそういうところが嫌いなんですよ。杓子定規《しゃくしじょうぎ》なところが……とにかく、大崎は守るべき人間じゃない」

「だから、病院で三浦記者を誘導したのか」

「ノーコメント」

結局、肝心のことについては喋らないわけか……私には無理かもしれない、と早くも弱気になってくる。長住は平然とした様子で、またリラックスして姿勢を正した。

「『週刊ジャパン』に、『バンリューデザイン』の内幕に関する記事が出てただろう？　あれもお前がネタ元じゃなかったのか？　安斉優佳という女性と関係があったそうだな」

「ああ」衝撃的な指摘になるかと思っていたのだが、長住は平然としていた。「とっくに別れてますよ。彼女から内部情報を聞いたこともない」

「長住君、ちょっと」

課長室から出て来た本橋が声をかけた。長住が面倒臭そうに立ち上がる。本橋が私たちに何も告げず、長住を先導して出て行った。長住は部屋を出る直前、一瞬だけ振り返ってこちらをちらりと見る。

芦田が大きく溜息をつく。私もそれに釣られてしまった。

「ずっとあの調子なんですか？」

「ああ」芦田が渋い表情で答える。

「課長は今……」

「企画課だ。さっき、呼ばれていた」

総務部と警務部の組織は、警視庁の他の部とは違う。刑事部や組織犯罪対策部では「総務課」がトップ部署で部員を管理しているのだが、総務部には、一括してそういうことを行う部署はない。敢えて言えば、公安委員会室、総監秘書室などを抱える企画課がトップ部署だ。ただし、長住の件をどこがどう処理するのかはまだ分からない。総務部には警察官ではない一般職員もいるが、支援課の人間は基本的に警察官である。処分となれば、警務部の監察官室が担当するはずだ。

「取り敢えず、総務部として事情聴取ですか」

「そうなるな」

「難しいですね。目黒中央署は、この侵入事件を刑事事件として捜査するつもりはないようです。不祥事でも、事件でなければワンランク下がる……」

「分からんぞ」芦田が暗い声で言った。「上から横槍が入るかもしれない。立件する可能性もある」

「となると、長住は共犯ですか……」

厳しい処分は避けられないだろう。最悪、逮捕される可能性もある。その辺は、上層部の意向、そして各部署のせめぎ合いで決まる。警察は身内に甘い組織とよく言われるが、最近はそういうわけにはいかない。ひょんなことから情報が漏れて、激しい批判を浴びることもあるからだ。それを避けるためには、素早く処分して事実を公表する——仮に逮捕されなくても、長住は退職に追いこまれるかもしれない。そこまでいかなくとも、謹慎処分などを受けたら、その後引き受ける部署はないだろう……雀の涙ほどの退職金と引き換えに、さっさと身を引いてもらうのがお互いのためではないだろうか。

「あいつはやっぱり、支援課の時限爆弾だったな」芦田が溜息をつきながら言った。

「ええ」

「しかし、よく分からん。三浦記者とどうやってつながりができたのか……」

「うちのイベントがきっかけだったんじゃないかと思います」私は昨日調べた講演会のことを話した。

「いやあ、どうかな」芦田が首を捻る。「仮にそういう講演会で知り合っても、簡単に記者と関係ができるとは思えないんだ。俺たちは、そういうことに関してはうるさく教育されてるだろう？　それにそもそも、記者にとってもメリットはないはずだ。花形の捜査一課や二課の刑事ならともかく、支援課のスタッフと仲良くなってもネタが取れるわけじゃない」

「どうですかね……」支援課の活動自体がネタになる可能性は低いが、私たちは、事件とその被害者の裏の裏まで知っている。いい記事を書きたいと思ったら、ここへ話を聞きにくればいいのだ――こちらが話すかどうかは別にして。

「とにかくこの件は、ここから先は課長に任せるしかないな」

「そうですね……申し訳ないですが」

「何言ってるんだ。課長っていうのは、こういう面倒な事態に対処するためにいるんじゃないか」

「そもそも俺たち、面倒な事態ばかり起こしてませんか？」

「俺たち、じゃない。主にお前だ」芦田が真顔で言った。「一段落したら、課長を慰労することも考えないとな。その場合、お前が払いを持つんだぞ」

そんなことはどうでもいい。本橋を接待する金ぐらい、いくらでも出してやる。

問題は、私自身が小さな疑問を抱えこんでしまったことだ。自分がやっていることは本当に正しいのか……。

## 7

長住の処分については先送りになり、しばらくの間、自宅謹慎が決まった。実態は「謹慎」だが、名目は「溜まっている有給休暇の消化」。今後も企画課の事情聴取を受けながら、正式の処分を待つことになる。

こういう時は、静かに日常業務をこなして、平静な状態を取り戻したい――しかし悪いことに、この日の夜には支援センターとの会食の予定が入っていた。支援課と支援センターはシームレスに連携して動く――その理念を実現させるためにと、半年に一度、会食の機会が持たれるのだ。双方の出席者は、合わせて三十人を超える。

居酒屋を貸し切って行われた会合でも、私は気勢が上がらなかった。私だけでなく、支援課の方は全員が大人しかった。警察官だけではなく、公務員の呑み会というのはペースが早く、さっさと酔っ払った方が勝ち、という雰囲気もある。一番乱れるのは学校の先生の呑み会だという説があるが、警察官も同じようなものだろう。今回は長住の件があるから仕方がないとはいえ、まるで通夜振る舞いの席のよう――いや、通夜振る舞いの方がまだましかもしれない。悲しみもあるが、個人の思い出を語り合ってしみじみした気分になることもある。

会食はきっちり二時間で終わる。何だか疲れた……さっさと帰ろうと思ったところで、愛から声をかけられた。

「今日、どうかした？　ずっとぼうっとしてたけど」

「ああ、まあ……」

「少し話す？」

一瞬躊躇った後、私は「そうだな」と同意した。

「じゃあ、家まで送ってあげる。車で来てるから」

「君の運転だと怖いんだけどな」私は正直に言った。少し酒も入っているから、彼女の車の助手席に座ると悪酔いしそうだ。

「今日は特に、安全運転してあげるから」

車を停めた近くの駐車場まで行き、彼女が運転席に座るのを手伝う。愛は、下半身が不自由になってからの方が活発になった。それまでは自分で車を運転することもなかったのに、足を使わずに運転できるように改造した車を駆って、どこへでも行く。打ち合わせの時など、社員を乗せて、自らハンドルを握ることもしばしばだった。

それにしてもこの車はどうなのか……先代のBMW・M5。V8エンジンをツインターボで強化した獰猛《どうもう》なセダンだ。彼女が以前得々と話していたが、確か最高出力は五百六十馬力。これだけの大馬力を後輪だけで受け止めるのは、かなり無理がある。それを足踏みのアクセルではなく、手で操作するのは、私の感覚では無謀でしかない。

「どうしてこんな扱いにくい車にしたんだ」と訊ねたことがあるが、愛はすました表情で「どうせ乗るなら一番いい車にしたいじゃない」と平然と答えた。どうやら、彼女が車を選ぶ際に最も重視するのは馬力らしい。それならフェラーリやランボルギーニがいいのではないかと訊ねると——実際彼女は、そういうスーパーカーを毎年買い換えられるぐらいは稼いでいる——「乗りこみにくい車は駄目」ということだった。確かに、地面に貼りつくような低いフォルムの車では、乗り降りだけでも大変だろう。M5はバケモノだが、外観は普通の4ドアセダンである。

宣言通り、今夜は彼女の運転は滑らかだった。会食の会場になった四谷から中目黒までは三十分もかからない……そんな短い時間で自分のもやもやを解消できるか、自信はなかった。

「で？　どうしたの？　あなただけじゃなくて、支援課は全員おかしかったわよ」

「身内の恥を晒すようで情けないんだけど……長住がやらかした」

「そう言えば彼、今夜はいなかったわね」

「ああ」

私は昨夜からの事情を説明した。話し終えた後の彼女の最初の一言は「あらあら」だった。

「何だよ、その軽い言い方は」

「私のことじゃないもの。しょうがないでしょう」

「……そうだな」

「それで、何を悩んでいるの？　あなたが悩んでいてもしょうがない気がするけど」

「長住の弁解に、少しだけ納得できる部分があったんだ」

「どこが？」

「犯罪者を支える必要はあるのかって」

「なるほどね……」

短く応じてから、愛が黙りこんだ。車は外苑西《がいえんにし》通りに入っている。この辺りは基本的にビジネス街だが、道路沿いには普通のマンションも建ち並んでいる。ただし飲食店などは目立たず、人出は少なかった。

「分かるけど、あなたは仮定の話で悩んでるだけじゃない？」

「仮定か……」

「だって、大崎さんが実際に犯罪行為に手を染めていたかどうかは分からないでしょう。逮捕されたわけじゃないし……民法上の不法行為があったからと言って、必ずしも犯罪者とは言えないはずよ」

「それはそうなんだけど、訴訟を起こされたり、あれだけ報道されているんだから」

そして立件できなかったとはいえ、かつては警察にも目をつけられていた。

「あなたも、報道されることが全部真実だと思ってるの？」

ちらりと横を見ると、茶化すような台詞を口にしながらも、愛は真顔だった。

「そうは言わないけど」

「ええと、あれ、何て言うんだっけ？」

「何が」

「有罪判決が確定するまでは無罪」

「推定無罪、だ」

「そうそう、それ」愛の口調が少しだけ弾んだ。「その推定無罪って、逮捕された人に対して使われるものでしょう？　ただ逮捕されただけでは有罪とは言えない、ということよね？」

「法律の建前としてはね」

この件に関しては、理念と実態に乖離《かいり》がある。「推定無罪」は近代法の基本的な概念であり、国際人権規約にも明確に記載されている。いわゆる「疑わしきは罰せず」もこれと同じ考え方と言っていいだろう。しかし日本では、警察は徹底して捜査する。検察官も慎重だ。その結果、逮捕・起訴された被告が有罪判決を受ける確率は、九十九パーセントにもなる。これだけ高い有罪率がキープされていることを考えると、日本では「逮捕されたら有罪」とほぼ言い切ってしまっても大袈裟とは言えない。このような状況が前提になって、マスコミも容疑者の実名報道を行うし、例えば容疑者が会社員だったとすれば、勤務先の企業もいち早く処分する。さらにネットでも、こうやって報道された人を叩く動きがあり、推定無罪の原則は形骸化していると言っていい。

しかし実態がどうあれ、理念までが消えるわけではない。

「建前でも何でも、有罪になるまでは無罪。それを考えると、大崎さんは犯罪者でも何でもないでしょう？」

「分かるけど……今回のケースが特殊なのは分かってくれるだろう？　世間的にブラック企業と言われている会社の創業者が、犯罪被害者の家族になった——どう扱っていいか、正直こっちも困る」

「富山の事件も似たような感じだったじゃない」

「あれは逆――逆というのも変だけど、やっぱり違うよ」

富山でNAL機が墜落した事故では、犠牲者の一人が指名手配犯だった。つまり、犯罪者が事故の被害者になり、私たちはその家族を守らざるを得なくなった――似ているようで、今回のケースとはまったく違う。黒い噂があるとはいえ、大崎はあくまで犯罪者ではない。

「とにかく、原則を曲げなければいいんじゃない？　犯罪者と決まったわけじゃないから、大崎さんは、今はあくまでただの犯罪被害者よ」

「もしも今後、会社の問題が事件にまで発展したらどうする？　警察の中でも狙っている部署はあると思うよ」

「その時はその時でしょう。起きてもいないことを心配してもしょうがないわよ」

「先のことを考えて手を打っておくのも大事だと思うけどな」

「あなたはそれに縛られ過ぎて、身動きが取れなくなっているだけじゃない？」

愛は一見遠回りに思えるようなルートを取っていた。千駄ケ谷《せんだがや》に出て、明治《めいじ》通りへ。このまま東京メトロの明治神宮前《じんぐうまえ》駅辺りを通過して、渋谷で青山通りに出るつもりだろう。

「遠回りじゃないか？」私と話をする時間を稼ぐためではないかと読んだ。

「他のルートだと、渋谷駅前でだいたい渋滞に巻きこまれるのよ。明治通りから青山通りに入った方が混まないから。交差点で待たされるとストレスが溜まるのよね」

「ああ……」

「あなた、周りの人の目を気にしてるだけじゃないの？」

「そうかな」

「例えば警察の中でも、大崎さんを犯罪者扱いする人はいるでしょう？　ネットでも叩かれてるし……嫌な話だけど、美江さんが殺された時に、露骨に『ざまあみろ』なんて書きこむ人も結構いたのよね。あれはあれでストレス解消法なんでしょうけど、何も言わなくても同じように考えていた人は多かったはずよ。あくまで犯罪被害者の家族として扱おうと考えたのは、私たちぐらいじゃない？」

「特捜の連中だって同じ考えだぜ」

「そうかな……あの人たちは――普通の刑事さんは、被害者の立場なんかあまり考えていないのよね？　肝心なのは犯人逮捕でしょう」

「確かにそういう傾向はある」私は少し弱気になっていた。

「とにかく、基本を変えたら駄目よ。余計なことを考え始めたら、それだけで気持ちが揺らぐから」

「そうだな……」

「何で迷ってるの？　長住君のせい？」

「それもあるかもしれない」

「彼は、支援課の仕事を馬鹿にしている——理念もやり方も受けつけてないでしょう？　そんな人が何を言っても、気にすることはないわよ。私たちには今まで積み上げてきたものがあるし、それは絶対に間違っていないと思うわ」

「ただ大崎さんは、俺たちが積み上げてきたデータの枠に入らない人じゃないか」

「それは……そうね」それまで自信たっぷりに話してきた愛の口調が揺らいだ。「でもこの仕事は、いつも新しいパターンとの出会いじゃない。私たちは毎回、それを乗り越えてきたのよ」

「今まではね」話しているうちに、私はどんどん自信がなくなってきた。

「今回だけ駄目っていう根拠はないわよ。今までできたんだから、今回もきっとできる」

「君、昔はこんなに前向きじゃなかったよな。会社を作った頃は、毎日愚痴ばかりだった」

「最初はね……何とか軌道に乗ってからは、愚痴を言ってるのが馬鹿馬鹿しいって気づいたの。そんなことを考えたり言ってる暇があったら、新しい企画を考えたり、会議で前向きの発言をする方がよほど楽だから。正直、その方がお金になるし——愚痴はお金を産まないのよ」

「俺たちは、金のためにやってるわけじゃないけど」

「目的が金儲《かねもう》けだろうが人助けだろうが、同じ」愛が断定した。「とにかく前を向くこと。そうしないで自滅した人を、私はこの業界でたくさん見てる」

「犯罪被害者もな」救えなかった人たちの顔と名前が脳裏《のうり》を過ぎる。どうしても前を向けず、人生を立て直せずに自ら命を絶ってしまった犯罪被害者もいた。決して多くはないが、その度に味わった無力感は、他に比肩するものがない。二度とあんなことを経験したくないが故に、私は頑張っているのかもしれない。

「変えちゃ駄目よ」愛が強い口調で言った。「私たちが変わっちゃ駄目。どんな犯罪被害者にも同じ気持ちで接するのが大事なの。私たちが守らなければならない原則はそれだけなんだから」

相手が、これまでに出会った最も傲慢な犯罪被害者だったとしても？　素直にうなずけない自分に対して、私はかすかに嫌気がさしていた。

## 8

長住が自宅待機処分を受け、大崎も病室で大人しく静養中……週の後半と週末は静かに過ぎた。私は、いつ大崎から呼び出しがあってもいいように、ずっとスマートフォンを近くに置いていたのだが、結局連絡はなかった。

それまで慌ただしく動いてきたのが嘘のように、平穏な日々になる。となると逆に物足りなく感じるのが人間というもので、週明け、私は出勤した瞬間、乾に連絡を取ろうと思った。こちらからネタを振ってやったのに、今のところ犯人を逮捕したという情報は入っていない。名前、そして東京在住らしいということが分かっていて、まだ逮捕できないとなったら、警視庁の名折れだ。情報を提供した立場として、捜査の進捗《しんちょく》状況を聞く権利ぐらいはあるだろう——そう思ってスマートフォンを取り上げた瞬間に鳴ったので、私はびくりとした。かけてきたのは、まさに乾だった。

「今からちょっと出て来られるか？」乾がいきなり切り出した。

「大丈夫だけど、どうした」

「菊池の所在を確認した。これから身柄の確保に向かう。つき合わないか？」

「俺には、そういう権利はないよ」

「まあまあ、一種のオブザーバーということで……お前にはネタをもらったから、そのお礼だ」

「それがお礼になるかどうかは分からないけどな」

「だったらやめておくか？」

「いや、行く——場所は？」

大田《おおた》区矢口《やぐち》。環八から多摩川にかけて広がる地域だ。なるほど、と一瞬で合点がいった。多摩川河川敷には、草野球場がたくさんある。野球を楽しむにはいい環境——便利な場所に住んでいるわけだ。電話を切り、本橋に報告したが、彼は乗り気にならなかった。

「うちの業務とは関係ありませんね」

「大崎さんに報告する義務があります。目黒中央署の連中が言うよりも、私が言った方が角が立たないと思いますから。そのためには、逮捕の状況も見ておいた方がいいかと」

「そうですか……では、無理しないように」

「見ているだけですから、無理しようがありませんよ。それより、長住の方はどうなってるんですか？」

「今週も事情聴取がある予定です。上の方で——目黒中央署も含めてあれこれ相談しているようですが、私のところにまでは情報は入ってきませんね」

「入ってこないって……」私は眉をひそめた。「うちのスタッフじゃないですか」

「この件はもう、私の手を離れている、ということですよ」本橋が書類に目を落とす。

「何か分かったんですか？　長住が三浦記者とつるんでいた理由とか」

「それは、今話す必要はないでしょう」本橋が左腕を突き出して腕時計を示した。

「現場に行かないと間に合いませんよ」

何か知っている、と確信した。突っこめば喋るかもしれないが、彼が指摘する通りで、今は時間がない。後でチェックだな、と頭の中のメモ帳に書きこみ、私は課長室を辞した。芦田に行き先を告げ、上着に袖を通す。夏用のスーツを着てちょうどいい陽気——しかし今日は、気持ちが熱くなるだろう。

なってもらわないと困る。


菊池の自宅は、多摩川にも歩いて行ける住宅街の中にある、古い二階建ての小さなアパートだった。現場で落ち合った乾は、怒りを感じさせる締まった表情を浮かべている。家から逃げられたのだろうか?

「車の中で話そう」

彼に誘われるまま、覆面パトカーの助手席に落ち着いた。目につくところに、他に警察車両はない。万が一、菊池に見られた時に、警察が張り込んでいるのを見破られるのを避けるためだ。おそらく数人の私服刑事が、アパートを取り囲んで見張っているだろう。

「奴は何者なんだ？」

「まだはっきりしないんだが、仕事はしていないようだ」

「まあ、金がないのは間違いないと思うけど」かすかに見える古いアパートに視線を向けながら、私は答えた。「どうやって住所を割り出した？　免許か？」

「免許だったら、こんなに時間はかかっていない……いや、昔は免許を持っていたんだが、三年前に更新されないまま、失効している。当時の免許証記載の住所を確認したら、既に住所は移した後で、その追跡に時間がかかった」

「お前らにしては、確かにずいぶんゆっくりだったな」

「皮肉はよせよ」乾が厳しい口調で言った。「俺は、どうにも引っかかるんだ」

「何が」

「あの後、俺たちも大崎さんに何度も事情聴取した。ただし彼は、何も言わないんだ。犯人の顔を見て分かったということは、顔見知りだろう？　何か関係がある……俺たちはそれを知りたいんだが、本人は一切何も言わない」

俺が代わりに話を聴こうか、と言いかけて言葉を呑みこんだ。最近の私は、少しでしゃばり過ぎている。いい加減、自粛しておかないと、痛い目に遭うだろう。

「結局、逮捕してみないと分からない、ということか」

「ああ。ただ、手こずりそうな予感がしてるんだよ。今のところ、動機もはっきりしない。凶器だって、大崎さんが目撃した通り、練習用の短いバットだったら、処分するのも簡単だろう」

「そうだな。とにかく逮捕したら、きっちり喋らせるのはそっちの腕の見せ所だ」

私の指摘に、乾が嫌そうな表情を浮かべる。

「そうなんだが……どうもこのところ、うちの刑事課は不調だからな」

「休んでないからだよ。この週末も潰れたんじゃないか？」

「しょうがないだろう」乾が唇を尖らせる。「特捜に加えて、この事件の捜査も抱えてるんだ。応援ももらってるけど、とても人手が足りない。昨日と今日は、菊池の行動監視で潰れた。昨夜からここで徹夜している連中もいるんだ」

「菊池は、土日は何をしてたんだ？」

「野球」

「ああ……なるほど」大崎が言っていた通りだ。「大田区の草野球チームか？」

「そうだ。一年半ほど前から、『ラビッツ』という地元のチームに入ってる。土曜も日曜も、午後から多摩川の河川敷で試合だった。三番、センター。二試合で八打数五安打だった」

「なかなかの強打者じゃないか」

「そんなことはどうでもいいんだよ……試合が終わると、チームメートと飯を食いに行って、後はずっとアパートに籠《こも》っていた。チームメートと接触してさりげなく話を聞き出したんだが、やっぱり仕事はしていないようだな」

「だったら飯の種は？」

「分からん。実際、チームメートも知らないようだ。働いている気配もないんだが」

「そうか……畑中の方はどうなんだ？　完全自供したか？」

「いやあ……」乾の声が一段と暗くなる。「結局、山梨県警にいた時と同じだ。動機については何も喋っていない」

「共犯者は？」

「それについても、何も言わないんだ」乾が肩をすくめる。

「そうか……無事に起訴に持っていけそうなのか？」

「検察から厳しく指導されてるよ」乾が肩をすくめる。「犯行事実は間違いなく立証できると思うけど、肝心の動機がはっきりしないと、裁判では弱い。裁判員を納得させるのは難しいかもな」

「分かった。で、菊池はどうする？　いつ引っ張るんだ？」

乾がちらりと左手首を見た。そのままで「あと五分」と告げる。

「せっかく来たんだから、何か手伝おうか？」私は遠慮がちに切り出した。

「こういう時には、お前は当てにしてないよ。オブザーバーなんだから、見てるだけでいい」

「……そうか」役立たずの自分――明日からリハビリをきちんとやろう、と私は心に決めた。そう決めるのは百回目ぐらいか？

「よし、行こう」乾がドアを開けた。

「今日は何人来てるんだ？」

「七人」

「十分だな」

「お前は計算に入ってないぞ」

「分かってるよ。当てにされても困る」

私も外に出た。乾の後について、菊池のアパートへ向かう。既に、二人の刑事が階段の下にいた。一人は手すりに手をかけている。菊池の部屋は二階なのか。

乾はアパートから十メートルほど離れた電柱の陰に隠れた。私はさらに、彼の体を隠れ蓑にする。乾がまた腕時計に視線を落とした。

「裏に配置は？」私は訊ねた。二階建てのアパートの場合、その気になれば二階のベランダから飛び降りて脱出もできる。

「ぬかりない」乾がアパートを凝視したまま答えた。無線のマイクを口元に持っていくと、「三分前」と告げた。

しかし、乾の立てた作戦は崩壊した。彼がマイクに指示を終えた直後に、二階のドアが開いたのだ。

「クソ」乾がつぶやき、再び無線に向かって指示した。先ほどより声が高くなっている。「予定変更だ。すぐに確保！」

階段の下で待機していた二人の刑事が、足音高く階段を駆け上がっていく。それに気づいた菊池が、慌ててドアを閉めた。二人の刑事は激しくドアをノックしたものの、当然開くわけもない。乾は再びマイクを手にし、「一人裏に回れ！」と声を上げた。

道路を封鎖していた刑事の一人が駆け出し、すぐに姿を消した。二階の窓から逃げ出すのを警戒してだろう。玄関前にいる二人の刑事は、依然としてドアをノックし、ドアノブをがたがたと回している。二人の動きに焦りが見えた。

「まずいな……」乾がつぶやき、アパートに近づいて行った。

一人取り残され、急に不安になった。膝の自由が利かない私は、警察官としては中途半端な存在である。ここで大捕物でも始まったら、役に立たないどころか、足手まといになる可能性もある。

乾が階段に達した時、突然遠くで「表だ！」と声が上がった。二階から飛び降り、裏から逃げたな——私は急いで周囲を見回した。悪いことに、背後から一人の男が走って来る——間違いなく菊池だ。

膝が無事なら、正面からタックルして動きを止められる。しかし今の私にそれは無理だ——しかし次の瞬間、私の体は勝手に動いていた。狭い道路の中央に向かって、少しだけ体を動かした。何度も振り返りながら走っていた菊池は、私の存在が目に入らなかったようで、結果、軽く衝突——私は転んだが、スピードが出ていた菊池の方がダメージが大きかった。前方に一回転した時にどこかを打ったようで、情けない悲鳴を上げる。そこへ乾がいち早く駆けつけ、自ら体を路面に投げ出すように、腕を極めて押さえにかかった。私の背後で待機していた刑事もやって来て、菊池の手首に手錠を打つ。

「公務執行妨害、十時二十五分」まだ腕の関節を極めていた乾が、自分の左腕を高く上げて腕時計を確認する。

公務執行妨害？　私を転ばせたことが？　冗談じゃない。こんなことで乾の役に立てても嬉しくはない。


目黒中央署で状況を供述した後——まるで犯人扱いだった——私は大崎が入院している病院に向かった。ちょうど昼飯時だが、まずは大崎への報告が先だ。この件がクリアされれば、大崎が抱える問題は、美江を殺した畑中のことだけになる。

大崎は昼食を終えたばかりで、洗面台に向かって歯を磨いていた。頭を包帯に覆われ、パジャマ姿の大崎がそうしていると、妙に滑稽《こっけい》な感じだった。

「菊池を逮捕しましたよ」

「そうか」

大崎がこちらに顔を向けた。入院中にもかかわらず、きちんと髭を剃っている。ベッドに戻ろうとはせず、ソファに乱暴に腰を下ろした。私は彼の向かいに浅く腰かけた。

「無事に禁煙できそうだ。意外と簡単だったな」

「入院はいいきっかけですね」

「ああ」

私たちの前のテーブルには、ノートパソコンが載っている。私の方からは画面が見えないが……。「仕事ですか？」とつい訊ねた。

「会社にいなくても、十分仕事ができることが分かった。今は判子を押す必要もなくなったし」

「電子承認ですか？」

「そうだ」

彼は、一年前に導入した電子承認システムについてペラペラと喋った。肝心の用件はいいのか？　私が目を細めて首を傾げると、大崎は一つ咳払いをして「菊池はどうした」と訊ねた。

「今朝、十時二十五分に逮捕しました」

「それで？」

「現在取り調べ中ですが、黙秘しています」

「黙秘、ね」馬鹿にしたように大崎が言った。

「まだ凶器も見つかっていません。処分した可能性もあります」

「よほどの馬鹿でない限り、処分するだろう」

「そうですね……ちなみに、どういう知り合いなんですか？」

「知り合いだと言ったか？」

「名前と顔を知っているのは、知り合いだからじゃないですか」私は苛ついていた。謎めいた話し方をするのは、自分を大きく見せようとしているからかもしれないが、時間の無駄だ。

「私が野球少年だったことは知っているか？」

「いえ」初耳だった。先日、草野球チームを持っているとは言っていたが、「オーナー」のようなものだろうと思っていた。

「中学までは野球部だった。高校でもやろうと思っていたが、硬式では無理だったたな……ただその後も、いつも草野球チームでやってはいたんだ。うちの会社もチームを持っていて、新宿区の軟式野球連盟に入っている。私は、五十五歳まではプレーしていたんだぞ。五十五歳の時に腰を痛めて、強制的に引退させられたが……その後も監督は続けている」

「今もですか？」

「今は総監督だ。全部の試合を観るわけではないが……昔は、試合がある土日は、他のチームの試合も観戦していた。七試合か八試合ぐらいやるから、それこそ朝から夜までだよ」

それは度を越した野球ファンだ。自分でプレーするならともかく、他のチームの試合までチェックするのはやり過ぎ——まるで、プロ野球のスコアラーではないか。

「そこまで野球が好きなんですか？」

「ただ好きで観ているだけじゃないぞ」大崎がにやりと笑った。「スカウトのためだ」

「スカウト？」

「チームを強くするためには、常にいい選手を補充しないとな。新入社員も、野球経験がある人間を優先で採用しているが、戦力補強はいつでも考えている」

「引き抜きですか？」

「うちの社員にしてしまえば、そのままチームにも入れる」

か。

「そんなに簡単に話に乗ってくるものですか？」私は目を見開いた。「バンリュー」は給料も悪くないはずだが、草野球をきっかけに転職するような人がいるのだろうか。

「もちろん、そう簡単にはいかない。ただし、声をかける努力は続けなくてはいけないわけだ——菊池というのは、私の眼鏡に適《かな》った選手だったんだよ」

「この週末の二試合も、八打数五安打だったそうです」

「そうか」大崎がにやりと笑った。「腕は衰えていないようだな」

だからあなたの頭も正確にミートした——皮肉を思いついたが、何とか呑みこむ。最近の私は、大崎と話していると皮肉が浮かんでしまうことが多い。

「しかし彼は今、大田区に住んでいます。所属しているのも大田区のチームです」

「その辺の事情は知らん」大崎が急に真顔になった。「とにかく二年前は、新宿のチームにいた。『ファルコンズ』という名前で、特定の企業や役所のチームではなく、野球好きが集まった純粋な草野球チームだ」

私は念のため、手帳に「ファルコンズ」の名を書きこんだ。チームの代表の連絡先は、新宿区の軟式野球連盟にでも問い合わせれば分かるだろう。

「当時、彼は何をしていたんですか？」

「それは知らん」

「引き抜きしようとしたのに？　会社でも、自分の部下になるかもしれなかった人物ですよ」

「無礼なことに、あっさり断った。理由は何だと思う？　『そちらのチームカラーに合わない』だぞ。そんなことを、一介の選手が決めるべきじゃない」

「合わないというのは……どういうことですか？」監督気取りにもほどがある、と私は内心呆れた。

「うちは、こつこつヒットを重ねて、投手力で相手打線を抑えて勝つチームだ。そもそも軟式野球では長打は出にくいから、転がして内野の間を抜くヒットを打ち続けるしかない。しかし中には、長打力のある選手もいてな。菊池がそうだった。一人ぐらい、そういう選手がいてもいいと思ったんだが、奴はそう思わなかったようだな」

「『バンリュー』で働くのを嫌がったんじゃないですか？　ブラック企業の評判は誰でも知ってるでしょう」

一瞬、大崎の顔が真っ赤になった。しかしいつものように怒りは爆発せず、顔色もすぐに平静に戻る。

「お怒りになるかと思いましたが」予想外の反応に、思わず訊ねてしまった。

「医者に脅されたよ。いい加減、血圧を何とかしないと本格的にまずい。そのためには、とにかく怒らないこと――怒りが爆発しそうだと思ったら、まず五つ数えるよう

に と言われた」

まるで子どもに対する教え方だ。しかしどうやら彼は、その指示を素直に受け取っているらしい。よほど指導力のある医者なのだろうか。

「まあ、とにかくそういうことで、あの男の名前と顔は覚えていた」

「何か恨みを買うようなことでもあったんですか？」

「さっぱり分からん」大崎が首を横に振った。「何かで逆恨みされたとした考えられんが……分からんな。迂闊なことは言えない」

「そうですか……その辺の事情は、所轄に話しておきます。捜査のいいきっかけになると思います」

「ああ」

「それと、娘さんを殺した畑中ですが」

大崎の顔がまた紅潮したが、すぐに普通の顔色に戻った。五つ数える間もなく――五秒もかかっていない。彼は、瞬時に感情をコントロールする術を身につけたのかもしれない。

「動機については、未だに話していないそうです」

「そうか。まあ……もういいんじゃないかな」大崎がふっと目を逸らす。

「そういうわけにはいきません」

「しかし、娘を殺したことは自供しているんだろう?」

「ええ」

「だったら、無罪になることはないな」

「裁判では、動機も重要なんですよ。動機なき犯罪というのは、検事も裁判官も嫌います。裁判員も困惑するでしょうね」

「それは私が心配すべきことではない」大崎がぴしりと言った。「君たちは、事実関係だけをきちんと立証すればいいだろう。とにかく、この件は私にとっては終わりだ」

「まさか——まだ裁判も始まっていないんですよ」

「日本の警察は優秀だそうじゃないか。逮捕したら、まず有罪になる。それだけで十分だろう。これ以上騒ぎが長引くと、うちの仕事にもさし障る」

「大崎さん……」

「ご苦労だった」大崎がうなずく。まるで面倒な商談を上手くまとめた部下を労《ねぎら》うような態度だった。

病室を辞したが、私は妙な不安を抱いたままだった。

大崎の様子が変わった——何が変わったかは分からないが、先週の大崎とは明らかに別人である。

もう少し話すべきではないか？　しかし、大崎からすぐに情報を引き出せる自信はなかった。

# 第四部　黒幕

# 1

芦田に報告を入れ、その足で再び目黒中央署へ向かう。結局昼飯は抜いてしまった。気が急く――仕事の渦中に身を置いていないと、不安になるばかりだった。

乾は特捜本部の設置された会議室にいて、電話で話していた。明らかに忙しそうで、声をかけるのも躊躇われたが、彼の前に立って電話が終わるのを待つ。乾はすぐ私に気づいたが、何のアクションも見せない。

電話はなかなか終わらない。途中、私は椅子を引いてきて座った。乾は私の存在を無視するように、電話での会話に集中している。ようやく話し終えると、長く息を吐いて、両手で顔を擦った。

「菊池はどうだ？　弁録は取り終えたか？」容疑者を逮捕すると、警察はまず容疑者に事情聴取して、逮捕事実を確認する「弁解録取書」と、履歴書とも言える「身上調書」を作成する。

「ああ」乾の顔が歪む。「弁録は、不自然な内容になったけどな」

「黙秘か？」

「やっていない、と一言否認して、それで終わりだ。後は完黙。身上調書も作れない」

「空っぽだな」

「そういうことだ」乾が悔しそうに表情を歪める。

「ちょっとだけ手助けしてやるよ。情報があるんだ。大崎さんは、菊池を昔から知っていた――少なくとも二年前から」

「何だって？」乾が目を見開く。

私は彼から聞いた事情を説明した。乾が手帳に素早くペンを走らせる。

「チーム名はファルコンズ、だな？」

「ああ」

「それは調べられるだろう」乾が受話器を取り上げる。

「本当かどうかは分からないけどな」

「何だと？」乾が顔を上げた。乱暴に受話器を戻すと「どういう意味だ？」と訊ねる。

「どうも、大崎さんは信用できない」

「お前が言うと、深刻な問題に聞こえるぞ」

「ああ……とにかく、もう少し話してみるよ。何かがおかしい——大崎さんが嘘をついているような気がするんだ」

「うちはまず、このファルコンズというチームを調べるよ」乾が手帳のページをペン先で突いた。「問題はこのチームが本当に存在していたのか、そして菊池が在籍していたのか、だな」

「ああ」私は思いついて話題を変えた。「ところで、三浦記者の件はどうなってる？」

「逮捕はしない。厳重注意で終了だ……お前のところの長住の件だな？」

「謹慎させられてるんだけど、三浦記者が逮捕されるかどうかで、処分の重さも決まると思うんだ」

「お前はどう考えてるんだ？　重い処分の方がいいのか、それとも軽くか……」

「それは——自分でも分からないから困る」

病院へ取って返すと、うつむき加減に病室から廊下に出て来た臼井とぶつかりそうになった。

「失礼——ああ、村野さん」臼井の表情が、深刻なものから、いつもの穏やかな笑みに変わる。

「どうしたんですか？　今日も仕事の話ですか？」

「まあ、そんなところです。いろいろ細かい話もありましてね……ちょっとお時間をいただいていいですか？」臼井が切り出す。

「ええ」大崎と話をするつもりだったが、急ぐことではない。「ちょっとお茶でも飲みますか？　病院のすぐ近くにカフェがありますよ」

「時間がもったいないですね。私、車で来てるんですが、そちらで話しませんか？」

瞬時に、緊張感が背筋を走り抜ける。人に聞かれたくない話があるのだ、と分かった。

「いいですよ。でも、専務が自ら運転するんですか？」

「うちはそんなものです。社長と副社長――亨さん以外には、専用車はありませんから」

というわけで、臼井が乗ってきたのはボディのサイドにでかでかと「バンリュー」の名前とロゴが入った営業車だった。これは目立ってよくないな……。

「何か相談でもあるんですか？」

「ちょっとネットの方がね」臼井が渋い表情で切り出す。「今回、犯人が分かって、いろいろ噂が出ているのはご存じでしょう」

「ええ。全部をチェックしているわけではありませんが」大抵は大崎と「バンリュー」に対する悪口だ。「今日は、社長とその話ですか？」

「一応、弁護士に相談が必要かと……その許可を得ようと思ったんです」

「そこまで重要な問題ですか？」

「無視できることとできないことがありますよね。無視できないことというのは……美江さんと社長の関係なんですけどね」

「それが何か？」支援課でもネット情報はチェックしているが、父娘関係に言及したような噂を見た記憶はない。

「ご存じない？」

「申し訳ないですが、噂を全てチェックするのは不可能です」

「そうでしょうね……」臼井が溜息をつく。「こういうことを警察の人に言っていいかどうか、分からないんですが……」

「何でも言って下さい。ここで出た話は秘密にします」嘘。私は弁護士ではない。弁護士なら、依頼人の秘密を守らねばならないだろうが、警察官は捜査を優先する。事件に結びつくような情報でも出てくれば、乾に話さざるを得ない。

「美江さんを殺すように指示したのは社長だ、と」

「その話は、二年前にも出ていましたよね。タチの悪い噂でしょう」もちろん、人が殺されて犯人が分からなければ、警察はまず家族を疑う。二年前、特捜本部もその線で捜査を進めていたはずだ。何かあれば、とうに割り出していただろう。

「それが蒸し返されたんですよ。しかも今度は、さらに余計なディテールがくっついて。たぶん、うちの会社を辞めた人間が噂を流しているんじゃないかと思うんです。内部の人間しか知らない情報もありますから」

「例えば？」

「社長と美江さんは、結構深刻に対立していたんです」

「深刻というのは、命のやり取りに発展するようなことですか？」

「いや、そこまでは……あくまで経営上の問題です。『バンリューデザイン』で、美江さんが社長の期待していたほどの実績を上げられなかったことが原因なんですけどね」

「仕事は『バンリュー』から受けていただけじゃないんですか？」

「昔はね。美江さんは社長になる時、今後は『バンリュー』の仕事だけでなく、他からの依頼も積極的に受けて、一流の建築デザイン会社を目指す、と宣言していました」

「それが上手くいかなかった、と」

「結果的にはね。美江さんは、何かと見栄《みえ》っ張《ぱ》りなところがあって、お父さんを超えたいと思っていたのでしょう。それぐらいだったら可愛い話ですが、美江さんが社長になってから、社員の退社が相次いだんです」

「その辺の話は、二年前にも聞きましたね」

「まあ、あの頃も『バンリューデザイン』の社内は大変だったんですよ。社長は、美江さんに責任を取らせることも考えておられたんですが……それはトラブルと言うべきですかね？」

「会社内部ではよくある問題でしょうが、そこに親子関係が入りこむから厄介なことになるんでしょうね」

「オーナー企業では、どこでもある問題かもしれません」臼井がうなずく。「どういう形で会社を後継者に譲り渡すかは、難しいことです」

「ご長男が継がれることになっているんじゃないんですか？」

「それは、まあ……周りはそう見るでしょうね」乾の口調が曖昧になる。

「違うんですか？」

「社長の胸の内は、私にも分かりませんよ」臼井が力なく首を振った。

私は、長男の亨とは何度か会話をかわしただけだが、少し頼りない印象を抱いていた。三十代半ばという年齢のせいもあるかもしれないが、海千山千の大崎に比べれば、まだまだ線は細い。それこそ大崎は、犯罪すれすれ——実際には犯罪行為もあっただろう——の危険な橋を渡って、「バンリュー」をここまで大きくしてきたはずだ。こういう独裁的なタイプの創業者は、自分が永遠に会社を掌握していけると信じているのではないだろうか。とはいえ、息子にも何かを残したい……幼い頃から帝王学を学ばせるか、甘えさせるか、難しいところだ。厳しく躾《しつ》けているつもりでも、どこかで甘やかしてしまうこともあっただろう。亨は、まさにそうやって成長してきたのではないかと思えた。その結果、父親に頭が上がらず、父親より二回りほど小さい後継者に育った……。

「亡くなった美江さんの方が、野心的だったんじゃないですか？」

「確かにそれはあります。留学について、亨さんは社長に言われてだったんですが、美江さんはご自分で言い出したし、とにかく『バンリューデザイン』を大きな会社にしたいと頑張ってきたんです。ただ、やはり経験不足は否めませんでしたね。社長似で、独善的なところがあったのも間違いない……まあ、こんな話をしてもしょうがないですね」

臼井が急に話を引っこめた。こういう話には興味を惹《ひ》かれるのだが、単なる雑談に流れかねない。私の方で、病院訪問の目的を切り出した。

「取り敢えず、大崎さんに情勢をお知らせしようと思いまして。はっきりしないこともあるので、確認できればありがたいです」

「あまり無理はされないように……元気は元気ですが、やはり怪我人ですから」

「分かってます」私はうなずき、車を出た。

重傷とはいえ、大崎はやはり元気そうに見えた。頭の包帯がなければ、とても入院している重傷者には見えない。右肘の方はもう何ともないようで、自由に動かしている。

「また君か」大崎が苦笑した。「ついさっき帰ったばかりじゃないか」

「ご機嫌伺いは大事ですよ。営業もそうじゃないんですか？　用事もないのに顔を出して、取り敢えず顔と名前を覚えてもらう——」

「君は、うちの会社に転職するつもりか？」

「いえ——」あんな会社で働くつもりはない。しかしそんな本音を口にすると、大崎はまた激怒するだろう。「今の仕事で十分満足しています」

「公務員は、仕事をなくすことはないからな」

「ヘマをすれば、馘にもなりますよ」

「君は、そういうヘマはしそうにないな」

大崎がベッドから抜け出した。テレビから低い音が流れ出していたが、リモコンで電源を切る。途端に、病室の中はやけに静かになった。ソファに乱暴に腰かけると、目の前に置いてあったペットボトルのキャップを開ける。乱暴に水を飲むと、濡れた顎を拳で擦った。

私は彼の向かいに座り、状況を説明した。完全黙秘が続いている——大崎はまた激怒するかもしれないと思ったが、顔色はまったく変わらなかった。自分を襲った犯人の動向に、急に関心をなくしてしまったようだった。

「まあ、その辺は警察に任せるよ」

「もちろん、しっかり仕事をします」

「実はね……私は少し休もうかと思っている」

「それは大事なことですね」私は、自分の入院生活を思い出しながら肯定した。あれは単なる暇な地獄で、休暇とは言えなかった。「体を治すのが第一です。余計なことを考えず、休んで下さい」

「いや、そういう意味じゃない」

「と言いますと？」

「ゆっくり海外へでも行ってこようと思うんだ」

「ああ、いいですね」この発言は意外……大崎は急に弱気になってしまったようだ。

「どこですか？」

「そこまでは決めていない。ただ、一ヵ月や二ヵ月俺がいなくても、会社はきちんと回るだろう」

「私のような公務員がこういうことを言うのも何ですが……いつかは引退しないといけませんしね」先ほどの臼井の話が、脳裏に蘇る。「会社を次の世代に移行させるためにも、少しずつ仕事を減らした方がいいんじゃないですか？——すみません、生意気言いました」

「いや、君も組織のことがなかなか分かってるじゃないか」大崎がニヤリと笑う。

「まったくその通りで、そこで失敗する経営者は多いんだ。特にうちのように、一代で大きくなった企業はな。私は引き継ぎで失敗したくない。これだけ大勢の社員が働いているんだから、彼らを路頭に迷わせることはできないんだ」

「息子さん——ご長男が跡を継ぐことは既定路線になっているんじゃないですか？」

「その様子見のためもある」大崎が真顔でうなずいた。

「息子さんは、すぐ側で大崎さんの仕事を学んできたはずですよね。後継者としての教育もきっちりやられたのでは？」

「人は、競い合わないと成長しない」いかにも意味深な感じ——深刻な表情で大崎が言った。

「競い合う相手というのは……美江さんのことですか？　兄妹それぞれに会社の重大なポジションを任せて、優秀な方を後継者にする、とでも考えていらっしゃったんですか？」

「それはもう、叶わないがな」大崎が首を横に振った。さすがに、声に元気がない。大崎が、急に盛大な溜息をついた。まるで、会社の行く末がにわかに怪しくなってきたとでもいうように。私の感覚では、海外に行っているような暇はないはずだ。怪我が癒《い》えて退院したら、自分が不在の間のブランクを埋めるために、今まで以上に必死に働くのではないだろうか。当面、後継問題どころではあるまい。

「あまり難しいことを考えない方がいいんじゃないですか？　ストレスが溜まりますよ」

「人間はある年齢になると、急に引退を考えるようになるんだ。新しくやりたいことがなくなって、取り敢えず安楽に休んでいたくなる。そうなる年齢は、人によって違う……五十かもしれないし、六十かもしれない。七十になっても、まだやる気満々で新しいことに取り組む気がある人もいるだろう。そういう人はだいたい、毎日必死に楽しく働き続けて、ある日突然倒れて死ぬ。安楽な生活には縁がないまま――どっちが幸せなのか分からんな」

「大崎さんは、まだまだ休みたくなるようには見えませんが」

「休みたくはない」大崎が真顔で言って私の顔を凝視した。「ただし、全て放り出したくなる時があるのも事実だ。オーストラリアにでも行って、これからゆっくり暮らせる物件を探してくるとするか」

「オーストラリア、お好きなんですか？」

「安全な場所ならどこでもいい――家に帰った途端、いきなり人に襲われるようなことがなければ、それで十分だ」

## 2

その週は、大きな動きはなく過ぎた。逮捕された畑中、菊池の取り調べは依然として難航している。畑中は素直に反省の色を見せており、美江を殺した場面の話になると涙を流すこともあるものの、動機については一切語ろうとしなかった。一方菊池は、雑談には応じるようになってきたが、大崎を襲った件に関しては黙秘を貫いている。こうなってくると、起訴も危うい。大崎は菊池の写真を見て、自分を襲ったのは間違いなくこの男だと証言したが、今のところ物証はなかった。もちろん、逮捕容疑はあくまで「公務執行妨害」であり、それでしばらくは勾留できるのだが、問題はその先だ。

金曜日の午後、私は乾に電話をかけた。月曜日以来話すのを遠慮していたのだが、さすがにこれほど動きがないと焦れてくる。

乾はやはり——いつもと同じように——疲れ切っていた。声を聞いただけでそれと分かるぐらいで、そのうち過労死してしまうのではないかと、私は本気で心配になった。

「菊池がな……」彼にとって菊池は、すっかり頭痛のタネになってしまったようだった。

「雑談はするんだろう？」

「特に野球ネタになると、調子に乗りやがる。お前が相手だったら、半日ぐらい平気で喋るだろうな」

「ネタは？」

「大リーグ」

「だったら、丸一日でも大丈夫だよ。どうしようもなくなったら、俺が雑談をしに行く」いくら雑談が盛り上がっても、取り調べにはならないのだが。

「そう言えば、奴の部屋は大リーグのグッズだらけだったな」

「だらけって？」

「常軌を逸してるんだ。商売でも始められそうなぐらい、揃ってる」

「そうか」相槌を打ちながら、私はかすかな違和感を覚えていた。

「クローゼットに自分の服がほとんどなくて、ユニフォームばかりかかっているぐらいだから、相当なもんだろう？」

「ちょっと待て」私は声のトーンを少し高めた。

「ああ？」

「そういうものは、よく調べたのか？」

「いや……事件には直接関係なさそうだからな。何か隠してないかどうかは、入念にチェックしたけど」

「そのクローゼット、ちょっと俺が見てみていいかな」

「何で？」

「いや……気になるだけだ。別に、お前に立ち会ってくれとは言わないよ。鍵を貸してくれれば、一人で行く」

「そうもいかねえよ……どうしても見たいのか？」

「ああ」ぼんやりした疑念……しかし私は、できるだけ強い口調をキープした。「何かにつながるかもしれない」

「しょうがねえな……坂下を行かせるよ」

「申し訳ない」

電話を切って、私は出かける準備をした。金曜の午後に、大リーググッズの観賞会……頭の中では強い疑念が渦巻いていたが、自分のやることに何か意味があるのか、確信はなかった。

坂下は見るからにうんざりした表情だった。こういう時は、ひたすら下手に出るに限る。

「申し訳ないな、特捜も忙しい時に」

「いや、まあ……下っ端は言われるままに動くだけですから」

坂下が苦笑した。少しは自分の意思を押し通さないと――しかしそういうことを口にすると下らない説教になってしまうので、私は改めて礼を言うに止《とど》めた。

坂下が鍵を開けてくれて、私は先に部屋に入った。1DKの狭い部屋で、キッチンには使っていた形跡がある。冷蔵庫を開けて確認すると、中には食材がそこそこ入っていた。既に賞味期限が切れてしまったものもあるが――逮捕されて四日経つのだ――彼が自炊していたのは間違いない。他に、粉末プロテインの大きな缶、それを溶かして飲むためのプラスティック製の容器もあった。

「菊池は、そんなにでかくないよな？」私は坂下に確認した。

「百七十五センチです。ただ、すごい体してますよ。現役のアスリート的な」

「相当本格的に野球をやってたんだな」

「所詮、草野球なんですけどね」馬鹿にしたように坂下が言った。黙秘を貫く菊池に対して、いい印象を抱いていないのは間違いない。

キッチンの片隅には、バットケースが二つ。その上に、よく使いこまれた濃い茶色のグローブがちょこんと置かれている。長押《なげし》にはユニフォームがかかっていた。白をベースに、背中の名前や背番号が金色という派手さだった。そういうのも、いかにも草野球らしい。土日の試合の後に洗濯して、そのままになっているのだろうか。

キッチンに続く六畳間には、ろくにものがなかった。布団が丸めて部屋の片隅に置いてあり、他にはテレビ……寝て、テレビを見るだけの生活だったのか。

「結局、菊池は仕事はしてなかったのか？」私は坂下に訊ねた。

「現在は無職ですね」

「銀行の口座の残高は？」

「十万六千円」坂下が即座に答える。

「ここの家賃は？」

「五万二千円です。引き落としで、毎月問題なく払われていたそうです。口座の金の出入りは調べたんですが、毎月二十日前後に、家賃分の現金を自分の口座に振りこんでいたようですね」

「どうしてそんな面倒臭いことを？」

「さあ」坂下が首を捻る。「その辺のことになると、まったく喋らないんです」

「別の口座はない？」

「確認しましたけど、ないですね。少なくとも現段階では見つかってません」

意味が分からない……毎月家賃分の金を口座に振りこんでいたということは、何か仕事をしていたか、あるいはまとまった現金を持っていたか、どちらかだ。仕事をしていないという坂下の言葉を信用するとすれば、どこかに金があるはずだ。

「この部屋のガサは、徹底してやったんだよな？」

「もちろんです」

「金は出てこなかった？」

「ええ」

「そうか……」

私はクローゼットを開けた。確かに店が開けそう……クローゼットのスペースのほとんどが、ユニフォームで埋まっていた。調べて見ると全て新品で、値札もついたままである。特定のチームのユニフォームに限って集めていたわけではなく、バラバラ。ニューヨークの二つのチーム――ヤンキースとメッツ――もあるし、ジャイアンツ、アスレチックス、ドジャース、エンゼルス、パドレス、マリナーズと、西海岸のチームは全て揃っていた。逆に、中西部や南部のチームはない。なるほど……ニューヨークと西海岸は、日本からも行きやすい。

値札を見た限り、全てアメリカで買ったもののようだ。オフィシャルなユニフォームを輸入して売る店もあるが、そういう場合、元の値札の上に日本の価格を貼るものだ。

ユニフォームだけではない。クローゼットの下の方には、様々なグッズが置いてあった。サインボール、キャップ、ミニバットなど……このミニバットは、大崎を襲った凶器ではあるまい。長さはわずか二十センチ、少し太い鉛筆のサイズだ。

その他に、ビニール製の袋をいくつも見つけた。いずれも球場や街中にあるクラブショップのもので、菊池が何度も渡米して大リーグ観戦をしていたのは間違いない。

一瞬、羨望《せんぼう》の念が盛り上がってきたが、すぐに疑念がそれを上回った。

無職、安いアパートに一人で暮らしている人間が、どうして何度も渡米できる？飛行機のチケットと宿代、それに向こうでの観戦費を含めると、大リーグ観戦ツアーはそれほど安く上がるものではない。私自身、何度も渡米を計画して予算を立ててみたことがあるから、だいたいいくらぐらいかかるかは分かっている。それに加えて大量のグッズ。これだって安いものではないから、ツアー一回当たり、かなりの金がかかっただろう。

その金はどこから出た？

「菊池の渡航歴は調べたか？」

「いや、それはやってないと思います」

私は腕時計を見た。午後二時半……今ならまだ、照会は可能だろう。このチャンスを逃せば、確認は来週になってしまう。それまでは待てない。

坂下が電話をかけている間、私はグッズでいっぱいになったクローゼットの中をさらにチェックしていった。メッツのマスコットキャラクター「ミスターメッツ」を模した時計が目に入る。まだパッケージに入ったままで、針は動いていなかった。

「渡航記録のチェックをお願いしました」坂下が電話を切って報告する。

「分かった」

私はスマートフォンでグッズの写真を撮影した。全てのユニフォームを取り出して一枚ずつ撮影するのは不可能だから、全体の写真、そして数枚だけを撮る。値札も拡大して写真に収めた。

「俺が菊池と直接話すと、まずいかな」私は切り出した。

「それは……まずいんじゃないですかね」坂下が自信なげに言った。「一応、うちの事件ですし」

「雑談でも駄目かな？」私は乾との会話を思い出していた。出しゃばらないようにしよう……最近はずっとそう思って動いていたのだが、この刺激は強過ぎた。

大リーグの話——警視庁で一番の適任は自分だ、という自負がある。

乾と——さらに目黒中央署の刑事課長と一悶着あったが、私は結局菊池と話せることになった。それだけ、目黒中央署も菊池の扱いに困っているのだろう。

「一応、俺も入るぞ」乾が申し出た。

「一応じゃなくて、ちゃんと頼むよ……ただ、本当に雑談で終わる可能性もあるぞ」

「期待しないで見てるよ」乾が肩をすくめる。

菊池とは逮捕の時に一瞬接触しただけで、その後は会っていないので、はっきりした印象はなかった。しかし、キッチンに置いてあったプロテインで予測できていた通り、かなりガッチリした体格である。身長こそ平均より少し高いぐらいだが、上半身は逆三角形、Tシャツ一枚なので、肩幅の広さと腕の太さが目立つ。野球選手は必ずしも筋骨隆々になる必要はないというのだが……余分な筋肉は、スムーズなピッチングやバッティングを阻害すると聞いたことがある。よく日焼けしているが、必ずしも健康そうには見えない。髭が中途半端に伸び、不潔な感じもあった。

「犯罪被害者支援課の村野と言います」

名乗り、私はスマートフォンを傍《そば》に置いた。菊池の視線がそれを追う。彼のスマートフォンは押収されたまま——現代の日本人は、スマートフォンがなくなると急に不安になるだろう。

「菊池省吾さん。今日は、取り調べとは直接関係ない話を聞きにきました」

「何だよ、それ」面倒臭そうに菊池が言った。

「あなた、野球が好きなんですね」

「その話は散々したよ」不貞腐れたように唇を歪める。

「草野球じゃなくて、大リーグの話なんですけどね……どこのファンなんですか？」

「そんなこと、何の関係がある？」話に乗ってくる気配はない。

「関係はないですけど、私も大リーグファンなもので」私はできるだけ穏やかな笑顔、口調を意識した。「私は特に、メッツファンです」実際には私は、特定のチームのファンではない。強《し》いて言えば、大リーグ全体のファンだ。

「物好きな……」馬鹿にしたように菊池が言った。

「物好きですか」引っかかった、と私は確信した。

「勝てないチームを応援しても面白くないだろう」

「確かに、メッツはなかなか勝てませんね」

「あそこは、二十年に一度ぐらい盛り上がってればいいんだよ」

「まあ……そんな感じですね」

一九六二年の球団創設以来、四年連続でシーズン百敗以上を記録したメッツは、長年ナ・リーグのお荷物球団だった。しかし一九六九年に奇跡のワールドシリーズ優勝を果たし、それから二十年近く経った一九八六年にも、激闘の末にレッドソックスを振り切って世界一になっている。その後は混迷期……二〇〇〇年、二〇一五年にはワールドシリーズに進出したものの、いずれも一勝しかできずにあっさり敗退している。

「ナ・リーグではなくア・リーグの方が好きとか？」

「特定の球団には興味がないね」

クローゼットを見れば分かる。特定の球団が好きだったら、そのチームの選手のユニフォームを集中的に集めようとするだろう。ただし大リーグの場合、毎年のように選手が入れ替わり、五年もするとまったく別のチームになってしまうから、全選手のユニフォームをコンプリートするのは極めて難しい。可能なのは、特定の年のメンバーという集め方だろう。

「大リーグ全体のファンということですね？　日本人選手はどうですか？」

「日本人選手という枠組みでは観てないよ」馬鹿にしたように菊池が言った。通を気取る大リーグファンがよく見せる態度だ。

「いいプレーを観せてくれる選手なら誰でもいい、ということですか」

「それが野球本来の見方だろう？」

「同意します」

私は右手を軽く上げた。それを見て、菊池がまた馬鹿にしたような表情を浮かべる。

「現地でも相当観てるんですか」

「いや」

「本当にそうですか？」短い否定が、私の気持ちに火を点けた。「あなたの家、調べさせてもらいました。クローゼットが大リーグのグッズで埋まっていますよね？　あれは全部現地で買ったものでしょう」

「どうして分かる？」

「日本で買ったら、ちゃんと日本円で値段が書いてあるはずです」

「だから？」

「あれだけ大量のグッズを、一回の渡米で買って来るのは難しいですよね。何度もアメリカに行っている——ずいぶん余裕がありますね。私も、アメリカで大リーグを生で観戦したいんですけど、なかなか夢が叶いません」

菊池が黙りこんだ。腕を組むと、太い筋肉が盛り上がる——そうやって筋肉自慢ができるのも今のうちだぞ、と私は皮肉に思った。刑務所に入ることになれば、野球どころかトレーニングも満足にできなくなる。出所して来る頃には、だぶだぶの体になってしまっているだろう。

取調室のドアが開き、坂下が顔を覗かせた。私が振り向いてうなずきかけると、坂下が室内に入り、一枚の紙片を差し出してきた。折り畳《たた》んだメモ——私は自分の顔の前でメモを広げ、内容を確認した。

「一昨年から今年にかけて渡米七回」とある。それぞれの日程も……全て大リーグのシーズン中だと、私はすぐに気づいた。

「菊池さん」私はメモを畳んでスマートフォンの下に置いた。「あなたはこの二年で、アメリカに七回も行っている。いったいいくらかかったんですか？ 格安の飛行機のチケットに安いホテル、食事は全部ファストフードにしても、大リーグの試合のチケット代とグッズ代を入れれば、かなりの予算が必要でしょう。どれぐらい費やしたんですか？ 当然、百万円ぐらいでは済まないですよね」

菊池が唇を噛む。私と目を合わせようとはしない……必死で考えているのが分かった。つまり、この事実を認めると、さらに面倒な状況に巻きこまれると分かっているのだ。

問題はやはり、その資金の出所だ。

「菊池さん、あなた、今は仕事はしていないんでしょう？ それなのに二年の間に七回も渡米したり、毎週末には呑気に野球に興じている。どういうことですか？」

返事はない。適当な言い訳を思いつかないのだろう。少し強い刺激を与えることにして、乾に声をかけた。

「尿検査はやったのか？」

「いや」私の向かいで、背中を壁に預けて立っていた乾が短く答える。

「ドラッグ関係を考えた方がいいんじゃないかな。これだけ頻繁に渡米していたら、密輸にかかわっていた可能性もある。本人の使用も疑った方がいい」

「確かにな。じゃあ、早速――」

「冗談じゃねえ！」菊池が急に声を張り上げ、乾の脅しを遮《さえぎ》った。「ヤクなんか関係ねえよ」

「だったらどうしてアメリカに？」私は突っこんだ。

「野球を観にいっただけだろうが。何か問題あるのか？」

「いや、まったく」私は首を横に振った。「羨《うらや》ましい限りです……で、その資金はどこから出たんですか？」

「貯金だよ」

「貯金ねえ……しかし、あなたの銀行口座の残高は、十万六千円しかない。毎月、家賃の引き落とし用に入金はしているようですが、他に金が入ってきている気配はない。つまり、基本は現金でのやり取りなんですよね。いったいいつ、どうやって金を貯めたんですか？」

「昔からの積み重ねだよ」

「あなたはまともに働いたことがない……高校を卒業して就職した携帯電話の販売会社が倒産してからは、職を転々としていましたね？　金を貯めるような余裕はなかったはずだ。それに、家賃だけを口座に振りこむような行為は無駄でしょう。基本的には口座に金を入れておいて、勝手に引き落としにする——この不自然な状況を見て、私は一つの結論に達しました」

「ああ？」

「あなたは、かなりまとまった額の金を現金で持っていたはずだ。それを一気に口座に預ければ、怪しまれる可能性もある。だから取り敢えず手元に持っていて、必要な時だけそこから使うようにしていた。ところが、あなたの家からは、大金は見つかっていない。あなたが持っている金は、銀行の口座にある十万六千円と、逮捕された時に財布に入っていた一万二千五百六十二円だけです。金はどこへ行ったんですか？　使い切ったんですか？　いくら貰ったんですか？」

菊池がいきなり立ち上がる。乾が素早く近づき、肩に両手を置いて体重をかけた。菊池はしばらく抵抗して同じ姿勢を取り続けていた。その間ずっと、私を睨みつける。しかしその目は赤くなり、涙の膜《まく》ができていた。悲しい？　いや、悔しいのだ。何とか上手く警察から逃げ回ってきたのに、ここでバレてしまうとは……。

菊池がへたりこむ。急に力が抜け、体も萎《しぼ》んでしまったようだった。

「原資はいくらあったんだ？」私は一気に口調を変えた。

「……三百万」

「何か、やばい商売をして手に入れた金か？」

「さあね」

「いい加減に諦めろよ。あんたは、大崎さんとは二年前からの知り合いだそうだな。あの人との間に何かあったのか？　その三百万円は、大崎さんと関係あるのか？」

「言えないな」

「分かった。じゃあ、面通しついでに大崎さんに会ってみるか？　あの人を前にして、まだ嘘がつけるか？」

「言うことはない」

「大崎さんと揉めたのか、それとも誰かに頼まれて大崎さんを殺そうとしたのか？」

追及しながら、私は自分の言葉の矛盾を感じ始めていた。大崎の襲撃事件は先週。しかし菊池はもっと前――もしかしたら二年前に、三百万円を手に入れている。それは今回の大崎襲撃事件とは関係ない、と考えるべきだ。今のところ、つながりが見えてこない。

「三百万円を手に入れたのはいつだ？　二年前だろう？　それで急に金遣いが荒くなって、趣味のために頻繁に渡米するようになった。違うか？」

「……そうだよ」

「二年前に何があった？」

菊池が顔を背《そむ》ける。額に汗が滲み、唇が細かく震えていた。まさか――私はテーブルに両手をついて腰を浮かし、彼に迫った。言葉にすれば刺激が強過ぎる。しかし言わないと始まらない。

「美江さんか？　大崎美江さんを殺したのはお前か？」

## 3

「お前、いきなり何を言い出すんだよ……」取調室から出ると、乾は掌で額を拭った。顔は汗で光っている。

「すまん。あそこまで突っこむつもりじゃなかったんだけど、材料が揃ってしまったんだ」

「揃ってないだろうが」乾が力なく首を横に振った。「二年前、というキーワードがあっただけだ。それはつまり――」

「菊池は誰かに依頼されて、美江さんを殺した。その報酬が三百万だった」私は取調室のドアを睨んだ。その向こうに、特捜本部が追い求めていた「共犯者」がいる……畑中は既に自供しているが、特捜本部も私も同じ疑問を抱いていた。あの犯行は一人では無理だ。畑中には共犯者がいたに違いない――。

その共犯者が菊池なのか？

「ちょっと頭を冷やそうか」私は提案した。

「どうする？」

「屋上だな」

「じゃあ、自販機の缶コーヒーを奢ってやるよ。先に行ってろ」

私たちはエレベーターのところで別れた。乾は階段で一階へ降り、私はエレベーターが来るのを待った。

この署の屋上には、一度だけ行ったことがあった……乾が煙草を吸いに行くのにつき合った時だ。あの時は冬を感じさせるような寒さだったが、今は梅雨の手前で、空気には既に夏の気配がある。屋上へ上がると上着を脱ぎ、肩にかけて壁に体を預ける。目黒の空は青くない……薄く雲がかかっている様は、今の状況そのものだった。薄いベールで真実が隠されているような。

すぐに乾が上がって来た。手にはブラックの缶コーヒーを二本、持っている。一本を投げて寄越したので、私は顔の前でキャッチした。

「危ないな」すかさず文句を投げかける。

「ナイスキャッチだ」乾がニヤリと笑って言ったが、すぐに顔が引き攣る。さすがにまだリラックスできないようだ。「これから野球を始めてもいいんじゃないか」

「膝がこれだから無理だよ」私は前屈みになって膝を叩いた。「そのリハビリも兼ねてさ」

沈黙。話が広がらない冗談。私たちはほぼ同時にコーヒーのプルタブを開けた。缶コーヒーは、冷たさだけが頼りである。苦味も酸味も頼りなく、満足感には程遠い。

「それで、お前はどういう設計図を描いてるんだ？」乾が訊ねる。

「素材が足りなくて、図が描けない」

「じゃあ、どうやって埋める？」

「畑中がキーパーソンかもしれない。あいつは共犯の存在を隠している。その共犯は菊池かもしれない」

「三百万っていうのは、美江さんを殺した報酬か……だったら、畑中も受け取っているはずだろう？　それなのに奴はすっからかんで、山梨で強盗殺人をやるまで落ちぶれた。どうも辻褄《つじつま》が合わないんだよ」

「使い切ってしまったのかもしれない」

「二年で三百万——別に、不自然じゃないか。それぐらい、生活費で消えちまう」

「そうだな……どうだ？　俺に畑中と話させてくれないか？」

「駄目だ」乾が即座に拒否した。「大崎さん襲撃の件は、特捜じゃなくてうちの所轄の専任事項だから、俺の一存でもお前を何とか参加させられる。しかし殺しの捜査は、本部の一課が仕切ってるからな。俺にできることには限りがある——いや、ほとんど何もできない」

「弱気だな」

「所轄の係長の権限なんて、微々たるものだよ」乾が自虐的に言って煙草に火を点けた。香ばしい香りが私の鼻先にも漂ってくる。

「だったらこうしよう。今の推測を、特捜の取り調べ担当者に流す」

「それは必要だな」

「で、取り調べの際に俺が立ち会う——あくまでオブザーバーとして。理由は大崎さんの被害者支援のためだ」

「直接関係ないだろう」

「その辺は、何とか……」別に考えはなかったが、一緒に取調室に入ってしまえば何とかなるという読みもあった。

「しょうがねえな」乾がしきりに煙草をふかした。「ま、お前のリハビリとして……」

「違う。今の仕事のためだ。俺は、支援課でやるべきことをやる」私は首を横に振った。「とにかくこれは、大崎さんのためなんだ」

「大崎さんのため、ねえ……」乾が固まった。指先から煙草の煙が立ち上がり、すぐに風に流されていく。「もしも、被害者だと思っていた人間が加害者だったらどうする?」

まさか、と言おうとしたが言葉が出なかった。私も乾と同じことを懸念していたのだ。

初めて会う畑中は、菊池とは正反対のタイプだった。小柄で顔もほっそりしており、一見優男という感じである。この男一人で美江を殺すのは絶対に無理だ、と私は確信した。いや、殺すことはできるかもしれないが、死体の処理は不可能だ。車が入れる場所から、遺体の発見場所までは約二十メートル——しかもかなり急な斜面を上がっていかなければならない。そして美江は女性としては大柄——身長は百六十五センチ、体重もそれに見合っただけのものだった。間違いなく畑中よりも大柄で、背負って斜面を上がるのは無理がある。

取り調べ担当は、捜査一課強行班のベテラン警部補、酒井《さかい》だった。私が同席すると知ると、露骨に嫌そうな表情を浮かべた。そもそも取調室はそれほど広くなく、容疑者と取り調べ担当者、それに立ち会いの記録担当が入ると息苦しいほどになる。四人目の人間が座れるだけのスペースはなく、必然的に私は立ったままでいることになった。これは仕方がない。拒絶されなかっただけでよしとしよう。

「畑中君」酒井は丁寧に切り出した。このタイプか、と私はすぐにピンときた。取り調べを専門にする刑事にも様々なタイプがいる。高圧的なタイプ。気さくに話す友だちタイプ。酒井の場合、「教師タイプ」とでも言うべきだろうか。穏便な先生が生徒に接するような態度で容疑者と対峙するようだ。

「君は今まで、共犯の有無に関しては何も供述していなかった。正直、私たちは、美江さん事件には共犯がいると考えている。君一人で人を殺し、遺体を遺棄するのは不可能だ――共犯は、菊池省吾という男ではないかね」

畑中の肩がピクリと動いた。横から見ていた私は、この情報が当たりだと早くも確信した。酒井がぐっと身を乗り出す。

「我々は、別件で菊池という男を逮捕した。今日になって、この男も大崎美江さんの殺害にかかわっていたのではないかという疑いが出てきた。この辺の事情について、君に話を聞かせてもらえると大変助かる――まず、菊池省吾という人間を知っているか？」

畑中が首を横に振った。力のない動き……誰かに頭を突かれ、惰性で動いているような感じだった。

「知らないのか？」

「詳しいことは……」

「知ってはいるが、それほど親しい仲ではない、ということか？」

畑中が無言でうなずく。私は緊張のあまり、肩がピリピリと痛むのを感じた。

「どういう知り合いだ？」

「どういう……」畑中の顔に戸惑《とまど》いの表情が浮かぶ。説明できないほど愚鈍なのかと思ったが、すぐにそれは失礼だと考え直した。畑中は気弱そうな男だが、決して馬鹿には見えない。むしろ必死で考えているのだろう。ここで上手く言い抜けないと、自分の人生は終わってしまう……。

「昔からの知り合いか？　それとも二年前の事件の時に知り合ったのか？　そもそも、どうしてあんな事件を起こした？」

酒井がまくし立てる。最後の質問は、これまで何度も繰り返してぶつけてきたものだろう。そして虚しくも、返事は得られなかった……しかし今回、畑中の態度は少し違っていた。それに気づいたのか、酒井が目を細め、すっと背筋を伸ばす。答えを期待している――畑中の唇が薄く開いた。しかし結局、言葉は出てこない。

「畑中君」

私は部屋の壁から背中を離して呼びかけた。酒井が険しい表情で睨みつけてきたが、無視する。彼の丁寧な取り調べには好感が持てるが、ここは一気に喋らせてしまわないと、今日の取り調べは無駄に終わるだろう。今は時間が大事だ……勾留満期まで、余裕があるわけではない。

「仏になれよ。君は、仏の心について学んだはずだ。それを思い出してくれ。中途半端に喋っても、いいことは何もないんだ。被害者にとっても君にとっても、プラスはない」

畑中の喉仏が上下した。酒井の表情がさらに厳しくなる。関係ない部外者に供述を引き出されたら、捜査一課の面子《メンツ》が丸潰れだ、とでも考えているのだろう。

「どうして喋らない？　誰かを庇っているのか？」

畑中が両手を股の間に挟みこみ、背中を丸めた。その場で消えてしまいたいと願い、自分の体を中心に向かって押しこめている感じである。まるでブラックホール——最後は自重で、見えない暗い穴になってしまう。

「女だな？」

ピンときて、私は言った。途端に畑中がぴしりと背筋を伸ばす。死に向かう途中から、一気に生の世界に戻って来たようだった。

私は酒井の顔を見た。この男に、つき合っている女はいるんですか？　酒井が首を横に振る。否定なのか、それについては聞いていないのか、分からなかった。栗田から聞いていた情報の裏を取っておかなかったことを悔いる。あの時は、ピンとくる情報ではなかったのだが……酒井が、静かな声で質問を続ける。

「つき合っている女性がいるのか？」

「……向こうがそう思ってるかどうか」

「つき合っていないのか？」曖昧な答えに、酒井は混乱したようだった。

「つき合っている、と言ってもいいかもしれない……」

「面会には来なかったな。でも、お前は会いたかったんだろう？　こっちへ移送されてくる時に、『会っておかないといけない人がいる』と言っていただろう」

その一言が、畑中を崩壊させた。突然嗚咽《おえつ》を漏らし始めると、ゆっくりと背中を丸め、額をテーブルにつける。そのままの姿勢を保ち、体を震わせ続けた。女の問題がそんなに——命にかかわるようなことなのか？　もちろん、互いの存在こそが命だ、と感じるような恋人同士もいるだろう。しかし畑中の場合、そうではない可能性も高い。一方的な片思いで、彼女の方は何とも思っていない。だから逮捕された畑中の面会にも来ない——あり得る話だ。だったら畑中が、精神的にダメージを受けているのも理解できる。一番会いたい人が自分を無視している……この世で一番辛いことかもしれない。

畑中の嗚咽はしばらく続いた。リズムが崩れ、涙が引き始めたタイミングで、酒井が静かに声をかける。

「畑中君」

畑中がのろのろと顔を上げた。目にはまだ涙が溜まり、鼻水が垂れている。酒井がスーツのポケットからティッシュペーパーを取り出し、畑中の前に置いた。

「鼻をかみなさい」

言われるまま、畑中がティッシュペーパーを一枚引き抜く。音を立てて鼻をかむと、丸めて自分のジーンズのポケットに押しこんだ。

「君には恋人がいるんだろう？」酒井が再度訊ねた。

「います」畑中が認めた。

「どこに住んでいる？　東京か？」

「はい」

「つき合ってどれぐらいになる？」

「高校生の頃から……」

「長いつき合いじゃないか」

酒井が二度、うなずく。表情が少しだけ緩んでいた。

「結婚は考えてないのか？」

「無理です」顔が引き攣った。

「無理？　どうして」

ああ、今のは残酷な質問だ——私は酒井の小さなミスに苛立った。二件の殺人事件……たとえ死刑にならなくても、畑中は長期間世間と隔絶した生活を強いられる。結婚など考えられるはずもない。畑中本人もそれはよく分かっているはずだ。

畑中はまるで自分の存在を否定するかのように、何度も首を横に振るだけだった。

「大月で逮捕される前、その彼女と一緒にいたのか?」

「いえ」

「だったら、どういう関係で……」

「彼女は今、入院していると思います」

「都内の病院か?」

「はい」

「深刻な病気なのか?」

畑中は無言でうなずいた。そういう状態——命にかかわるような病気で苦しんでいる恋人がいると、畑中の人生も大きな影響を受けるはずだ。もしかしたら、大月で強盗殺人事件を起こした動機もそれなのか? 「金に困っている」という供述はあったが、大月署の栗田も、それ以上は突っこんでいないはずだ。恋人の治療費を稼ぐための違法行為だったとすると、なかなか辛いものがある。だいたい、そんな形で稼いだ金を治療費として渡しても、彼女が受け取るかどうか分からないではないか。「心配だな。こちらで連絡を取ってもいいぞ。面会にくるように、説得してもいい」

「やめて下さい!」畑中が突然叫んだ。「彼女は動けないんだ! そんなことをしたら死んでしまう！　そんなのは嫌だ！」

難しい状況に追いこまれた。畑中は恋人の身元を明かしたものの、事情聴取ができるかどうかは分からない。本当に入院中で、しかも彼が言うような難病だとしたら……事情聴取を終えた後、私はまず畑中が言っていた「クローン病」について調べた。名前は知っていたものの、詳細は分からない。

厄介な病気だ、ということはすぐに分かった。発症の仕組みは不明。炎症性腸疾患のひとつだが、口から肛門まで、全消化器官に炎症を起こす可能性のある病気で、活動期と寛解期《かんかいき》を繰り返す。現段階では完治は不可能で、すぐに生命の危機にかかわる病気ではないものの、クオリティ・オブ・ライフの問題が生じる――若い女性にとっては辛い病気だろう。畑中の証言が本当だとすると、恋人の松島《まつしま》美央《お》は、まだ二十六歳なのだ。

特捜本部は揉めた。酒井は強硬派で、すぐにでも美央本人への事情聴取を強行すべきだと主張したのだが、一部の刑事は「周辺から攻めるべきだ」と一歩引いたスタンスを示した。

「冗談じゃない！」酒井が顔を真っ赤にして怒鳴り散らした。「目の前に材料がぶら下がってるんだ。どうして余計な時間をかける必要がある？　勾留満期まで時間がないんだぞ」

「関係者に余計なストレスをかけるのはまずいんじゃないですか」

「命にかかわる病気じゃないだろう」

「周辺から攻めるべきです。本当につき合っていたら、分かるはずです」

「そんな余裕はない！」酒井が声を張り上げる。

話し合いの場に潜りこんでいた私は、つい口出しをしてしまった。

「酒井さん、口幅ったいですが、ここはやはり周辺の調査から進めるべきかと……」

「支援課が口出しすることじゃない！」酒井が私を睨みつけた。「松島美央は、犯罪被害者じゃないんだ！」

「支援課とは関係なく、警察官の基本として、関係者には丁寧に接するべきだと思います。大丈夫ですよ。彼は仏の心に触れていますから」

「ああ？　俺が基本を無視しているというのか！」

私は無言でうなずいた。酒井の顔面が真っ赤に染まる。五十歳になって――おそらくそれぐらいの年齢だ――人から説教を受けることなどあり得ない、とでも思っているのだろう。

「失礼しました」私はさっと頭を下げた。慎重にやらなければならないのは確かだが、酒井を怒らせるのは本意ではない。

酒井が鼻から息を吐き、唇をきつく引き結びながら私を睨みつける。乾がようやく介入した。

「まあ、その……穏便にいきましょう」

「誰が穏便じゃないって？」

酒井が、今度は乾を睨んだ。しかし乾は、弱気な態度から一転して強く出た。

「まず、松島美央という人物の周辺捜査を最優先で進めましょう。家族や友人に接触して、もしも事情聴取が可能なら、本人からも話を聴く──そういう手順でどうですか？　そもそも入院中だという話ですし、いきなり訪ねても、病院側に事情聴取を止められる可能性もありますし」

「分かった」酒井が硬い表情でうなずく。「この件の仕切りは、あんたでいいな？」

「もちろんです」

酒井が大股で会議室を出て行った。乾がそっと溜息をつく。私にすっと近づいて来て「余計な喧嘩を売るなよ」と忠告した。そんなつもりはない──しかしわざわざ否定するのも面倒で、私は無言で肩をすくめた。

「もう手を引けよ。一応、今までのことに関しては礼を言っておく」

「ああ」乾の指示は受けざるを得ない。でしゃばり過ぎたという意識は私自身にもある。

「調べる時に、彼女が誰かに圧力をかけられていたか、チェックした方がいい。それこそ菊池とか……恋人が共犯者から脅されていたら、畑中も黙っているしかなくなるだろう」

「分かってるよ。それより、さっき仏がどうこう言ってたけど、あれ、何だ？　お前らしくない台詞だな」

大月の事件で畑中を調べていた刑事が寺の息子だ、という話をした。

「なるほど。容疑者を仏にするのが、そいつの必殺技ってことか」

「彼に、特別に取り調べを頼んだらどうだ？　大月の強盗殺人の追加捜査だと言えば、こっちの面子《メンツ》もたつだろう」

「冗談じゃない」乾が憤然と言い放った。「手助けなんか必要ないさ。俺たちで何とかする」

私は無言でうなずくにとどめた。自分の力が特捜本部に役だったとは言わない。しかし、私という「異物」が混入されたことで、二人に対する取り調べが進んだのは間違いないだろう。

素直に感謝できないのが乾の欠点だ――いや、捜査一課の刑事全員に共通する欠点かもしれない。素直な奴など、一人もいない。

## 4

週明け、乾から電話がかかってきた。週末に何となく気まずい雰囲気で別れたので警戒したが、予想と違ってその声は弾んでいた。

「畑中が昔使っていた口座が確認できた」

「じゃあ、金がまったくなかったわけでもないんだな？」

「いや、預金額は千二百円しかなかった。引き出すだけ引き出して、そのまま口座を放置しておいたんだと思う。いわゆる休眠口座になっていた」

「具体的な金の動きは？」

「ポイントは二年前、美江さんが殺された事件の前後だ」

「もったいぶるなよ」今日の乾は前置きが長過ぎる。

「美江さんが殺される三日前に百万円、殺された四日後にさらに二百万円が振りこまれている。計三百万は、その直後に引き出されて、それ以降は口座に動きはない」

「振りこんだ人間は？」

「誰だと思う？」

「もったいぶるなよ」私は繰り返した。よほどいい手がかり——捜査の核になる話を摑んだのだろう。

「『バンリューデザイン』だ。会社名義の口座からだった」

「何だって？」と聞き返すべきだったが、私は言葉を失っていた。

「おい、聞いてるか？」

「ああ——ああ」

「おかしいだろう？　社長が殺された。その会社から犯人に金が渡っている。おそらく、菊池も同じように金を受け取っていたんだろう。金を払ったのは誰だと思う？　つまり、美江さんを殺す依頼をしたのは誰だ？」

何も言えなかった……意味が分からない。私は、臼井との会話を思い出していた。美江は自分のキャリアアップのために「バンリューデザイン」を思う通りに変えようとしていた。その結果社内は大混乱に陥り、多くの社員が会社を去り——美江に恨みを持つ人がいてもおかしくはない。

それこそ、臼井とか。

臼井は、美江の「お目付役」として、本社から「バンリューデザイン」に送りこまれていたはずだ。彼もそれなりに忠告をしただろうし、それだけにとどまらず、美江の手綱を引こうとしたかもしれない。それが叶わなかった時、大崎の顔を潰さないために美江を殺そうと思った——筋書きは悪くない。しかし動機がいかにも弱い気がした。臼井は、美江のことも子どもの頃から知っていた。そんな人を殺すだろうか？抵抗感が大き過ぎて、考えることすらできないのではないか。

これを調べるのは私の役目だ。特捜本部が臼井をネタ元にしているかどうかは分からないが……早く動けば、特捜本部より先に真相に辿りつけるかもしれない。

会社では話がしにくい。私は電話をかけ、外で会えないか、と臼井に持ちかけた。用件は言わない。「お願いします」を三回続けて、ようやく臼井はＯＫしてくれた。

新宿中央公園は、いかにも都心部の公園という感じだ。高層ビル街の一角に豊かな緑を提供している一方、公園の象徴である「ナイアガラの滝」の前はアスファルト張りで、道路の延長のような感じである。

臼井は約束通り、ナイアガラの滝の近くにあるベンチに腰かけて待っていた。手持ち無沙汰な様子でスマートフォンを弄っているが、画面を見ているわけではない。私はすぐには声をかけず、少し離れたところから彼の様子を観察した。臼井がふと顔を上げ、正面を見つめる。鬱蒼《うっそう》とした森の向こうに見えているのは高層マンションか……この位置からでも見上げるような高さだが、別に見るべき価値がある建物とも思えない。明らかに心ここに在らずといった様子で、目は虚ろである。疲れていることを計算に入れても、いつもの臼井らしくない。

私は再び歩き出した。一歩を踏み出した途端に、臼井がいきなりこちらを向く。まるで、十メートル離れたところにいた私の足音が聞こえたかのようだった。臼井がゆっくりと立ち上がる。私はもう一度立ち止まり、軽く会釈《えしやく》してから彼に近づいた。二メートルほどまで接近すると、臼井も頭を下げる。

「いきなりどうしたんですか？」声に不審な響きが感じられた。

「少し話を聴かせて下さい」

「構いませんが、何に関してですか？」

「先日の話の続きです。『バンリューデザイン』に関してです」

「ああ」惚《とぼ》けたように言って、臼井がベンチに腰を下ろす。私は少し間を置いて腰かけた——そもそもベンチの中央には鉄製の仕切りがあるので、くっついて座ることもできないのだが。

「週末に、いろいろなことが分かってきました。『バンリューデザイン』に奇妙な金の流れがあったようです——二年前に」

「不正な会計とか、そういう意味ですか？」臼井が慎重な口調で確認する。

「取引先でもない相手に金を振りこんでいた——大きな意味では、不正な会計と言えるかもしれません」

「それはどういう——」

「臼井さんは、『バンリューデザイン』の金の流れも、全て把握できる立場にありましたよね」

私は彼の疑問を中途で打ち切った。臼井は普段とは違い、弱気に言い訳するように説明した。

「必ずしも、常に金の流れを監視しているわけではありませんよ。必要ならやったかもしれませんが、当時は必要だとは思わなかった」

「一人の人間に三百万円というのは、何かの報酬として多いのかどうか……どうなんでしょう」

「それは、業務内容によると思いますがね。CIのためにコンサルタントを頼んだりすれば、一千万円単位で請求されることも珍しくありません」

「コンサルタントの仕事よりもはるかにハードな場合は？」

「何が言いたいのか……よく分かりませんが」臼井が首を傾げる。

「美江さんを殺した容疑で逮捕された畑中が、少しずつ喋り始めました。周辺の捜査も進んでいます」

「そうですか……」

「話は戻りますが、美江さんが社長をやっていた頃も、『バンリューデザイン』内部はかなりぐちゃぐちゃだったんですよね？　主に美江さんの言動のせいで」

「ええ」臼井が渋い表情を浮かべる。

「要するに美江さんは、経営者に向いていなかった？」

「今となると、そうとしか言いようがないですね」

「多くの優秀なデザイナーや建築士を、自分の命令に従わないというだけで追い出した。恨みを持っている人も多いでしょうね。仕事を取り上げられると、人は絶望します」

「まあ……否定はしません」

「そういう人の誰かが、美江さんを殺そうと考えたんじゃないですか？　そして畑中を雇い、殺させた。どうして『バンリューデザイン』の口座から送金したかは分かりませんが……迂闊な手口です。こういうことで金を動かすためには、証拠が残らないように手渡しするのが常道です。もしかしたら、現役の社員が犯人だったんですか？」まるで給与を振りこむような感覚で……。

「いえ」短く、しかしはっきりと臼井が否定した。「まさか……あり得ない」

「逆にお伺いしますが、社員が犯人ではないという証拠はあるんですか？」

臼井が一瞬黙りこむ。時間にすれば一秒か二秒……しかし私にとって、その沈黙は不自然だった。臼井は異常に反応が速い男で、打てば響くスピードで答えが返ってくる。一秒、二秒の沈黙は、私の感覚では一時間にも匹敵した。

「うちの社員がそんなことをするはずがないでしょう」

「言い切れますか？」

「ええ」今度は間髪入れず答えが出てきた。

「口座の問題ですが、調べられますか？」

「それは……どうですかね」臼井が首を捻る。「二年前でしょう？　銀行の方でもどこまで記録を残しているか……警察の方で調べた方が早いんじゃないですか」

「そちらでやっていただけると助かります。というより、そちらで調べて警察に――特捜本部に情報を持ちこんだ方が、印象がよくなると思いますよ」

「つまり、情状ということですか」臼井がちらりと私の顔を見た。私の言葉の意味を読んだのか、顔色が悪い。「会社に対して情状ということもあるんですか？　これは企業犯罪ではないと思いますが」

「社長が殺された――これは、一種の企業犯罪でしょう」思わず言ってしまった。自分でも詭弁《きべん》だと分かっていたし、これに臼井が乗ってくるとは思えなかった。実際、臼井はまた黙りこんでしまった。今度の沈黙は仕方がない。彼にしても、続けるのが難しい会話だっただろう。

　臼井が膝に両肘を置いて、前屈みになる。鳩に餌《えさ》でも投げていれば、行き場を無くして公園で途方にくれる昭和のサラリーマンという風情《ふぜい》だ。しかし臼井は、すぐに背筋を真っ直ぐ伸ばして訊ねた。

「結局、この事件はどういう方向に向かうんですか?」

「それは何とも言えません。逮捕された畑中の供述は、まだ十分ではないんです。誰かを庇っているのではないかと思いますが……それに、共犯の可能性がある男も逮捕していますが、こちらの取り調べもまったく進んでいません」

「そうですか……人は、どうして悪いことをするんですかね」

ぽつりと言って、臼井が静かに立ち上がる。今の言葉を捨て台詞にして立ち去るつもりかと思ったが、背中を伸ばしてその場に立ち尽くす。私は座ったまま、彼の背中を斜め後ろから見守った。臼井はすぐに、すっと体を半分回転させ、私を正面から見下ろす姿勢を取った。

「村野さんはどう思われます? 人はどうして犯罪に走るんでしょうか。動機は千差万別ですか?」

「いや」私も立ち上がった。臼井の視線の方が少しだけ低い。見下ろしている感じはなかったが、何故か臼井は怯えた感じで目を逸らしてしまった。何か隠している……私は確信していたが、急に追いこむ気にはなれない。まず、この会話を途切らせないことが大事だ。「昔、先輩に教わったんですが――特に殺人事件の場合、動機は大きく分けて三つしかないそうです。金と名誉と異性」

「なるほど」臼井が、納得したような表情でうなずく。「言われてみれば、確かにそうかもしれません」

「もちろん、この『三原則』に当てはまらない事件もあります。例えば精神に問題を抱えた容疑者の場合、いくら調べても合理的な動機が出てこないことも少なくないですしね」

「金と名誉は……会社に勤める人間には常について回る問題ですね」

「異性は？」

「それは考えなくてもいいでしょう」臼井が首を横に振る。「もっとずっと個人的な問題だ」

「今回の事件の背景についてはどう思います？　私は名誉の問題だと思うんですが……自分の才能を否定されて、会社から追い出される——名誉を汚されたと考えてもおかしくないでしょう。いや、普通はそれを考えます。名誉を回復することはできなくとも、名誉を汚した人に復讐することは可能です」

「あなたはあくまで、『バンリューデザイン』の人間が犯人だと言うんですか？」

「今のところ、可能性としては一番高そうですね」

具体的な根拠は何もないのだが……実際、この線には弱みがある。二年前に事件が起きた時、特捜本部は「バンリューデザイン」の社員、そして元社員に対して徹底した事情聴取を行った。それほど大きな会社ではないからこそ可能だったのだが、疑わしい人間がいたら、その時点でリストアップされていたはずである。その時も、美江のワンマン体制は話題になってはいたのだが、それは捜査には直接つながらなかった。私は特捜本部に参加していたわけではなく、噂で聞いただけだが、「あの親にしてこの子」。ワンマン体質は遺伝する、というのがジョークのように言われていたらしい。

「二年前も、散々調べられましたよ。私自身、何度も事情聴取を受けました」

「その間に、私の方にもつき合っていただいて、感謝しています」私は一礼した。

「私にとっては、あなたとの仕事の方が――仕事と言っていいかどうかは分かりませんが――大事でした。直接会社を守れる実感がありましたからね」

「臼井さんにとって、会社は大事な存在なんですね」

「もちろんです」臼井が笑みを浮かべる。「会社というか、大崎社長が大事な存在なんですよ。社長とは二十年以上、一緒に仕事をしてきました。人柄に惚《ほ》れこまないと、そんなに長くはつき合えないものです」

「あの……正直に言わせてもらえれば、大崎さんに惚れこむというのは、かなり変わったことかと思います」

「正直というか、きついことをおっしゃいますな」臼井が苦笑する。

「失礼しました」私はまた頭を下げた。臼井との距離の取り方は難しい……。「しかし、大崎さんは様々な黒い噂のある人です。『バンリュー』を立ち上げる前には、違法行為もあったかもしれません。今更その責任を問うことはできないかもしれませんが……そういう人に惚れこんで一緒に仕事をする感覚は、私にはちょっと分かりません」

「そうですねえ……」臼井が突然伸びをする。上着がよれてしまうほどの勢いで、彼の体の凝りが容易に想像できた。「座りましょうか」

「立ったままの方が喋りやすければ、このままでも構いません」

「いや、やはり座りましょう」

臼井がベンチに浅く腰かける。私は横に座らず、彼の前に立った。ここまで会話は上手く流れているのだが、肝心の情報が出てこない。少しだけ圧力をかけるために、多少見下ろす位置どりをしよう、と思ったのだ。

「社長と仕事をするのは、そんなに楽しいですか」私は素朴《そぼく》な疑問を口にした。

「それは、まあ……性格には難ありですが」臼井が苦笑する。「平成に入ってからの住宅開発の生き字引きのような人ですから。ビジネスに関してはアイディア豊富ですしね。逆に、そういう人の信頼を得て、こちらの意見を聞いてもらえるようになるのは、生き甲斐《がい》と言えるんですよ。自分が黒幕になったような気分になる」

「本当に黒幕なんですか？」

「まさか」臼井がひらひらと手を横に振った。「それは言葉の綾《あや》ですよ。私はあくまで裏方、秘書役です。自分が主役になれないことはよく分かっていますからね。人をサポートする秘書役が合っているんです。まあ、荒馬を乗りこなす快感もありますしね」

今度は私が苦笑する番だった。確かに大崎は荒馬だ。臼井が二十年以上も怪我せず乗りこなしてきたのは、奇跡と言っていいだろう。あるいは臼井は、私が想像しているよりもはるかに優秀な騎手なのか。

「二十年以上前から、社長とは家族ぐるみのつき合いでした。亨さんや美江さんが子どもの頃から見守ってきましたしね。社長にとっては大事なお子さんですよ」

「でしょうね」

「社長は、『バンリュー』をどう残していくかをずっと考えていたんです。業務が急速に拡大したせいか、全てをコントロールするのは難しくなっていました。あの社長だからこそ、それができたと思うんです。ただし、自分が身を引いた後にどうなるかは、常に心配していました。だから、お子さん二人を厳しく教育したんですね。それこそ、競わせるようにして」

「その頃、大崎さんはまだ四十代だったんじゃないですか？　いくら何でも引退を考

える には早過ぎると思いますよ」

「一代で大きくなったオーナー企業の場合、スムーズに会社を後継者に引き渡すのに十年は必要だ、というのが社長の持論です。いろいろな会社を研究して、社長なりに出した結論なんでしょうね。十年を移行期間としても、その前の準備期間も大事で……ですから、お二人には最高の教育環境と仕事の経験を提供してきました。亨さんもアメリカの大学院でMBAを取得した後に、一時は他の建築会社に入って、地を這《は》うような営業の仕事もしていました。きちんと下から積み上げる経験をさせようとしたんですね」

「美江さんは……」

「美江さんの場合は難しい……」臼井の表情が渋くなった。「美江さん自身も、会社の経営に興味があった。実際、社長としてやっていくこともできたと思いますが、それはずっと規模が小さい会社での話です」

「『バンリューデザイン』も、小さな会社ではないですよね」社員五十人は、愛の会社とほぼ同規模だ。

「美江さんにとっては、『バンリューデザイン』も小さな会社だったんですよ」

「狙いは『バンリュー』本体だったと?」

「あの規模の会社を全て自分でコントロールしたい――それぐらい、美江さんのエゴは大きかったんですね。エゴ、というのはよくない言葉かもしれませんが」

「いや、分かります」私は臼井の横に腰を下ろした。疲れたわけではないが、臼井は普通に喋ってくれている。圧力をかける意味を、もう見出せなくなっていた。

「しかし、この後継者レースでは、美江さんが圧倒的に不利だったでしょうね」臼井が打ち明けた。

「女性だから、ですか？」

「いや……結婚もしていない、子どももいなかった――その予定もなかったからです」

「つまり、三代目の存在がポイントだったんですか？」理解できない。そんな、何十年も先のことが問題なのだろうか。創業者社長が、後継者のことを常に考えるのは分かる。しかしその先となると……三代目社長が就任する時には、本人はとうに死んでいる可能性が高いではないか。あるいは大崎のようなワンマンは、未来までも自在にコントロールしたいと思っているのだろうか。

「とにかく後継レースでは、亨さんの方が圧倒的に有利でした。ただ、美江さんには一発逆転の秘策があったんです」

「それは……」

「渋谷の再開発計画」

「え？」

「渋谷は今、再開発の最中でしょう？　だいたい完成しましたが」

「そうですね」

「その中で、『新東京劇場』という新しい都立劇場の建設が進んでいるのはご存じですか？　これが揉めましてね」

「ああ……三年ぐらい前でしたかね」思い出した。異例の展開で、しばらくはニュースが続いた。

「そうです。一度決まった案が、予算の問題などで白紙に戻ったんです。これは、建設の世界ではとんでもないトラブルですよ。再コンペには、『バンリューデザイン』も参加する予定でした。もしもこのコンペで勝てたら、『バンリューデザイン』にとっては大きなアドバンスになったでしょう。一般住宅のデザインをするだけではなく、巨大な公共建築物、しかも東京を代表するような建築物を手がけたとなったら、一躍超一流会社の仲間入りですよ。美江さんの株もぐっと上がったでしょうね。そのために、馬力をかけて準備を進めていました」

「大崎さんも乗り気だったんですか？」

「それはちょっと……」臼井が眉をひそめた。「社長の仕事——というか好奇心の範囲外のことでしたからね。ま、黙って見守っていたという感じです」

「私は、社長——美江さんが決めたことですから、全力でお手伝いしていました。ただし結果的に、このコンペには参加できませんでした」

「美江さんが殺されたから、ですね」私は低い声でつけ加えた。

「遺志を継いでやるべき、という声も社内にはあったんですが、計画を牽引《けんいん》していた美江さんが亡くなってしまったので、急に勢いが落ちたのは事実です。結局、コンペには参加しないことになって……あの事件の最中にこの件を密かに検討していたので、なかなか大変でしたよ」

「知りませんでした」

「会社の内部事情を何でも話すわけではないですからね」臼井が苦笑した。「特にこの件は、純粋にビジネスの問題でしたから」

「それで……すみません、この件は、二年前の事件に何か関係あるんですか？」

「あなた、意外に鈍いんですか？」臼井が心配したように言った。「刑事さんというのは、勘が鋭いのかと思っていました」

「私はそもそも刑事ではありませんが……」思わず言い訳してしまった。

「言わないことは犯罪になりますか？」臼井が唐突に話題を変えた。

「え？」

「臼井さんは？」

「例えば、ある犯罪の重要な証拠を知っていて、敢えて警察に何も言わなかった……それは証拠隠滅に当たるんでしょうか」

「何とも言えません」曖昧な答えを返すしかなかった。「その情報が本当に証拠になるかどうかは、精査してみないと分かりませんから。犯人を知っていて隠したとなったら、明らかに犯罪ですけどね」

「なるほど」臼井が腕を組む。顎を引き、地面を見詰めて、何か必死で考えている様子だった。

「何か知ってるんですね？」私は突っこんだ。「それをここで言っていいかどうか、迷っている――違いますか？」

「まあ……そうですね」臼井がしぶしぶ認めた。

「美江さんを殺した犯人に関する情報ですか？　いや、実行犯は分かっています。問題は誰が指示したか――『バンリューデザイン』の口座を使って畑中に三百万円を払ったのは誰か、です」

「信じてもらえるかどうか、私には分かりません」

「信じるかどうかは、私に判断させてもらえませんか？　とにかく話を聴かせて下さい」

臼井が黙りこむ。沈黙は、今度は長く続いた。途中、「いい加減なことは言いたくない」とつぶやく。その短い台詞に、彼の苦悩が滲み出ていた。

沈黙の中、私の頭の中では一人の人物の名前が大きくなってきた。臼井の沈黙が長引く中、私はとうとうその人物の名前を自ら口にした。臼井が体を捻り、私の顔をまじまじと見る。

「どうですか？」

「確証は——明確な証拠はありません。しかし様々な傍証《ぼうしょう》がそちらを向いている。私は、この可能性に目を背け続けていました。正直、考えるだけでも怖かった」

私はうなずいた。薄々犯人に気づきながら、誰にも言わずに胸の中にしまいこんでしまう——彼の気持ちと行動はよく理解できる。自分の一言が、全てを破滅させてしまう可能性もあるのだから。

「この情報については、特捜本部としては突っこまざるを得ません」私は宣言した。

「大崎さんにとっても、大きなダメージになりますよ」

「社長は私が守ります。必ず守りきります」臼井の声に力が戻った。「もちろん、私がこれから言うことは、会社にダメージを与えるでしょう。社長は激怒して、私を追い出すかもしれません。しかし、ここで一度状況をクリアにしておかないと、最終的に『バンリュー』本体が崩壊しかねません。私は社長と会社を守るためには、一気に膿《うみ》を出してしまうべきだと思う」

「その膿ができてしまったのは、大崎さんの責任だと思います」私は指摘した。

「今は、それは言わないで下さい」臼井が力なく首を横に振った。「大きなトラブルになったら、私も自分の首を差し出す覚悟はあります。それで済むなら……今から話すことは、重大な手がかりになるかもしれません。それを調べるかどうかは、警察次第です」

## 5

重い情報を抱えて目黒中央署に向かう。この件は無視するわけにはいかない。

幸いというべきか、乾は上機嫌だった。

「おう、どうした?」

先週末には不機嫌で、ほとんど私を追い出さんばかりの勢いだったのに、今日はいきなり「歓迎」の態度だ。捜査に勢いがついて、全容解明の見通しがついてきたのだろうか。

「ちょっと話したいことがあるんだ。時間、いいか?」

「ああ、もちろん。座れよ」

特捜本部のある会議室……私はまず、周囲を見回した。先日衝突した酒井がいると面倒なことになる——見当たらなかった。ほっとしながら確認する。

「酒井さんはいないよな？」

「今、出てるよ……何だよ、ビビってるのか？」

「無用なトラブルは避けたいだけだ」

私は椅子を引いて座った。乾が向かいに腰を下ろす。

「今日はずいぶん機嫌がいいな」

「松島美央と接触できたんだ」

「話せたのか？」私は目を見開いた。

「事情聴取したうちの刑事によると、意外に元気だったそうだぜ。クローン病は、症状がひどい状態と比較的軽い状態を繰り返すみたいなんだ。それで今は、多少は体調が良くなっている……入院しているけど、間もなく自宅へ戻れるそうだ」

「結局、彼女は何者だったんだ？　畑中とつき合っていることは認めたのか？」

「ああ。元々は高校の同級生だそうだ」乾が煙草を取り出した。もちろんここでは吸えないが、パッケージを手にしていれば、気持ちが落ち着くのかもしれない。

「実際、つき合っていたのか？」私は質問を繰り返した。

「昔はな……それこそ、高校生の頃は。ところが彼女は、大学へ行って間もなく、クローン病が発症した。大学も辞めざるを得ないほどで、彼女の方から言い出して、畑中とも別れたらしい。ある意味、彼女なりの気遣いだよな。ところが畑中は、その後も接触してきた」

「ストーカーじゃないのか？」

「違う」乾が首を横に振った。「彼女は迷惑していなかった。むしろ申し訳ないと……入院しているか、実家で療養しているかどちらかだったんだが、畑中は漢方薬を持ってきて勧めたりして、何とか彼女の役にたとうとしていたらしい」

「クローン病に、漢方薬なんて効くのかね」私は首を傾げた。

「分からん。それでも何とか病気を治してやりたいと、真剣だったようだ」

「三百万円は？」

「全額、彼女に渡していた」

「治療費として？」

「治療費というか、何かに役立てて欲しいということだったんだろう」

「分からないな」私は首を横に振った。「どうしてそこまで献身的になれる？　言ってみれば、ふられたようなものだろう？」

私は乾の手元を見詰めた。せわしなく煙草のパッケージをいじっている。乾はあまり感情の起伏は大きくない男だが、今は揺れ動いているのがはっきりと分かる。

「高校を卒業してすぐ、美央さんは妊娠したんだよ。でも、結局堕《お》ろしたんだ。大学進学もあったし、金もなかったし、そもそも二人の交際は両方の親に反対されていた。それで仕方なく……という判断だったんだろう。その直後に彼女のクローン病が発覚して別れたわけだが、畑中は彼女がクローン病になったのを、自分の責任のように感じていたらしい」

「関係ないだろう?」

「ない」乾が即座に断言した。「ただ、タイミングがな……畑中というのは、基本的に真面目な小心者だ。追い詰められやすい人間なんだよ」

「なるほど。小心者の割には、大胆に強盗をやるわけだ」

「皮肉はいい」乾がぴしりと言った。「とにかく、畑中が美央さんに会ったのは、三百万円を渡した時が最後だった。その後、畑中は消えた——今回、こんな事件に関係していると分かって、彼女はびっくりしていたよ」

「だろうな……畑中は、ある意味美央さんのために殺しを引き受けた、ということか」

「そういうことになるかね……美央さんには悪いことをしたよ」乾の顔に後悔の色が浮かんだ。「彼女も、畑中が山梨で逮捕されて、二年前の事件について自供したことはニュースで知っていた。でも、まさか自分の存在が動機だったとは思ってもいなかった。三百万円は手つかずのまま取ってあるから返す、と言って泣き出したそうだ。

ご家族がいるから大丈夫だとは思うが、うちの刑事も相当慌てたらしい」

「そうか……」その金は、誰の手に渡るべきなのだろう？

「で、お前の方は？」

「犯人が――二年前の事件の絵を描いた犯人が分かったと思う」

「何だって？」乾が腰を浮かしかけた。「誰だ？」

私が名前を告げると、乾の顔からさっと血の気が引いた。「まさか……」とつぶやくと、疑わしげな視線を私に向けてくる。

「冗談だよな？」

「冗談で容疑者の名前を口にはしない」

「そうか」

「会ったことは？」

「名刺はもらってる。大崎さんが襲われた後、一度病院で会った――あんなことをする人には見えなかったが」

「そういう犯人、たくさん見てるだろう」私は指摘した。「まさかあの人が」のパターンは、犯罪にはつきものだ。

「――そうだな」

「金の流れを追えよ。『バンリューデザイン』の口座をもっと詳しく洗い直せ。それで、畑中を厳しく攻めればいいんだ。畑中は絶対に落ちる。もしも必要なら、山梨県警の坊さんに手伝ってもらえばいい」

「それはない。手助けは受けない」乾が一転して厳しい表情を作った。最後に残った「プライド」という細い糸を必死で守ろうとしているようだった。「それと、畑中がどうして共犯者や主犯の名前を言わなかったかだけど、彼女の身に危険が及ぶと思っていたらしい」

「菊池か？」

「ああ。二年前、事件の直後に、菊池が彼女に会いに病院まで来たらしい。別に脅しをかけたわけじゃなかったけど、畑中のことをあれこれ聞いて——それがしつこ過ぎた。奴はたぶん、畑中を信用していなかったんだ。自首するかもしれないと思って、彼女を脅迫の材料に使おうとしたんだろう」

「だから畑中は逮捕された後、自分の犯行については自供しても、共犯者については一切喋らなかった……」留置場の中にいてもなお、松島美央を守ろうとしたわけか。私は唇を噛んだ。畑中の行為は許されないが、人を思う気持ちがあると考えただけで、少しは気が楽になる。

「じゃあ、俺はこれで」私は立ち上がった。

「何だよ、情報だけ入れて、それで終わりか？」

「俺の仕事は、捜査の手伝いをすることじゃない」私は首を横に振った。

「被害者支援、か」低い声で乾が指摘した。

「ああ。だから今回も、いろいろ考えないといけないと思う。何が被害者支援になるのか、これまでの常識が通用しそうにない」

「放り出したっていいんだぜ？　お前が言う通りだったら、被害者支援をする意味もないだろう。手を引いたって、誰も文句を言うわけじゃないよ」

「俺が」私は胸を拳で叩いた。「誰より、俺が自分を許せない」


支援課に戻り、支援係全員を集めて事情を説明する。言葉がない。打ち合わせスペースに嫌な沈黙が満ち、私はそれを追い払おうと咳払いした。芦田が椅子の上でもぞもぞと尻を動かす。梓は困ったように口をへの字に曲げていた。優里は、そこに答えが書いてあるとでもいうように、自分で作ったマニュアルのフォルダを撫でている。

「この件は……様子見ですね」本橋が遠慮がちに宣言する。「うちが捜査をするわけではない。誰が被害者になるのか見極めた上で、必要があれば被害者支援に回る——以上です。基本に立ち返って、余計なことは考えないようにしましょう」

音を立てて椅子が引かれ、全員がのろのろと立ち上がる。私はそのまま打ち合わせスペースに残った。両手をテーブルに置いて首を垂れ、そっと息を吐く。何だか疲れた……頭痛が忍びよってくる気配を感じる。昔は、頭痛に悩まされることなどまったくなかった。事故に遭ってからは時々、しつこい頭痛に苦しめられる。医者に相談したこともあるのだが「心因性」で片づけられた。脳には異常がないし、首や肩の筋肉が凝りやすい体質でもない。重大な問題ではないのだから、気にせず、適当な頭痛薬を正しく服用すること――そんな診断とアドバイスで金を受け取る医者もいるのか、と唖然としたのを覚えている。

　右手を広げて額を揉んでいると、梓が「また頭痛ですか」と訊ねた。

「ああ……頭痛というか、頭痛がくる予感がする」

「薬、ありますよ」

　以前にも同じようなやり取りをした記憶がある。何かと気の利く梓は、頭痛薬と胃薬は必ず持ち歩いているのだ。

「いや……やめておく。頭痛薬を飲むと、だいたい胃が痛くなるんだ」

「だったら、胃薬も一緒に呑んでおけばいいんじゃないですか？」

　私は苦笑しながら首を横に振った。最近何となく分かってきたのだが、梓は基本的に単なる「世話焼き」体質なのだ。困った人がいると放っておけない。何かと気が回るのを買って、所轄から支援課にスカウトしてきたのだが、結果的に彼女にとってはここの仕事が天職なのかもしれない。ストレスがかかるのは間違いないのに、ひどく神経をすり減らしている様子もなかった。あるいは、尋常でないほどタフなのか。

ゆっくり立ち上がり、トイレで顔を洗う。冷たい水で目が覚め、頭痛の予感も引いていくようだった。廊下に出ると、本橋と出くわす。そういえばもう一つ、気になることが……この問題も長引いている。

「長住は、まだ自宅謹慎を続けるんですか？」

「謹慎ではなく有給休暇の消化ですよ」本橋が訂正した。表情は引き攣っている。

「奴の有給は、そんなに残っていないでしょう」

「まあ、何とかなります」

本橋が視線をそらす。長住の問題に関しては、彼はどうも腰が引けているというか、必死で見なかったことにしようとしている気配がある。これもおかしな話だった。本橋は積極的に「攻める」タイプではないが、部下の暴走に関しては鷹揚だ。どれだけまずいことになってもしっかりバックアップする——私たちにとっては、ある意味理想の上司である。

私は散々暴走してきた。他の部署を怒らせたことも一度や二度ではない。しかし、監察が本格的に乗り出してくるようなトラブルを起こしたことはないし、本橋が頭を下げれば丸く収まった。しかし長住の問題は、本橋が誰かに謝罪すれば済むような話ではない。間違いなく正式の処分が必要で、その結果、本橋は監督者である自分にも処分が下されると恐れているのかもしれない。

そういうことを想像して平然としていられる公務員はいない。私だって同じだ。一礼して支援課に戻る。一歩を踏み出した瞬間、廊下の向こうに長住の姿を見つけた。今日はきちんとスーツを着ている。また事情聴取を受けているのか……長住も参っているだろうが、私はどうしても同情できなかった。長住がちらりと私を見る。しかしすぐに顔を背けてしまい、さらに素早く背中を向けて、早足でエレベーターの方へ歩き出した。

拒絶――彼は、私を拒絶しているのだろうか。それとも警察という組織全体を拒絶しているのだろうか。


自分の情報で捜査は一気に動き出すと思っていたが、甘かった。というより、動きが分からない……乾には何度か電話をかけたのだが、毎回「忙しい」を言い訳に、すぐに電話を切られてしまった。

畑中は間もなく、勾留満期で起訴になる。一方菊池は、大崎襲撃事件に対しては事実関係を認めたものの、動機についてはまったく供述していない。ましてや美江殺害事件については「一切関係ない」と容疑を否定し続け、取り調べにもまともに応じていないという。

筋書きが間違っていたのか……私は臼井と何度か話したが、彼もこの状況には困惑するばかりだった。もっとも臼井自身、黒幕の正体に絶対の確信を持っていたわけではないから、仕方がないのだが。

六月に入り、蒸し暑い日々が続いている。畑中の起訴状には何が書かれるだろうとぼんやり想像していると、デスクに置いたスマートフォンが鳴った。乾……。

「どうした？」

「見物に来ないか？」乾が唐突に切り出した。

「何の？」

「容疑者逮捕」

「黒幕、という意味か？」

「他に誰がいる？　午後五時半に、『バンリュー』の本社に来い。ビルの地下の駐車場だ」

乾はいきなり電話を切ってしまった。その直後、今度は臼井から電話がかかってくる。あまりにも見事なタイミング……不安な気持ちを抱え、私は再び「応答」をタップした。

「実は、今日、朝から警察の事情聴取を受けていまして……」臼井の声は暗かった。

「何か動きがあるようですね」

「そのようです。夕方、そちらに伺おうと思いますが……」

「たぶん、私も立ち会うことになると思います。それと、これも急ですが、社長は明日の土曜日、退院することになりました」

「早くないですか？」私は卓上に置いたカレンダーを持ち上げた。全治一ヵ月——当初の予定だと、退院は来週のはずだ。

「当初の見込みよりも、回復が早かったようです。心配なのは頭蓋骨骨折だけでしたからね。来週一杯は自宅で静養で、その後会社に復帰することになると思います」

「そんなに早く、ですか？」私は疑念を口にした。「今度は精神的ダメージを受ける可能性が高いですよ」

「それは大丈夫でしょう」臼井は無理に元気に話しているようだった。「会社にとってはピンチになるかもしれませんが、社長は危機的状況が大好きです。そういう時こそ、自分の実力を発揮できると思っていますし、実際、今まではそうでした」

「臼井さんもいますしね」

「社長のお役に立つのが、私の人生の全てですから」

臼井は、何とか自らを奮い立たせているようだった。大崎についているとろくなことはありませんよ——忠告しようとしたが、口をつぐむ。臼井は、そんなことはとうに分かっているだろう。これまでにも、大崎と一緒に何度も危ない橋を渡ってきたはずだ。

もしかしたら彼自身、そういうスリリングな状況の中毒になってしまっているのかもしれない。実際、そういう生き甲斐もあるだろう。しかし、神経をすり減らすことに興奮を覚えるような人は、絶対に長生きできない。

　太く短くか、細く長くか。


「バンリュー」本社が入っている高層ビルには、地下に巨大な駐車場があり、「バンリュー」はその一角を会社用に契約していた。停まっているのは多くが営業車だが、中に二台だけ、ミニバンがある。一台は黒——これは大崎が使っている社長車だ。もう一台は、それと対照的に輝度の高いホワイト。

「あれで帰るわけか」駐車場の片隅で、私は乾と身を寄せるようにして立っていた。

「あと五分だな」乾が腕時計を見て言った。

「間違いないのか?」私は念押しした。

「秘書課で確認している」

「いきなりで大丈夫なのか? 相手は大物だぜ?」

「大物? 小物だろう」乾が鼻を鳴らす。「気が弱くて、それでいて見栄っ張りだ。だからこんなことが起きるんだよ」

「裏取りをするだけで、ずいぶん時間がかかったじゃないか」どうしても非難する口調になってしまう。

「しょうがねえだろう。慎重に慎重を期さないと。これで事件は全て解決するはずなんだ」

「いや、大崎さんが襲われた件は解決しない。このままだと、動機なき殺人未遂になるぞ」

「心配するな」乾がニヤリと笑う。「菊池がとうとう全部吐いたよ」

「本当か?」私は彼に一歩近づいた。

「嘘ついてどうする」むっとして乾が言い返した。

「聞かせてくれ」

「後で、な」乾がまた腕時計を見た。「あと二分で説明できるような問題じゃない。ここで無事に逮捕できたら、署に戻って教えてやるよ」

遠くでがたん、と音がした。そして、駐車場に射しこむ光線の具合が少しだけ変わる。エレベーターが到着して、誰かが降りたのだと分かった。同時に、白のエルグランドが駐車スペースを出て、車回しに向かってくる。大崎なら「どうして自分が出て来るタイミングで待っていないのか」と激怒するところだろう。しかし——。

亨はどうだろう。

乾が駆け出す。駐車場のあちこちに身を隠していた刑事たちも、一斉にエルグランドに殺到した。その数、計五人。

突然取り囲まれて、亨は凍りついていた。大崎のように強権的な部分や居丈高な態度は一切なく、私はまるでいじめに加担している子どものような気分になった。

「大崎亨さんですね」名刺は交換しているはずの乾が、初対面の人に対する硬い態度で訊ねた。「目黒中央署刑事課の乾です。妹さん――大崎美江さん殺害事件についてお聴きしたいことがありますので、署までご同行願えますか」

「私は――」

「弁明は署で聞きます」乾はきつい口調で言い渡した。「とにかく、ご同行願います」

車回しに、覆面パトカーが回ってきた。刑事の一人が後部座席のドアを開け、厳しい視線で亨を睨みつける。亨は完全に固まって、その場から動けなくなっていた。もう一人の刑事が背中に手を当てて押すと、バランスを崩して転びそうになる。もう何もかもが終わったような感じ……全てを諦め、体から力が抜けてしまったのかもしれない。

亨は両脇を刑事に抱えられ、車に乗せられた。ドアが閉まると、すぐに覆面パトカーが発進する。後部座席の窓ガラス越しにちらりと見えた亨の顔は真っ青で、感情が一切感じられなかった。

残った乾は、エルグランドの運転手にバッジを示しながら、事情を説明している。運転手は、何が起きたかまったく理解できていない様子で——秘書課からは連絡が回っていなかったようだ——何度も首を横に振った。しかし最後には何とか事情を呑みこんだようで、慌ててスマートフォンを取り出す。実際に電話をかけるまえに、乾に「逮捕？　逮捕なんですか？」と何度も確認した。その度に、乾が静かに首を横に振る。そう、亨はまだ逮捕されてはいない。あくまで「参考人」としてこれから話を聴くわけだが、状況に応じて一気に突っこみ、容疑を認めさせることになるだろう。この件については、明確な「物証」はない。唯一使える材料は、「バンリューデザイン」の口座を経由した金の動きだけだ。乾たちは、その流れをある程度は——あるいは完全に把握したのだろう。それを材料に落としにかかり、亨が認めたタイミングで、正式に逮捕する。

「戻るぞ」

少し離れたところから、乾が声をかけてきた。私は少し足を引きずりながら彼に近づいた。乾の顔には、隠しようのない笑みが浮かんでいる。久々の大手柄、とでも思っているのだろう。

「署に帰りがてら、車の中で事情を説明してやるよ」乾の声は弾んでいた。「それを聞いたら、俺にはやることがある」

「ああ？」

「大崎さんに事情を説明する。明日、退院らしいんだけど、この話を聞いたらショックを受けて、退院が延びるかもしれないな」

「その辺は、支援課の方でよろしく頼むよ……しかし、大崎さんのことはやっぱり被害者と呼ぶべきなのかね？」

今は答えられない質問だ。

## 6

午後七時半。病院の面会時刻はあと三十分だが、やれるだけのことはやってみるつもりだった。病室の引き戸を開ける前、深呼吸して肩を上下させる。慎重にノックすると、野太い声で「どうぞ」と返事があった。

引き戸を開けて病室の中に顔を突っこむと、大崎が意外そうな表情を浮かべた。

「何だ、ずいぶんご無沙汰じゃないか」

「失礼しました」一礼して病室に入る。「今日は、ちょっとお話ししたいことがあって来ました。少し時間がかかるかもしれませんが、大丈夫ですか？」

「いいんじゃないか？」大崎が腕時計に視線を落とした。巨大な腕時計で、直径は彼の手首の幅よりも大きそうに見えた。「ここは特別室だ。少しぐらいなら時間をオーバーしても大丈夫だろう」

うなずき、すっかりお馴染みになった応接セットに向かう。大崎が「ああ」と声を上げながら腰を下ろすのを待って、私は向かいの一人がけソファに腰かけた。何かが違う……違和感の源泉は彼の服装だ、とすぐに気づいた。スーツ姿。このところずっとパジャマやジャージ姿しか見ていなかったせいか、何となく落ち着かない。退院は明日のはずだが。

「どうしてスーツなんか着てるんですか？」さすがに気になって訊ねた。

「夕方、ちょっと会社に行って来たんだ。明日退院だから、いろいろ準備もあってな。着替えようとしたら、君が入ってきた」

「まさか、すぐに仕事をするつもりじゃないですよね？」心配になって私は確認した。「明日は土曜日ですよ」

「必要があればな。入院中にもできるだけ仕事はしてきたが、決裁が相当溜まっている。明日、自宅で報告を受ける予定だが、その内容によっては会社へ行くかもしれん」

「もう少し養生した方がいいんじゃないですか？　仮にも頭蓋骨骨折の重傷だったんですよ」

「君は、うちの会社の人間と同じようなことを言うんだな」大崎が苦笑する。

「誰でも同じことを言うと思います。病気と違って、怪我は難しいんですよ。経験談も少ないですから、参考になる話が聞けない」

「自分の体のことは自分が一番よく分かっている」

入院患者の強がりの定番……しかし私は、無言でうなずいた。こうやって強がることで、本当に元気になってしまう人もいる。

「明日は、会社の人とお会いになるんですか？」

「ああ」

「その予定は、実現しないかもしれません」

「どういう意味だ？」大崎が目を細める。

私は直接は答えず、遠回しに話を進めることにした。「バンリュー」本社は今、大揺れに揺れているはずだ。亨が警察に連れて行かれ、善後策の協議に追われているに違いない。しかし大崎の様子を見た限り、この情報はまだ聞かされていないようだ——私が仕組んだ通りに。

私は臼井に釘を刺していた。今日の一件は、被害者支援担当として、私が直接大崎に話す。会社の方から連絡を入れるのは遠慮して欲しい——臼井はすぐに了承してくれた。こういうことを積極的に話したがる人もいないだろう。そもそも臼井は、今後の対策で手一杯のはずだ。情報収集、亨が実際に逮捕されれば、マスコミ向けに声明も発表しなければならないし、その後の取材攻勢に対処する必要もある。結局「バンリュー」は、何度も何度もマスコミの攻撃に晒されるわけだ。その取材陣の中に、三浦の姿はあるのだろうか……。

「一つ、お聞かせ願えませんか？」

「何だ」

「大崎さんは、会社の後継問題をどう考えているんですか？　六十歳になったら、そろそろ会社の行く末——二十年後の会社の陣容も気にするものじゃないですか？」

「まだ早いな」大崎が真顔で首を横に振る。「私は六十——まだ六十だ。こんな怪我は予想外だったが、今のところは大きな持病はないし、健康状態に関しては、医者も太鼓判を押している。高血圧にだけ気をつけていれば問題ない。七十までは現役で頑張って、後継問題はそれからゆっくり考えるよ」臼井の説明とはまったく逆の発言だ。どこかで気が変わったのか、臼井には本音を話していなかったのか……。

「オーナー企業の場合、引き継ぎに十年はかかる、と言いますけど」

「そういう会社もあるかもしれないが、私は上手くやるよ」

「これまでの行動と矛盾しませんか？」

「何だと？」非難されたと思ったのか、大崎が急に険しい表情を浮かべる。

私は尻を後ろに引き、意識して背筋を伸ばした。両手は腿のつけ根に置く。柔道か剣道の試合前の様子……大崎と本気で対峙するには、命のやりとりをするぐらいの覚悟を持たねばならない。ましてや今は、私たちの関係がどちらに向かって行くかも分からないのだ。

「息子さんと娘さん……亨さんと美江さんに対しては、帝王教育を施《ほどこ》してきたんじゃないんですか？」

「それはそうだ――子どもの頃から将来を意識させておかないと、話にならん。大学を卒業する段になって、いきなり『跡を継げ』と言われても、向こうも困るだろう」

「それで、経営に必要な実学を身につけさせ、外へ修業にも出し、若いうちから重要な役職も任せた――それこそ、既に会社を譲り渡す準備を始めていたわけですね？」

「いや、準備はあくまで準備だ。私が引退する理由はまだない」

「お二人のうち、どちらを後継に考えていたんですか？」

「優秀な方だ」大崎が答えをはぐらかした。

「どちらが優秀なんですか」

「あんたは……答えにくいことを聞くな」大崎が苦笑する。

「お二人とも優秀だったと思います。もう少ししたら――十年ぐらい経ったら、後継者に関する悩みは深刻になったかもしれませんね。ただ、美江さんはもういませんが」

「失礼な——君はどうして、平気で人の古傷を抉《えぐ》るようなことを口にするんだ？　支援課の仕事というのは、犯罪被害者を傷つけることなのか？」

「違います」

「だったら、言い方には気をつけたまえ」大崎の鼻の穴が大きく開いた。「君は、多少はまともな人かと思っていたがな」

「まともであろうとしてはいます。しかし今は、迷っています」

「ああ？」

自分の目の前にいるのは犯罪被害者なのか、犯罪者なのか——考えていることは告げられない。

「先ほどの質問を変えます。兄妹二人……どちらが野心が大きかったですか？　能力とは関係なく、大きなことをやろうという気持ちが強かったのはどちらですか？」

「それは……美江だろうな」

「美江さんは、亡くなる直前、大きなプロジェクトに参入しようとしていました。新東京劇場——公共施設ですが、このコンペに参加予定だったそうですね」

「ああ」まるで過去の失態を厳しく指摘されたように、大崎の表情が強張る。

「もしもコンペで勝っていたら、『バンリューデザイン』は超一流の設計事務所になっていたんじゃないですか？　大型の公共施設やスポーツ施設の建築にも乗り出していたかもしれない」

「うちは――『バンリュー』はハウスメーカーだ。創業からずっと、その方向性からぶれずにやってきて、ここまで大きくなったんだぞ。余計なことをすると、大抵事業は失敗する」

その辺りの基準はよく分からないのだが……私は取り敢えずうなずいた。一つだけはっきりした――大崎が、美江の仕事ぶりを気に入っていなかったのは明らかだ。

「このコンペに関しては、反対していたんですか？」

「反対も何も……そう簡単に勝てるものではない。コンペは純粋にデザインや機能性を競うもので、誰が案を出したかはあまり関係ないんだが、『バンリューデザイン』には、それまでコンペでの実績がなかった。県大会で万年一回戦負けのチームが、何かの特権で急に甲子園に出るようなものだな。勝ち上がるには奇跡以上のものが必要――違うかね」

「スポーツと建築の世界では違うと思いますが」

大崎が溜息をつく。体を斜めに倒し、ソファの肘かけを指先でこつこつと叩いた。何かおかしい……普段の大崎だったら、口答えされただけで激怒しているはずだ。大怪我を負って入院を経験したことで、性格が変わってしまったのだろうか。

「美江さんの会社――『バンリューデザイン』の内部は、大揉めだったそうですね」

「君のところまで、その話は聞こえているわけか」

「美江さんが引っ掻き回した、という話も聞いています」

「全て、新東京劇場のコンペから始まっていたんだよ」大崎が溜息をついた。「何度も言うが、うちはあくまでハウスメーカーだ。『バンリューデザイン』のデザイナーも全て住宅専門で、大型施設の設計を担当できる人間はいない。美江は何をしたと思う？」

「それは存じていません」

「大手の事務所から、若手の有望株を引き抜いた。それも二人。『バンリューデザイン』の中で、新しいプロジェクトを立ち上げたようなものだな。当然、昔からの社員はいい気分ではいられない。しかも美江が死んだことがきっかけになって、デザイナーはあっさり退職して、コンペにも参加できなくなった」

「臼井さんは、後始末で大変だったでしょうね」

「あいつには迷惑をかけた――かけっぱなしだ」大崎が力なく首を横に振る。彼が誰かに対する労いの言葉を口にするのを聞くのは初めてだった。

「臼井さんは、二十年以上もあなたを支えてきた右腕なんですね」

「俺に唯一文句を言える人間があいつだ」大崎が薄く笑った。

「臼井さんも苦しんでいますよ――あなたのせいで」

「どういう意味だ？」

大崎がすっと目を細めた。おそらくこの厳しい目つきで、今までは社員を黙らせて命令を聞かせてきたのだろうが、私に対しては何の効果もない。何故か……少し前なら、私も黙りこみ、反論の言葉を呑みこんでいたかもしれないが、今は何でも言える。やはり、彼の中で何かが変わったのだ。表面上は強権的に振る舞っていても、弱気が透けて見える。

「臼井さんは、二十年以上あなたと一緒だった――あなたの家族の変化や成長も見てきたでしょう。亨さんと美江さんが、あなたの下でどのように帝王学を学んできたかも、よく知っているはずです」

その時、スーツの胸ポケットの中でスマートフォンが鳴った。本当は病院内だから機内モードにでもしておくべきなのだが、今日はどうしても連絡を受ける必要があった。スマートフォンを取り出して電話をかけてきた相手を確認し、一旦ポケットに戻す。

「教えてやろう。人と話している時は、携帯の電源は切っておくか、無視すべきだ」

大崎が真顔で忠告する。「目の前にいる人間は、自分が重視されていないと思う。それまで上手くいっていた商談が、一本の電話がきっかけで急に駄目になってしまうこともあるんだ」

「ご指導、ありがとうございます」私はさっと頭を下げた。すぐに、彼の目を真っ直ぐ見詰める。「確かに、一本の電話で状況が変わることはありません。この電話がまさにそうなんです。変わるのはあなたの運命です」

「運命？」

「運命が大袈裟なら、私がこれからあなたとどう接していくかが、これで決まります」

「何のことだ？」大崎の顔に戸惑いが浮かぶ。

「とにかく、失礼します」壁の時計を見上げる。「面会時間を過ぎてしまうかもしれませんが、今日はどうしてもあなたと話しておきたいんです。できるだけ早く戻ります」

また一礼して立ち上がった。病室を出る時に、もう一度頭を下げる。大崎はぶすっとした表情のままうつむいていた。これから自分の身に何が起きるか、想像しているのだろうか……。

電話が使える待合室まで降りる。ここと病室の往復のためにずいぶん時間を食ってしまうのだが……今夜の大崎には、行く場所もないだろう。不安を抱えたまま私を待っているはずだ。

この時間帯、待合室には比較的人が多い。入院患者を見舞ってから一休みする人。それほど症状が重くない患者は、病室を抜け出して見舞客と談笑している。私は隅にある自動販売機の前に行き、乾にコールバックした。

「吐いた。菊池の自供通りだった」

「そうか」短く答えて深呼吸した。乾が教えてくれた菊池の自供が脳裏に蘇える。

「結局、彼が殺すように命令したのか？」

「違う。さすがにそこまではっきりとは言っていない……本人の供述を信じればだが、痛めつけて脅すのが目的だったようだ。ただし、殺しても構わない、とは言った。教唆《きょうさ》になるよ」

私は乾の説明を頭に叩きこんだ。整合性は取れている。もちろん、これから裏を取らなければならないのだが、私は、この証言は信用していいと思った。警察に慣れている人間なら、いきなり引っ張られて厳しく事情聴取されても、対抗策を知っている。のらりくらりと時間稼ぎをして、その間に対策を思いつくかもしれない。しかし彼は「素人」だ。警察に呼ばれただけであたふたし、少しきつい言葉で攻められたら、ひとたまりもなく落城するだろう。乾に声をかけられた時の引き攣った表情を思い出すと、それ以外の結果が思い浮かばない。

「分かった。ありがとう」

「大崎はどうする？　この供述が本当なら、彼はただの被害者だぞ」

「それはこっちで考える……ところで、菊池の方はどうなんだ？　大崎さんが襲われた件についてだけ、まだ動機が不明だ」

「それは、これから叩けると思う。まず、優先的にやるべきことがある。今回の証言で、菊池も美江さん殺しの実行犯だと分かったんだ。それと……畑中も自供したよ。二人は闇サイトで知り合ったんだ。畑中に言わせれば、菊池に引っ張られてやっただけ、ということだが……菊池が逮捕されたから、恋人に危害を加える人間がいなくなったと考えて、喋る気になったんだろう」

「菊池は、畑中を口止めするために彼女を利用したんだな？」

「ああ。ろくでもない野郎だぜ」

やはり、二人一組での犯行だったか……「黒幕」が自供しているのだから、間違いないと判断していいだろう。この事実をぶつければ、菊池も落ちるはずだ。

事件は確実に解決に向かう。

決して拭えない大きな染みを残して。

大崎はスーツの上着を脱いで、ワイシャツ一枚になっていた。病室に入った私を見て、一瞬、力なく視線を床に落としてしまう。

「お待たせしました」私は先ほどと同じ位置に落ち着いた。「状況がはっきりしたので、お知らせします。まず、一番大事なことから……私は今後も、犯罪被害者、そしてその家族としてのあなたと接します。これまで通り、何か問題があったらすぐに言って下さい。いつでも駆けつけます」

「それは……」大崎が顔を上げたが、目に力はなかった。

「ただしあなたは、加害者の家族にもなりました」

大崎が唾《つば》を呑み、喉仏が上下する。一瞬目を閉じると、まぶたがひくひくと痙攣《けいれん》した。この状況を理解したのだろうか……いや、前から分かっていたに違いない。自分の周りの出来事を全てコントロールしないと気が済まないこの男が、何も知らなかったとは思えない。ということは、犯人を匿《かくま》っていた可能性もあるのだが。

「息子さん――亨さんが逮捕されました。容疑は殺人の教唆です」

「殺人」平板な声で大崎が繰り返した。

「はい。美江さんを殺した実行犯は二人、既に分かっています。しかしこの二人には、美江さんを殺す動機がまったくありません。依頼した人間がいたんです。それが亨さんでした」

「君は、自分が何を言っているのか、分かっているのか！」大崎の顔が、瞬時に朱に染まる。

「もちろんです」私は腕時計をちらりと見た。「午後五時二十九分、会社の地下の駐車場で亨さんを確保し、そのまま目黒中央署に連行しました。今まで取り調べが続いていましたが、先ほど犯行を自供したので、殺人教唆の容疑で逮捕しました——教唆はお分かりですか？　やらせた、という意味です。いわばこの一件の首謀者、黒幕です」

「亨が美江を——自分の妹を殺させたというのか？」

「はい」

私があまりにもあっさり言ったせいか、大崎は言葉を失ってしまったようだ。薄く口を開いたまま、私の顔を凝視する。私も黙りこんで、彼の視線と正面から対峙した——大崎が目を逸らした瞬間、私は軽い驚きで目を見開いてしまった。大崎は、先に目を逸らさない人生を送ってきたはずだ。睨み合いになったら絶対に負けない——これが彼の初めての敗北だったかもしれない。

「先ほどお話ししたことですが……あなたは、兄妹を競わせ合って、優秀な方に会社を継がせようとした。しかし美江さんが亡くなった結果、亨さんが会社を継ぐことが自動的に決まりました。ライバルがいなくなって、亨さんの独走レースになったわけです。より正確に言えば、亨さんはライバルを退場させて、自分の行く末を確かなものにした」

「私は、その経緯は知らない」大崎は目を合わせようとしない。

「そこは、あなたの言い分を信じるしかありません。私は捜査官ではないので、取り調べをする権利もありませんから……これまで、特捜本部がまとめた取り調べの結果が入ってきたのでお知らせします。本当は、捜査の途中で外部に経過を漏らすのはまずいのですが、あなたには知る権利があります――被害者家族ですから。被害者家族、ということでよろしいんですよね？」私は念押しした。

「……ああ」大崎が気の抜けた、低い声で答えた。

「分かりました。先ほど伺った通り、亨さんと美江さんは、子どもの頃からあなたに帝王学を学ばされ、『バンリュー』の後継者レースに参加しました。普通なら、年長である亨さんが跡を継ぐのが自然でしょうが、美江さんは人の後塵《こうじん》を拝するのが大嫌いだった。気が強く、野心がある人だったんですね。何か新しいことに取り組んで亨さんを上回る実績を積み上げ、誰が見ても後継者として相応《ふさわ》しい存在になりたい――これに対して亨さんは、事務作業を手際よくこなす能力には長《た》けていました。会社をまとめ上げ、部下に自由に仕事をさせるだけなら、亨さんの方が社長として適任だったでしょう。しかし亨さんには、独創性や前へ出ようとする気持ちが欠けていた。欠けていることを自覚していたが故に、美江さんの攻勢を恐れていたんです。これは本人の自供でもはっきりしています」

「つまり、亨は美江を恐れていたわけか……」

「そういう気配はなかったんですか？」

「昔から——子どもの頃から、確かに美江の方が活発だった。亨をいじめて得意顔になっていることもあったし、学校でも常に、人の中心にいないと満足できない人間だった。それはそれでいい……天性のリーダーシップがあったんだと思う。それに加えて、現状維持に絶対に満足しない向上心も強かった」

「リーダーシップ、プラス強い向上心があったとしたら、美江さんの方が後継者に向いていた感じがします」

「しかし何事にも、適切な範囲というものがある……美江は焦り過ぎていた。私はまだ引退するつもりがないのに、『バンリューデザイン』の業績を踏み台にして『バンリュー』本体まで自分のものにする、と言っていたらしい。それもできるだけ早く」

「亨さんは、妹さんのそういう本心を知った。しかも美江さんは大きなプロジェクトへの参画を狙って、『バンリューデザイン』が単なるハウスメーカーから一流の建築事務所になるきっかけを作ろうとしていた。亨さんにとって、これは大変な脅威でした。それに加えて、まだはっきりと証言は得られていないんですが、二人の間に何か決定的に仲違いするような出来事があったようなんです。それはご存じですか？」

「いや」

「亨さんから相談を受けていなかったんですか？」

「親子だからと言って、何でもかんでも喋るわけではない」

「では、知らなかったという前提で話を進めます」

もう一度大崎の顔を凝視する。今度は大崎は目を逸らさない。これは本音――自分の言ったことに自信があるのだ。大崎が両手を広げてソファの背もたれに体を預ける。リラックスしようと試みているようだが、表情は依然として暗く硬かった。

「亨さんは大きな――自分の限界を超えるような努力を重ねて、後継者レースに参加していました。しかし美江さんは、一発逆転の可能性がある秘策を持って攻勢に出た。亨さんはそれに危機感を抱いて、美江さんに物理的な危害を与えて脅すつもりで二人を雇ったんです。まず声をかけたのが、菊池……あなたが野球を通じて知り合った菊池です。亨さんも、同じですね？」

「あいつは、うちのチームの主力だ。高校まで野球部だったからな」

「だからあなたが菊池を誘ったことも、当然知っている。あなたはそうやって、いろいろな選手に声をかけ、時には自分の会社に入社までさせていた。しかし、ただ草野球が上手いからと言って会社に入れるのでは、危なくて仕方がない。当然、身体検査はするわけです。菊池に関しても同様でした。彼は非常に危ない人間……暴力団ではありませんが、半グレ集団とつき合いがあったりして、『バンリュー』が社員として迎え入れるのに相応しい人間ではなかった。幸い、菊池の方で話を断ったわけですが、亨さんは彼の経歴を頭にインプットしていた――そして、美江さんを襲うために雇ったんです。菊池は顔見知りだった畑中に声をかけ、二人は美江さんを拉致して恐怖心を味わわせ、『バンリューデザイン』の経営から手を引かせようとした。しかし、何か手違いがあって、二人は美江さんを殺してしまい、遺体を遺棄せざるを得なくなったんです。菊池も、亨さんの依頼があったことは認めています」

今までも、こういう場面は何十回となく経験してきたが、話しているだけで胸が痛む。大抵は、担当の刑事が事情を話している時に同席し、犯罪被害者家族のフォローをしてきただけだ。今回は自分で全て説明しているので、私自身にも負荷がかかってきたのを意識している。

しかし、説明は最大の山を越えた。大崎の顔からは血の気が引いており、いかにも気分が悪そうだが、それでも話を聞こうとする意志ははっきりと感じられる。一気に話してしまおう、と私は覚悟を決めた。

「二人には、亨さんから金が渡っていました。亨さんは何を考えたのか、『バンリューデザイン』の口座を利用して、二人に金を送っていたんです。自分の口座を使うことで、痕跡が残るのを恐れたのかもしれませんし、美江さんが社長を務める会社の口座を使うことで、一種の偽装工作をしたつもりだったのかもしれません。しかし二年経って、亨さんの計画は破綻《はたん》しました。山梨県警に捕まった畑中という男は、非常に苦しい人生を送っていました。昔の恋人が難病にかかっていて、そのサポートをしていたんです。美江さんを殺したことで得た金もすぐに彼女に渡してしまい、本人は一文無しの状態でした。事件後も放浪のような生活を続けて追い詰められ、仕方なく強盗殺人事件を起こしてしまったのです。山梨県警の取り調べ担当刑事との間には信頼関係ができていて、それがきっかけになって、東京での事件についても自供するつもりになったんです」

「そうか……そういうことだったのか……」大崎が呆けたような声で言った。

「あなたは、本当に知らなかったんですね？」

「知らなかった」

「一つ、まだ謎が残っています。あなたが菊池に襲われた件です。あなたは菊池とは顔見知りだった――二年前には、かなり突っこんだ話もしたと思います。その人間が美江さん殺しの犯人だったということですから、特捜本部はあなたとの関係も疑うでしょう」

「それは違う」大崎が久しぶりに反論したが、いつもとは勢いが違った――普段の彼なら、相手を叩き潰さんばかりの勢いで喋るのに。「菊池から電話がかかってきたんだ」

「それはいつですか？」

「私が襲われる直前だ。奴は金を要求してきた」

「あなたに？」私は首を捻った。これは筋が通らない。大崎が美江殺しにまったくかかわっていないとしたら、犯人が「金を寄越せ」というのはおかしい。やはり大崎は、最初から事件にかかわっていたのではないか？　しかし彼は冷静に、論理的に説明を続けた。

「畑中が逮捕された後、菊池は、自分が美江を殺したことを私に告げた。畑中と組んで犯行に及んだことを……亨が依頼者だったことも明かしたんだ。そして、この件をばらされたくなかったら金を払え、と脅してきた」

「あなたは拒否したんですね？」

「もちろんだ。奴が言ったことを、八割は信じた……あの兄妹の間には、いかにもありそうなことだったから。しかし菊池の要求は、単に会社と私を貶めて金を奪おうという、ろくでもない企みだと思った。だいたい、わざわざ自分が犯人だと名乗る人間がいるとは考えられなかった……ふざけるなと言って電話を叩き切った翌日、私は襲われたんだ」

「脅迫が上手くいかなかったからブチ切れた、ということでしょうか」

「おそらく」

「分かりました。しかし、どうして今まで黙っていたんですか？」

「それまでも私は、亨が絡んでいるかもしれないと、薄々想像していた。この件を警察に話せば……息子を追いこんでしまう可能性もある」

襲撃された直後、大崎が弱気になっていた理由は、今になれば分かる。それまで、自ら畑中と対峙すると言っていたのだが、真犯人──黒幕の存在への疑い故に、強い態度に出られなくなったのだ。むしろ、畑中にはこれ以上喋らないで欲しいと願っただろう。警察の手中にある畑中が真相を喋れば、「バンリュー」の将来は破綻する。

「話すべきでした。そうすれば、もっと早く捜査は動いていたと思います」

「だったら私を逮捕するか？」

「いえ」私は短く否定した。「あなたは犯人を匿ったわけではありません。単に、警察に情報を提供しなかっただけです。そうしなくても、刑法で罰則が決まっているわけではありませんから。それに、確実な証拠もなかった」

「そうか」大崎が大きく息を吐いた。少しだけ血色がよくなる。

「もう一度、失礼していいでしょうか」私はスマートフォンを取り出して振ってみせた。

「またかかってきたのか？」

「いえ、今の話を特捜本部に伝えなければなりません。菊池がまだ粘っていて、完全には自供していませんから。あなたが襲われた件の取り調べを進めるためには、今の情報は絶対必要です」

「分かった」大崎がうなずいたが、やはり力はない。

また待合室に戻り——入院患者が数人たむろしているだけで、照明は半分落とされていた——乾に事情を説明する。今度は短く済んだ。捜査は順調に進むだろう。ただし今度は、大崎自身も改めて事情聴取を受けることになる。さらに厳しくなるのは間違いないだろう。事情が分かっていて、話を適当に誤魔化していた、とも思われかねない。知恵をつけるべきかどうか、私は迷った。

迷いながら病室に戻る。大崎は両手に顔を埋めていた。泣いている?——引き戸が開いた瞬間に大崎が顔を上げたが、その目は乾《かわ》いていて、赤くもなかった。

「一つだけ、ここではっきりさせておきます」私は宣言した。

「何だ」

「私はあなたを、純粋に犯罪被害者、そして犯罪被害者家族と認定しています。ということは、先ほど申し上げた通り、今後も支援課としてサポートさせていただきます」

「そんなものは、もう必要ない」

「いえ……この事件に関する報道合戦はまだまだ終わらないでしょう。真相が明らかになったら、もう一度盛り上がるはずです。あなたのところにも取材が殺到します。それをどうさばいていくか、これから考えましょう」

「必要なら、もう一度会見して連中を納得させればいい」大崎はまだ強気だった。

「その場合、あなたは謝罪しなければなりません」

「謝罪？　どうして私が頭を下げねばならない？」

「今回の事件は、結局は『バンリュー』内部の勢力争いです。それで世間を騒がせた――マスコミというのは、そういう時にも謝罪を求めるものです。あなたが頭を下げない限り、納得しないでしょう」

「ふざけるな！　そんな馬鹿げた――」

「ふざけていません」私は彼の台詞を途中で遮った。「もう少し時間稼ぎをした方がいいと思います。特捜本部は、あなたの都合には関係なく捜査を進めます。畑中と菊池が正確に事情を語れば、その件をマスコミに発表するでしょう。それでまた一斉に、取材合戦がスタートですよ。ですから、できたらあなたには、もう少し入院していてもらえると助かります。結局、病院が一番安全なんですよ。自宅に戻れば、また報道陣が殺到するでしょう。それは避けたい……無用なトラブルは、私も望むところではありません」

「冗談じゃない。いつまでも入院はしていられない。予定通り、明日退院する」

「でしたら、我々が同行します。取り敢えずご自宅までお送りしますから」

「そんな必要は――」

「あります」私は断言した。「いいですね？　明日の朝、もう一度伺います。その際、様々な手順を相談しましょう」

私は立ち上がり、「今夜はこれで失礼します」と言って頭を下げた。病室を出る時にもう一度一礼。大崎と一瞬目が合った時、私は微妙な違和感を覚えた。

大崎は悲しんでいないのだ。苦しんでもいない。兄妹二人の諍《いさか》いで、妹は殺され、兄は逮捕されたというのに……これで『バンリュー』の後継者は二人ともいなくなってしまったのだ。しかも家族は崩壊。なのにまったく、ショックを受けた様子がない。

「家族と使用人と敵」。唯一信じられるのは家族だけのはず――しかし大崎は、家族すら信じていないのかもしれない。

信じられるのは結局自分だけ。

そんな人生が楽しいのだろうか。彼は何のために生きてきたのだろうか。

# 7

帰る必要はなかったのに、私は支援課に戻った。こんな時間だと誰もいないだろうと思っていたのに、課長室から灯りが漏れている。消し忘れるような人ではないのだが……と思って覗くと、本橋がデスクについて、誰かと電話で話していた。上着を脱ぎ、ワイシャツの袖をまくって仕事モードである。私が覗きこんでいるのに気づくと、小さく手招きする。

私がドアを開けると同時に、受話器を置いた。両の拳を目に押し当て、椅子に体重を預ける。ひどく疲れた様子だった。

「こんな時間までどうしたんですか」つい訊ねる。

「いろいろと根回しを」

本橋が自分のデスクの前を指差した。私は椅子を引いて座ったが、その段階で既に姿勢が崩れてしまった。疲れているのはこちらも同じだ……。

「根回しとは……」

「長住君の処遇です。今日の夕方、事件が大きく動きましたね」

「ええ」

「それとは直接関係ないですが、一つのきっかけです。あまり処分を長引かせるとまずいということで、夕方からずっと関係各所と協議をしていたんです」

「馘ですか」

「馘にはなりません」本橋が首を横に振った。「異動です」

「異動は……そんなに厳しい処分じゃないですね」

「病院側があくまで問題にしたがっていないこと、それに事態が表沙汰になっていないことがポイントでした。私は妥当な処分だと思います……依願退職させるべきだという声もあったんですが、何とか引っこめさせました」

「課長は、長住は辞めない方がいいと思ったんですね？」

「私もいろいろ考えました」本橋が右手で額を拭う。「辞めさせても、いい結果にはならないような気がしましてね。取り敢えず、本部からは離れて異動してもらう――その結果、彼が仕事に嫌気がさして辞めることになったら、それはそれで仕方がない」

「異動先はどこなんですか？」

「八丈署《はちじょう》」

私は絶句してしまった。まさか、離島の所轄とは……東京の島嶼部《とうしょぶ》には五つの警察署があるが、その中で本土から二番目に遠いのが八丈署である。羽田《はねだ》空港から一日三便が出ているはずだが、それでも何かと不便な離島であることに変わりはない。

「実質的に辞めろと言っているのと同じじゃないですか」

「それは、島嶼部の所轄に勤務している同僚に失礼です。五つの警察署で、常時百二十人以上が勤務しているんですよ」

「……失礼しました。しかし、本部の閑職《かんしょく》に追いこむよりも、ずっと厳しい異動だと思います」

「それが罰だと考えてもらわないと。彼は、完全に反省しているとは言い難い」

「そうですか……結局あいつは、何でこんなことをしたんですか？」

「個人的な古い話がきっかけのようですね」

「喋ったんですか？」私は目を見開いた。とても喋りそうにない感じだったのに。

「彼の実家――千葉の実家は、『バンリュー』の分譲住宅だったんです」

「そうなんですか？」にわかには信じられない偶然だった。

「あの会社がごく初期に手がけた開発だったようですが、それが欠陥住宅だったんです。同じ住宅地の中で何軒も欠陥住宅があったようですが、集団訴訟を起こすには至らなかった。裁判は起こすだけでも面倒ですし、それぞれの家で事情もありますからね。結局、わずかな補償金をもらって引っ越すか、自分たちで補修するか、どちらかを選ばざるを得ませんでした」

「そういう話になると、ハウスメーカーの方が不利かと思いますが……」

「現在ではなく、二十年ほど前ですよ？　消費者も、今ほどは積極的に声を上げられない時代だった。ネットで悪評が流れるにしても限度があった。結局長住家は、『バンリュー』の強引なやり方に泣き寝入りしたわけです。長住君のご両親は、不便な家に苦労しながら、そこに住み続けるしかなかったようで……中学生だった彼は、『バンリュー』の対応も見ていましたから、当時からあの会社に対して不信感と不快感を抱いていました」

「しかし、わざわざ復讐するほどではない……」

「ところが三浦記者との出会いが、彼の気持ちを変えたんです。二人が、うちが主催した講演会で出会ったのは間違いありません。その時に三浦記者と話した長住君は、三浦記者の父親が自殺したことを知ったんです」

「まさか、三浦記者の父親は……」

「分かりますか？」本橋が真剣な表情でうなずく。「そうです、『バンリュー』の社員でした。不運続きの人だったようです。元々勤めていた会社が倒産した後に、『バンリュー』に拾ってもらったんですが、とにかく営業のノルマが厳しく、達成できないと罵詈《ばり》雑言《ぞうごん》を浴びて、時に暴力沙汰も……我々が知っているブラック企業の『バンリュー』そのものですね。それで三浦記者は、『バンリュー』に個人的な恨みを抱いていた。二年前に事件が起きた時に、ここぞとばかりに攻めていったのは、当然でしょう」

「三浦記者の処遇については……」

「それは、支援課が関与することではありません。大崎さんを支援する過程で、彼がおかしな風に絡んできたら対処する——今までと同じですね」

「大崎さんは明日退院予定です。マスコミが殺到することも考えられますから、土曜出勤でつき添いますよ」

　私たちはいきなり、普段の仕事モードで話に入った。明日の布陣。その後どうやって大崎を守るか。いつもと同じような仕事の話をしている間は落ち着いていたが、一段落すると急に不安になる。いや、不安とも言えない……胸の中で、何かがじゃりじゃりと嫌な音を立てるのだ。

「長住の異動はいつですか？」

「週明け——月曜に現地へ向かいます」

「そんなに急に、ですか」私は目を見開いた。

「それが、罰というものです」

　本橋は話を締めくくった。これ以上は話したくない様子だった。

　彼はこれでいいと思っているのだろうか。そして私は……モヤモヤを抱えた週末になりそうだった。

ほぼ始発の電車に乗り、私は朝六時半に羽田空港国内線第二旅客ターミナルへ着いた。見慣れたカウンターがずらりと並んだ場所に出て、「2」のマークが掲げられた時計台のところでスマートフォンを取り出す。長住の番号を呼び出して電話をかける……呼び出し音五回で出た。早朝のせいか、いかにも不機嫌な口調だった。

「はい?」

「今、どこにいる?」

「何言ってるんですか。羽田に決まってるでしょう」

「俺もだ」

長住が沈黙する。ややあって「搭乗手続きを終えたところです」とつけ加えた。

「どの辺にいる?」

「『1』の時計台の辺りに」

「そこでちょっと待ってろ」

私は少し足を引きずりながら、隣のブロックに急いだ。時計台の下の円形のソファに長住の姿を見つける。大きい荷物は既に預けてしまったのか、デイパック一つだけの軽装だった。スーツは着ているがネクタイは締めていない。既にクールビズの季節になっているが、そもそも八丈島は、一年を通じてネクタイがいらない気候かもしれない。

「何ですか」私を見つけると、長住が面倒臭そうに言った。早朝の時間帯のせいか、この辺にはあまり人はいない。それでもデリケートな話をする環境ではなかった。

「お茶でも奢るよ」

長住が腕時計をちらりと見て「二十分ぐらいなら」と言った。

私たちは三階に移動し、早朝から開いているカフェに入った。私たちの他に客はいない。モーニングメニューがあったが――私の朝食はだいたいこういう喫茶店だ――取り敢えずコーヒーだけを頼む。

「課長から話は聞いた。お前、『バンリュー』と因縁があったんだな。実家が欠陥住宅で、悩まされたそうじゃないか」

「騙される方も悪いんでしょうけどね」どこか白けた口調で長住が言った。

「家がちゃんとできているかどうかなんて、実際住んでみないと分からないじゃないか」

「ま、とにかく昔の話ですよ」長住が肩をすくめる。

「同じように『バンリュー』の被害者である三浦記者とは、偶然知り合ったんだな？」

三浦記者の方が恨みは大きいかもしれない。何しろ、父親を亡くしているんだから。

彼が新聞記者になったのも、『バンリュー』の責任を追及するためだったかもしれないな。ジャーナリストなら、どんなに厳しく追及しても許される」

「そんなところじゃないですかね」

「それで、同じように『バンリュー』に恨みを持っているお前が協力した――今回の一件はそういうことだったんだな？」

「なかなか上手くいかないもんですね」

「この辺の事情が明らかになったら、三浦記者は今の仕事を失うかもしれない」

「それは、俺には関係ないことなので」

「お前も実質的に罰を受けた……それについては、俺は何も言えない。言う権利もないと思う。然るべき権限のある人が決めたことだ」

「だから？」

「俺は今でも、被害者として大崎さんとつき合っている。今後も変わらないだろう」

「あんなクソ野郎を守ってやる必要があるんですか？」

「言い過ぎだぞ」

私は長住を睨んだが、長住はまったく動じなかった。よほど強い信念があるのか、あるいはもう何事にも動じなくなってしまった――感情が死んだのか。

「俺は前から考えていたんですよ。一種の思考実験ですけど、悪人が犯罪被害者になったらどうするか。例えばマル暴の幹部の家族がひどい事件に巻きこまれた時も、面倒を見る必要があるのか……守るべき価値なんかない人間も、世の中にはいるでしょう」

「そうだな」それは私も認めざるを得ない。「ただし事件に巻きこまれた瞬間、そういう人も犯罪被害者になる。うちが対応すべき対象になる」

「そんなの、無意味ですね」長住が首を横に振った。「大崎みたいな人間を守るのは、時間の無駄です。結局、被害者支援になんか何の意味もない」

「それは間違っている」私は反論した。「大崎さんは家族を殺された。自分も大怪我をした。我々がフォローすべき犯罪被害者なんだ」

「新聞であれこれ読みましたけどね、これって要するに内輪の——家族の喧嘩みたいなものじゃないですか。それでたまたま死人が出ただけで、民事事件みたいなものでしょう。警察は民事不介入ですよ」

「それは、面倒なことに首を突っこみたくない場合の言い訳だ」民事とは言っても、人命に危険が及びそうな時には積極的に介入しなければならない。手遅れになって非難を浴びるのは、結局警察なのだ。

「ま、独裁者みたいなクソ野郎が支配する一家が、お互いに殺し合いをしただけですよ。少しは世の中から馬鹿が減ってよかったんじゃないですか」

「お前はそう考えるかもしれないけど、俺はこれからも被害者支援を続ける。今まで以上に……相手が誰でも関係ない」

「ま、お好きにどうぞ。とにかく、支援課の仕事に意味なんかないですよ。昔はこの部署がなくても、何とかやっていたんだし――とにかく俺には、もう関係ないんで」

「八丈署に異動になって、何とも思わないのか？」

「警察官に異動はつきものですよ。そのうちまた戻って来るかもしれないし、戻れないかもしれない――どうでもいい話です」

「辞める気じゃないだろうな」

「さあ」長住が肩をすくめる。「まだ何も決めてません。まあ、八丈島みたいに暇なところにいたら、やることがなくてうんざりするでしょうね。我慢できなくなったら辞めるかもしれない」

「支援課に戻ろうとは思わないのか？」

「ご冗談でしょう」長住が目を見開いた。「あそこで働き続けるぐらいなら、辞めた方がましですよ。だいたい俺は、捜査一課から支援課に飛ばされてきたわけだし……」

「支援課に島流しになっていた時間も、完全に無駄でしたね」

「支援課が離島だとでもいうのか？」

「主流の部署以外は、全部『島』ですよ」

警視庁の全職員は四万五千人超。彼が「主流」だと考える捜査一課は総勢四百人ほどで、全体の約一パーセントである。確かに「選ばれし人間」という意識はあるだろうし、そういうプライドも大事なのだが。

「俺にとっては『島』じゃない。俺を救ってくれた部署だし、ここでの仕事には誇りがある」

「村野さんは特殊ケースだから」

「お前、被害者に感謝されて、仕事のやりがいを感じたことはないか？　俺は『ありがとう』と言われた時には、この仕事をしていてよかったと心底思うよ」

「この仕事にだって、向き不向きがあるんですよ」長住がコーヒーカップに手を伸ばしたが、結局手にはしなかった。「とにかく俺は、これで支援課とはおさらばです。どうも、お世話になりました」

長住が立ち上がる。結局、コーヒーにはまったく口をつけていなかった。

「おい――」

「じゃあ、どうも」

長住は頭も下げず、大股で店を出て行った。私は自分のコーヒーを一口飲んだ。早朝なのに、何時間も煮詰めたように苦い……長住の言葉がじわりと頭に沁《し》みてくる。「支援課の仕事になんか意味はない」否定しようと思う度に、大崎の顔が頭に浮かんでしまう。実際、大崎のように反社会的な顔を持つ人間を支援することに、何の意味があるのか。

しかし、前提条件を作ってはいけない。ある立場の人は助ける、それ以外は手を出さないというのは、警察官というより、人として間違っていないだろうか。目の前に困っている人がいたら手を差し伸べる——それが人間本来の姿のはずだ。

急いで勘定を済ませて、店を出る。既に長住の姿はなかった。二階へ降りて、保安検査場を見やる……いつの間にか長い列ができていて、長住はその最後尾にいた。私は彼に近づき——五メートル前で立ち止まり、声をかけた。

「おい」

長住が振り向く。目は虚ろだった。

「支援課に帰って来いよ。俺たちの仕事には答えはない。毎日決まったルーティーンをこなしているより、そういう仕事の方がやりがいがないか？」

返事はなかった。長住がゆっくりとゲートの方を向く。そのまま一度も振り返らずに消えていった。

本書は文庫書下ろしです。
この作品はフィクションであり、実在する
個人や団体などとは一切関係ありません。

|著者| 堂場瞬一　1963年茨城県生まれ。2000年、『8年』で第13回小説すばる新人賞を受賞。警察小説、スポーツ小説など多彩なジャンルで意欲的に作品を発表し続けている。著書に「警視庁犯罪被害者支援課」「刑事・鳴沢了」「警視庁失踪課・高城賢吾」「警視庁追跡捜査係」「アナザーフェイス」「刑事の挑戦・一之瀬拓真」「捜査一課・澤村慶司」「ラストライン」などのシリーズ作品のほか、『八月からの手紙』『傷』『誤断』『黄金の時』『Killers』『社長室の冬』『バビロンの秘文字』(上・下)『犬の報酬』『絶望の歌を唄え』『砂の家』『動乱の刑事』『宴の前』『帰還』『凍結捜査』『決断の刻』など多数がある。

不信《ふしん》の鎖《くさり》　警視庁《けいしちょう》犯罪《はんざい》被害者《ひがいしゃ》支援課《しえんか》6
堂場《どうば》瞬一《しゅんいち》

2019年8月9日第1刷発行

講談社文庫
定価はカバーに
表示してあります

発行者——渡瀬昌彦
発行所——株式会社　講談社
東京都文京区音羽2-12-21　〒112-8001
電話　出版 (03) 5395-3510
　　　販売 (03) 5395-5817
　　　業務 (03) 5395-3615

Printed in Japan

デザイン—菊地信義
本文データ制作—講談社デジタル製作
印刷———大日本印刷株式会社
製本———大日本印刷株式会社



ISBN978-4-06-516581-2

# 講談社文庫刊行の辞

二十一世紀の到来を目睫に望みながら、われわれはいま、人類史上かつて例を見ない巨大な転換期をむかえようとしている。

世界も、日本も、激動の予兆に対する期待とおののきを内に蔵して、未知の時代に歩み入ろうとしている。このときにあたり、創業の人野間清治の「ナショナル・エデュケイター」への志を現代に甦らせようと意図して、われわれはここに古今の文芸作品はいうまでもなく、ひろく人文・社会・自然の諸科学から東西の名著を網羅する、新しい綜合文庫の発刊を決意した。

激動の転換期はまた断絶の時代である。われわれは戦後二十五年間の出版文化のありかたへの深い反省をこめて、この断絶の時代にあえて人間的な持続を求めようとする。いたずらに浮薄な商業主義のあだ花を追い求めることなく、長期にわたって良書に生命をあたえようとつとめるところにしか、今後の出版文化の真の繁栄はあり得ないと信じるからである。

同時にわれわれはこの綜合文庫の刊行を通じて、人文・社会・自然の諸科学が、結局人間の学にほかならないことを立証しようと願っている。かつて知識とは、「汝自身を知る」ことにつきていた。現代社会の瑣末な情報の氾濫のなかから、力強い知識の源泉を掘り起し、技術文明のただなかに、生きた人間の姿を復活させること。それこそわれわれの切なる希求である。

われわれは権威に盲従せず、俗流に媚びることなく、渾然一体となって日本の「草の根」をかたちづくる若く新しい世代の人々に、心をこめてこの新しい綜合文庫をおくり届けたい。それは知識の泉であるとともに感受性のふるさとであり、もっとも有機的に組織され、社会に開かれた万人のための大学をめざしている。大方の支援と協力を衷心より切望してやまない。

一九七一年七月

野間省一